10|18
12, avenue d'Italie — Paris XIIIe

Du même auteur
dans la collection 10/18

Les enquêtes de Frère Cadfael

TRAFIC DE RELIQUES, n° 1994.
UN CADAVRE DE TROP, n° 1963.
LE CAPUCHON DU MOINE, n° 1993.
LA FOIRE DE SAINT-PIERRE, n° 2043.
LE LÉPREUX DE SAINT-GILLES, n° 2044.
LA VIERGE DANS LA GLACE, n° 2086.
LE MOINEAU DU SANCTUAIRE, n° 2087.
L'APPRENTI DU DIABLE, n° 2136.
LA RANÇON DU MORT, n° 2152.
LE PÈLERIN DE LA HAINE, n° 2177.
UN INSONDABLE MYSTÈRE, n° 2203.
LES AILES DU CORBEAU, n° 2230.
UNE ROSE POUR LOYER, n° 2256.
L'ERMITE DE LA FORÊT D'EYTON, n° 2290.
LA CONFESSION DE FRÈRE HALUIN, n° 2305.
L'HÉRÉTIQUE ET SON COMMIS, n° 2333.
LE CHAMP DU POTIER, n° 2386.
L'ÉTÉ DES DANOIS, n° 2417.
LE VOLEUR DE DIEU, n° 2459.
UN BÉNÉDICTIN PAS ORDINAIRE, n° 2515.
FRÈRE CADFAEL FAIT PÉNITENCE, n° 2619.

Les enquêtes de l'inspecteur Felse

UNE MORT JOYEUSE, n° 2546.
LA COLLINE SECRÈTE, n° 2641.
PRIS AU PIÈGE, n° 2683.
NE TOUCHEZ PAS AUX ÉPITAPHES, n° 2705.
UN AIR DE CORNEMUSE, n° 2731.
UN CŒUR NOIR, n° 2767.
LA DERNIÈRE MESURE, n° 2862.
RAGA MORTEL, n° 2908.
MORT AUX PROPRIÉTAIRES !, n° 2927.

Mrs. FELSE JOUE EN SOLO

PAR

ELLIS PETERS

Traduit de l'anglais
par Anne-Marie CARRIÈRE

1018

INÉDIT

« Grands Détectives »
dirigé par Jean-Claude Zylberstein

Si vous désirez être régulièrement tenu au courant
de nos publications, écrivez-nous :
Éditions 10/18
c/o 01 Consultants (titre n° 2831)
35, rue du Sergent Bauchat
75012 Paris

Titre original :
The Grass Widow's Tale

ISBN 2-264-02501-8

La veille de son anniversaire se révéla désastreuse, dès le début de la journée. Une aube sombre se leva à contrecœur, comme un vieillard aviné qui, entrouvrant une paupière lourde, jette sur le monde un regard écœuré et retourne à sa misanthropie.

Des banlieusards moroses se frayaient un chemin au milieu d'un voile de ténèbres qui refusait de se déchirer. Une boue noire et gluante, soulevée par le claquement des chaussures à la nouvelle mode de l'automne, criblait les jambes découvertes des passantes en mini-jupe de mouchetures qui, en séchant, prenaient une teinte gris verdâtre et collaient à leur peau. L'air humide, balançant de façon agaçante entre pluie et brouillard, incitait une partie de la foule matinale à ouvrir ses parapluies, mais laissait l'autre à moitié convaincue de la nécessité d'ouvrir les siens. Toute personne remontant la rue à contre-courant aurait pu ainsi témoigner de la formation de deux factions hostiles.

Aucune lettre de Dominic n'était arrivée au courrier; dans la boîte, elle ne trouva qu'un misérable prospectus proposant des soldes de meubles et une facture de gaz semestrielle, d'abord différée, puis exagérément gonflée par un ordinateur pervers.

Il était impossible de faire le ménage sans allumer les lumières : derrière les vitres embuées, le monde extérieur, fantomatique, s'enfonçait toujours un peu plus dans la crasse et l'obscurité. De toute la journée, la lumière du jour ne parvint pas réellement à percer.

Quand octobre décide de passer à l'ennemi, il peut se montrer pire que le pire des hivers. Lorsque George rentra, tard dans l'après-midi, il tombait une pluie fine et insidieuse qui vous trempait jusqu'aux os avant que vous ayez eu le temps de vous en apercevoir et qui, cependant, ne parvenait pas à laver les trottoirs gras et les vitrines tachées de boue. Toutes les lumières de la rue étaient cerclées d'auréoles, mélange de condensation et de saleté. La journée était gâchée, et déjà la nuit tombait, malveillante, sur Comerford.

Bunty entendit la voiture longer le trottoir dans un bruit d'eau tout à fait déprimant, puis ralentir pour tourner devant le portail ; son cœur fit un bond violent dans sa poitrine lorsqu'elle réalisa brusquement à quel point elle s'était laissée aller au découragement. George était là. Demain il y aurait une lettre de Dominic au courrier. Elle rejeta avec mépris la stupéfiante sensation de solitude qu'elle avait éprouvée au cours des heures passées.

George entra, haute silhouette fatiguée, marqué par la grisaille de cette journée.

— Rassemble quelques affaires dans une valise, veux-tu ? demanda-t-il d'un ton abrupt. Je dois partir à Londres.

Elle comprit qu'il était si préoccupé qu'il lui avait à peine prêté attention. Un vague sentiment de culpabilité dut malgré tout l'effleurer, en dépit de ses soucis, car il ajouta :

— Je suis désolé. Il y a du nouveau.

Bunty était l'épouse d'un policier depuis plus de vingt ans, aussi sa réaction fut-elle quasi automatique : on ne laisse pas son sergent détective de mari partir en mission l'esprit perturbé. Et l'on évite de réclamer son attention, alors qu'il a tant besoin de la garder entière pour lui-même. Elle referma donc vivement son magazine et traversa la pièce pour aller l'embrasser, avec la brusquerie née d'une longue habitude.

— As-tu le temps de prendre le thé ? Il sera prêt dans cinq minutes. Après tout, cela ne fera pas une grande différence...

— Cela ne t'ennuie pas ? dit-il en la retenant un instant contre lui.

Sa voix était lasse, tout comme son regard. Les membres du C.I.D.[1] du Midshire n'avaient pas la vie facile en ce début d'automne ; or Bunty n'ignorait rien ou presque — directement ou indirectement — de leurs préoccupations.

— Bien sûr que si !

Depuis quand échangeaient-ils des propos aussi conciliants que mensongers ?

— Mais c'est la vie, ajouta-t-elle. Tu feras du bon travail et moi je serai contente. Comment s'annonce l'enquête ?

— Difficile à dire. Elle pourrait nous mener à une découverte capitale, tout comme elle pourrait tourner court. Tu sais comment cela se passe.

Elle le savait pertinemment : en général l'affaire tournait court. Mais ils devaient néanmoins poursuivre l'enquête, quoi qu'il arrive.

— Il est temps que tu prennes un peu de repos. S'agit-il du vol des payes ? Y a-t-il du nouveau ?

1. Criminal Investigation Department : brigade criminelle. *(N.d.T.)*

— Non. Il s'agit des fourrures volées. Nous aurons de la chance si l'enquête débouche sur quelque chose. Ils ont coincé un voleur de moindre acabit, qui travaille en franc-tireur, sur un autre chef d'inculpation ; c'est l'un des coupables présumés dont nous avions dressé la liste. Un as du volant, spécialiste des fuites après braquage et maquillage de voiture. Il répond au signalement de l'un des deux malfaiteurs que nous avait donné le chauffeur du camion de fourrures, mais la description pourrait s'appliquer à une douzaine d'autres malfrats. Le fait est qu'il a fourni un alibi pour l'heure du vol, mais dès qu'on l'a vérifié, ce dernier est tombé à l'eau. Il se peut que nous tenions une piste. Cela dit, sa propre bande a peut-être tout intérêt à ce qu'il se fasse pincer. En tout cas, ils ne veulent plus entendre parler de lui. Il est livré à lui-même, désormais. C'est peut-être le moment de lui tirer les vers du nez. Si cela se trouve, l'interrogatoire ne nous mènera nulle part. Mais nous devons essayer.

— Bien entendu ! J'espère que c'est votre homme et que tout finira bien. Assieds-toi, ajouta-t-elle en le poussant vers sa chaise, au coin du feu ; je vais mettre la bouilloire sur le gaz. Le temps de boucler la valise, l'eau sera chaude. Combien de temps dois-tu t'absenter ?

— Je ne sais pas, peut-être deux ou trois jours. Si vraiment je tiens une piste, c'est de là-bas que je devrai la suivre. Comme je l'ai dit à Duckett, je suis sûr qu'il s'agit d'une bande de Londres qui a changé de secteur. La capitale est devenue trop encombrée et trop risquée pour eux. Depuis qu'il y a des autoroutes, les distances ont été considérablement raccourcies. Et nous, nous sommes des bleus, ajouta-t-il d'un air sévère. Les gangsters savent qu'ici le terrain est vierge, et la police encore plus !

— C'est ce qu'ils croient ! s'écria Bunty depuis la cuisine.

La flamme du gaz sifflait doucement sous la bouilloire et presque aussitôt on entendit le ronronnement de plaisir de l'eau qui chauffait.

— Prends-tu la voiture ? demanda-t-elle.

— C'est plus rapide, et j'ai besoin de me déplacer facilement. Je devrai faire le plein d'essence en route. Dieu merci, il n'y a pas de brouillard.

— Donc, je ferais mieux de compter sur une absence de trois jours. Jette un coup d'œil à la bouilloire, veux-tu ? Je redescendrai dans quelques instants.

Au cours de leurs vingt années de vie commune, il y en avait eu tant de ces départs précipités que Bunty était passée maître dans l'art de boucler une valise en un temps record. Elle remplit la petite valise noire avec des gestes vifs et précis. Lorsqu'elle redescendit, George avait déjà préparé le thé. Il rangeait ses papiers dans son porte-documents et fermait son secrétaire à clé.

— Le chauffeur du fourgon a-t-il vu une photographie de votre suspect ? demanda Bunty en versant le thé.

— Oui, mais il n'est vraiment sûr que de la corpulence et des mouvements de deux de ses agresseurs. Il faisait nuit et ils ont braqué sur lui une torche puissante lorsqu'il a stoppé son véhicule. Il pourrait peut-être identifier le suspect, si nous le lui présentions. Mais entre nous, j'en doute.

Bunty partageait ses doutes. Au début du mois de septembre, un camion chargé de fourrures était parti d'une boutique de gros de la capitale à destination du principal magasin d'habillement de Comerbourne. Il avait été dévalisé pendant la nuit, peu après avoir quitté l'autoroute. Les faits remontaient à six semaines environ et le chauffeur était encore à l'hôpital. C'était un miracle qu'il ait pu raconter toute l'affaire à la police : une paisible ligne droite, un triangle rouge soigneusement mis en évidence, une voiture immobilisée en travers du bas-côté, un homme qui courait sur le bord de la route en agitant une torche en direction de la cabine du gros fourgon ; tous ces détails additionnés, qui n'aurait pas conclu à un accident et stoppé son véhicule ?

Le chauffeur avait vu un deuxième individu jaillir de l'ombre de la voiture : il l'avait très bien distingué et avait insisté plus tard sur le fait qu'il le reconnaîtrait si jamais il le voyait en mouvement. Mais à peine s'était-il arrêté sur le bas-côté pour sauter de sa cabine qu'il avait été frappé à la tête par-derrière. Il n'avait pas eu le temps d'apercevoir son agresseur. Ce fut le dernier détail dont il se souvint. Il apparut qu'on l'avait frappé à trois reprises, pour être sûr qu'il serait hors d'état de nuire. Mais l'homme était doté d'une robuste constitution et d'un crâne solide ; il avait survécu et n'avait même rien oublié. Sans lui, la police n'aurait jamais retrouvé l'endroit précis du braquage, car le fourgon vide avait été découvert plus tard sur le parking d'un relais routier, à une trentaine de kilomètres de là ; quant à lui, on l'avait découvert le lendemain matin, tout au bout d'une aire de stationnement, sur une route départementale située à l'opposé du lieu de l'attaque.

Toutes les parties du fourgon susceptibles de trahir des empreintes avaient été minutieusement nettoyées. Un vrai travail de professionnel. Depuis lors, personne n'avait eu de nouvelles du chargement de fourrures. Il avait probablement été livré à un client la nuit même.

Si, après cela, la police du Midshire doutait encore de l'extension de la grande criminalité à son territoire, le vol de la paye hebdomadaire de la blanchisserie Armitage, trois semaines plus tard, ne leur laissa cette fois plus aucun doute. Le chauffeur qui convoyait régulièrement les payes des ouvriers le vendredi jusqu'à l'usine n'avait pu fournir aucun renseignement, hélas, car on l'avait transporté inconscient sur un brancard et il était décédé avant son arrivée à l'hôpital. Son véhicule avait été abandonné au milieu d'autres carcasses dans un cimetière de voitures situé à une heure trente de route du lieu de l'attaque à main armée. Car, cette fois, les malfaiteurs ne s'étaient pas servis d'une matraque, mais d'un revolver. Jusque-là, les armes à feu étaient rarement apparues dans les affaires criminelles du Midshire et n'avaient été utilisées qu'à tort et à travers, par des amateurs. Mais là, il s'agissait de professionnels travaillant à grande échelle. Les chefs de gang étendaient leur territoire. La marche du progrès avait maintenant atteint Comerbourne...

— Je ferais mieux de partir, soupira George, en se levant pour prendre sa valise.

— Attends, je viens avec toi !

Bunty bondit de sa chaise et se précipita dans le vestibule pour chercher son manteau.

— Tu me déposeras devant Betterbuy. J'ai besoin d'acheter quelques bricoles. Au retour, je prendrai le bus.

En réalité, elle n'avait strictement besoin de rien, mais George était trop préoccupé pour deviner quoi que ce soit. Bunty lui offrait son expression habituelle, souriante, calme et raisonnable. Et cependant, elle éprouvait une véritable souffrance à l'idée de le voir partir et de rester seule dans la maison, avec pour unique compagnie le silence glacial de l'automne.

Cela valait la peine de gagner quelques minutes, songea-t-elle. Jouer des coudes pour monter dans un autobus bondé pourrait briser quelques instants sa solitude et la ramener au sein de la communauté. Seul le contact avec ses semblables, aussi assommants, agités ou irritants qu'ils soient, peut maintenir un être humain en vie.

— Tiens, je croyais que tu détestais ce supermarché, dit George, qui ne comprenait visiblement rien.

Il fronçait les sourcils, absorbé par ses soucis, tout en souriant distraitement à cette femme qu'il aimait depuis l'âge de vingt-deux ans. Elle en avait dix-huit à l'époque de leur rencontre et il l'aimait toujours aussi profondément. Parler avec elle revenait en quelque sorte à ouvrir son cœur à son double. Voilà pourquoi elle le questionnait rarement ; de son côté, il n'hésitait pas à lui confier ce qui le troublait, sachant qu'elle n'en parlerait à personne. Mais parfois, comme à cette minute, il se raidissait soudain, envahi par un doute accablant : Bunty lui confiait-elle en retour toutes ses angoisses ? Ou bien refusait-elle de s'ouvrir à lui pour des raisons inconnues qui le diminuaient et l'éloignaient de lui, ce qu'il ne pouvait supporter. Ces moments de doute le plongeaient dans un désarroi intolérable ; mais ils étaient incroyablement brefs et s'évanouissaient sans qu'il pût les rattraper. Il les oubliait avant qu'ils aient pu saper son assurance. Mais il ne savait jamais s'ils n'étaient qu'illusion, inspirée par quelque démon intérieur, ou bien si Bunty, devinant ses pensées, les soustrayait à sa conscience avant qu'ils puissent lui faire mal. N'était-elle pas, après tout, l'antidote à tous ses maux ? Comment savoir si l'exorcisme fonctionnait aussi efficacement en sens inverse ?

— En effet, répondit-elle avec chaleur, je le déteste, mais je n'ai pas le choix ! N'as-tu pas remarqué que les quatre épiceries de Comerford se sont transformées en libres-services ?

— Les clients sont supposés y faire leurs courses plus vite et plus facilement, non ? dit-il d'un air vague, tout en pensant que cette femme de quarante ans était vraiment très belle, encore plus belle qu'avant, avec ses quelques cheveux gris qui parsemaient sa magnifique chevelure châtain ; plus belle, avec ses rides de caractère, de gaieté et de chagrin ; oui, bien plus belle que la pure Bunty au teint d'ivoire qu'elle était vingt ans plus tôt.

Ces douces jeunes filles, passionnées et rayonnantes sont si touchantes à voir, lorsque l'on sait ce qui les attend. Mais toutes ne parviennent pas à une maturité aussi resplendissante que celle de cette femme.

— Ah ! Je voudrais t'y voir ! s'exclama-t-elle. C'est facile de s'y retrouver, une fois que l'on connaît le contenu des rayons, mais en sortir, c'est autre chose. Parle-moi plutôt de la bonne vieille épicerie du coin où tout le monde papotait. On pouvait y traîner si l'on ne retardait personne ou bien en sortir vite s'il y avait la queue. Et, surtout, on n'avait pas droit à ces maudits points-cadeaux ! conclut-elle avec humeur. Alors si c'est cela le progrès pour toi — cela fait partie du même processus. Nous devons tous nous soumettre au progrès technique, tiens, comme tes gangsters.

Ils laissèrent derrière eux la maison éteinte et fermée à clé ; une fois installés dans la voiture, épaule contre épaule, séparés de la pluie maussade et des vestiges de lueurs grisâtres, ils retrouvèrent un certain sentiment de sécurité. Les diables impuissants griffaient les portières, traçant des traînées d'eau sale qui s'écoulaient en rigoles tortueuses vers le bas des vitres, réfractant les lumières de la rue en dizaines d'éclats plats d'un jaune sulfureux, telles des cartes à jouer enfumées, battues par une main invisible. En face de chez eux, les silhouettes informes des nouveaux pavillons de brique rose à peine achevés trouaient l'obscurité.

— Nouveauté et décrépitude, remarqua Bunty avec amertume.

Elle regretta d'avoir parlé trop crûment. L'explosion démographique était telle dans la région qu'il fallait bien loger les gens quelque part ; à son avis, les habitations devaient conserver un bon goût discret, tout en affichant une certaine solidité. Or celles-ci semblaient balancer entre trop d'agressivité et trop de modestie. On aurait dit des casernes et non des logements destinés à accueillir des familles.

— Je sais. On ne croirait pas que cet endroit était un village lorsque nous nous sommes installés. Il n'y avait que trois magasins ; des fermes donnaient sur la grand-rue et le petit ruisseau qui serpentait derrière les maisons ressemblait à un chaton gris courant après les feuilles dans un jardin.

— Attention ! dit Bunty. Tu deviens lyrique.

— Non, j'ai seulement la nostalgie du village de cette époque. Maintenant, il ressemble à une ville, à tous points de vue. Au début, on ne remarque rien et brusquement, on s'aperçoit que tout est là : chaînes de magasins, supermarchés, salles de jeux, parkings à barrières automatiques, points-cadeaux, offres spéciales, pour quatre pence vous emportez tout ! Bunty, si nous déménagions ?

— C'était si joli, ici, soupira-t-elle, avant d'ajouter d'un ton raisonnable : Partout où nous irons, le progrès nous rattrapera. Alors, à quoi bon fuir ?

Dans la rue principale, autrefois la route qui traversait le village, les lueurs clignotantes vertes, bleues et rouges des néons perçaient difficilement l'obscurité, comme recouvertes d'un voile gris acide. Signes d'une société d'abondance, de belles voitures aux carrosseries maculées d'une fine couche de poussière visqueuse étaient garées côte à côte sur les parkings tout neufs. Le fronton du cinéma soutenait avec difficulté une affiche de trois à quatre mètres de long, qui s'étalait au-dessus de ses néons, représentant une femme prenant un bain de soleil en bikini ; sa chevelure blond platine se déployait sur un bon mètre derrière sa tête, comme si on l'avait tirée jusque-là par cette corde de lin. Elle paraissait morte. Mais visiblement, le film n'intéressait pas les habitants de Comerford. Personne ne faisait la queue devant le cinéma pour connaître le fin mot de l'histoire.

— Attends de voir ce qu'ils ont fait du garage du vieux Pearce, dit George avec un mélange de résignation et de dégoût. Ne t'avais-je pas dit qu'il avait vendu son fonds à une chaîne de distribution venue du sud ? Son petit garage était trop bien placé pour survivre longtemps, face à une urbanisation galopante.

Il quitta High Street pour tourner sur la gauche et ralentit en approchant de la devanture scintillante de ce qui avait été autrefois un garage, occupé par trois générations de fous de mécanique, totalement dénués de sens commercial, mais capables de faire du neuf avec du vieux ! A l'époque tout le matériel se trouvait dans la réserve ; c'était pour Pearce une corvée assommante de s'occuper des pompes à essence, modestement éclairées et peu entretenues. Il n'avait nul besoin de publicité. Tout automobiliste digne de ce nom connaissait l'adresse de ce garagiste qui offrait des services de premier ordre.

Dix jours après la vente, le décor avait changé du tout au tout : un long feston de lumières multicolores s'étirait le long de la façade dans laquelle on avait creusé une grande arche qui abritait neuf pompes à essence du dernier modèle ; elles ressemblaient d'ailleurs davantage à des engins spatiaux qu'à des pompes à essence. Un grand panneau de néon, placé au-dessus du bureau repeint à neuf, affichait le nom de la chaîne : FLEET. Deux grands posters orange fluorescent proclamaient mensongèrement : « Semaine des doubles points ! »

— Tu vois? dit George avec une satisfaction amère.

— Oh, soupira Bunty avec un geste d'impuissance, Pearce approchait de l'âge de la retraite et on a dû lui faire une offre faramineuse.

— Pourtant, je crois que si Tony n'avait pas émigré, son père n'aurait pas vendu l'affaire, observa George, tout en garant avec doigté la Morris devant la pompe de super la plus proche.

Il ouvrit la portière et se glissa hors de la voiture, tandis qu'un jeune homme au nez retroussé et aux cheveux en bataille, averti par un coup de sonnette, sortait du bureau en traînant les pieds.

— Le plein, Bobby.

— Bien sûr, Mr. Felse !

Le visage soucieux du jeune homme s'éclaira légèrement à leur vue. Longtemps il avait eu la manie apparemment incorrigible de partir au volant de voitures que leurs propriétaires avaient oublié de fermer à clé. Pendant sa période de mise à l'épreuve, George Felse avait eu une idée lumineuse et était parvenu à convaincre le vieux Pearce de donner à Bobby la possibilité — et donc la gloire — de s'intéresser en toute légitimité à ces machines qui le fascinaient. George se prit à espérer que deux années avaient suffi à guérir Bobby, car il sentait au fond de lui que l'expérience ne survivrait pas au changement de propriétaire. Une chaîne de stations-service ne se soucie guère du salut des adolescents en difficulté. Heureusement, dans quelques régions plus éloignées du Midshire, il restait encore de nombreuses petites entreprises familiales ; deux ans d'apprentissage chez Pearce étaient pour Bobby une excellente référence.

— Eh bien, comment cela se passe-t-il ? s'enquit George, évitant d'avoir l'air trop inquiet.

— Bah, pas terrible, Mr. Felse, répondit Bobby, sourcils froncés, tout en surveillant d'un air dubitatif le niveau de l'essence qui s'écoulait dans le réservoir en gargouillant. Vous savez ce que c'est, on s'habitue à une certaine façon de travailler. Mais ces gens-là se moquent bien des voitures.

Il avait dressé ce constat sacrilège sur un ton plus désolé que coléreux.

— Dans ce cas, il est plus que probable que vous vous taillerez un grand succès personnel, puisque vous, vous ne vous en moquez pas, souligna George.

— Oui, peut-être... Mais ils n'ont pas vraiment envie que je m'y intéresse. Tout ce qui compte pour eux, c'est de gagner de l'argent, et vite. Vous savez ce que c'est. Il faut que ça ait l'air beau. L'argent se gagne ici, dehors, et pas au fond de l'atelier, sauf si on a l'occasion de faire une magouille juteuse avec les assurances, ajouta-t-il d'un ton dédaigneux.

Il retira le tuyau avec précision et dextérité, juste au bon moment, le releva pour nettoyer l'orifice du réservoir — bien qu'il n'ait pas fait gicler une goutte d'essence — avant de conclure :

— Je sens que je ne vais pas faire long feu ici, Mr. Felse.

— Quel est le problème ? demanda George tranquillement. Le nouveau patron ?

Bobby haussa les épaules et sourit.

— Oh, *lui*, il n'est pas très dérangeant. De toute façon, on ne le voit presque jamais. Il paraît qu'il possède trente-sept stations-service, la plupart situées à Londres et dans le sud. Celle-ci est la plus au nord. Non, lui n'est vraiment pas gênant. En revanche, il a mis un nouveau gérant... qui a les dents longues ! Vous voyez le genre, le type de la ville qui aime se montrer. Un frimeur, quoi !

Bobby compta rapidement sa monnaie, tout en jetant un œil sur la vitrine flambant neuve du bureau, décorée de plantes en pots.

— Tenez, le voilà qui sort. Celui qui a l'air d'un boxeur, là-bas.

Deux hommes avaient franchi la porte vitrée et marchaient à pas lents sous l'arche de béton, étudiant les rénovations d'un œil approbateur. L'un des deux, vêtu d'une blouse blanche, était trapu, avec un visage aux traits lourds ; il arborait une confiance agressive et un air m'as-tu-vu qui n'auraient pas détonné dans un ring de boxe ou dans un centre commercial. L'homme qui marchait à ses côtés, à grands pas, était d'une stature bien supérieure et portait un élégant costume gris perle.

— *Monsieur* Mostyn, souffla Bobby, en jetant à la silhouette de l'homme en blouse blanche un regard dépourvu d'aménité. Ne lui achetez jamais une voiture d'occasion, c'est moi qui vous le dis.

— Qui est l'autre ? demanda George en rempochant sa monnaie.

— Lui ? C'est le grand patron... *Monsieur* Fleet en personne. Il est venu pour inspecter sa dernière acquisition et jeter un œil au plan d'extension. Mostyn m'avait demandé de m'occuper de la voiture de *Monsieur* Fleet cet après-midi et croyez-moi, *celle-là*, il tenait à ce qu'elle soit faite correctement !

Il referma la portière sur George et agita la main.

— A bientôt, Mr. Felse.

— A bientôt, Bobby. Et réfléchis bien avant de prendre une décision. A mon avis, il va partir, prophétisa George quelques instants plus tard à l'oreille de Bunty. Cet endroit ne lui convient plus.

Il fit marche arrière sur l'aire de stationnement et engagea la Morris dans une rue sombre, rendue luisante par la pluie, laissant derrière eux la station-service et son long serpent de néons multicolores. Ils retrouvèrent l'artère principale au croisement suivant, approchant maintenant le sud de la ville. On voyait scintiller au loin dans l'obscurité les lumières bien ordonnées du nouvel ensemble immobilier de Well Meadow, qui s'étageait en terrasses à flanc de colline. Sur le trottoir d'en face, les six grandes vitrines du supermarché Betterbuy, tapissées d'affiches publicitaires jaune verdâtre et orange électrique vantant des affaires exceptionnelles, illuminaient la rue d'un halo aveuglant.

— Et celui-ci ne me convient pas non plus, soupira Bunty en se penchant vers le siège arrière pour attraper son panier et son sac à main, alors que la voiture s'immobilisait en crissant le long du caniveau mouillé. Et pourtant, figure-toi que c'est le seul endroit de Comerford où l'on trouve du poivre noir en grains !

Au moment de descendre de la voiture et de quitter George, elle éprouva un terrible déchirement ; mais lorsqu'un véhicule est garé en stationnement gênant, on n'a pas le temps de tergiverser. Elle jeta par réflexe un coup d'œil par-dessus son épaule avant d'ouvrir la portière, posa un pied sur le trottoir, et offrit à son époux une joue prête à recevoir un rituel baiser d'adieu.

— Bonne chance, matelot. Je te verrai à ton retour !

— Je reviendrai dès que possible. Au revoir, chérie, et fais bien attention à toi.

— Écoutez-le donc ! ironisa Bunty. Ce n'est pas moi qui ai l'habitude de me frotter à la pègre !

Elle bondit avec légèreté hors de la voiture, claqua la portière et regarda la Morris s'éloigner jusqu'à ce que ses feux arrière ne soient plus que deux bouts de cigarettes incandescents dans les ténèbres sales et humides. Elle disparut de sa vue au coin du White Hart.

« Voilà comment il faut se dire adieu, songea-t-elle, lorsqu'on ne peut pas faire autrement. » Elle tenta de reprendre les mailles de sa personnalité, qui s'étaient effilochées avec le départ de George, mais cette fois la douleur ne s'émoussait pas, le saignement ne s'arrêtait pas.

Au cours de ces vingt dernières années, chacune de ces séparations aurait pu être la dernière ; même avant que des gangsters professionnels ne débarquent sur le devant de la scène, la carrière d'un policier n'était pas sans risque. « Mais est-ce seulement à l'approche d'un certain âge, se demanda-t-elle, que l'on commence à admettre cette possibilité ? Ou plus simplement, n'y avait-on jamais pensé plus tôt ? »

L'atmosphère surchauffée du magasin l'enveloppa de sa moiteur tandis qu'elle se frayait un chemin vers le rayon des fruits secs. Même les maris qui prennent leur voiture le matin pour se rendre paisiblement à leur travail, dans une banque ou une boutique, peuvent avoir un accident au premier coin de rue, ou bien être victimes d'un hold-up ou encore être tués derrière leur comptoir. Mais la vie serait impossible si leurs épouses pensaient à cela à chaque fois qu'ils se séparaient...

Assise devant son miroir, dans la maison vide et silencieuse, Bunty se brossait les cheveux et regardait son reflet comme si le secret de ce désarroi imprévu et inévitable était tapi là, derrière son propre regard.

Finalement, elle n'avait pas pris l'autobus, préférant rentrer à la maison à pied sous un sale petit crachin, par cette soirée d'automne aux ombres incertaines, indiciblement triste et mélancolique. Et là où elle aurait dû trouver refuge, sous son propre toit, une autre ombre s'était approchée sans crier gare, celle que vous pressentez quand vous regardez en arrière pour constater que la moitié de votre vie est déjà derrière vous.

Comment peut-on vivre quarante ans sans se poser de questions puis, à quarante et un ans, se trouver brutalement confrontée à une interrogation jaillie de son inconscient ?

Cela arrive à tout le monde, un jour ou l'autre, même aux plus équilibrés et aux plus heureux, cette hésitation soudaine, ce premier regard en arrière, ce premier doute qui vous assaille lorsque vous vous demandez si vous avez réussi votre vie, s'il y a réellement quelque chose à retenir de cette existence à demi écoulée. Octobre est un mois difficile pour les jeunes, mais dans leur cas, il s'agit seulement d'un malaise saisonnier ; ils portent en eux une sève printanière et ils ont bonne raison d'espérer. Le cœur de Bunty pleurait la beauté et la jeunesse fanées. Ses yeux lui disaient qu'ils n'étaient plus inconscients du temps qui passe ni ignorants de ses implications, l'âge, l'infirmité et la mort.

Elle avait éteint la grande lumière de la chambre. Dans la pénombre, elle entendait le crépitement de la brosse dans ses épais cheveux bruns. Le miroir lui renvoyait son propre regard qui l'observait sans ciller, parfois dissimulé par une mèche de cheveux, mais toujours fixe et terriblement interrogateur lorsque le rideau de sa chevelure s'écartait.

« Que t'arrive-t-il ? » demanda-t-elle à la femme qu'elle voyait dans la glace. A deux, elles pourraient peut-être trouver une réponse. « Tu as de la chance, tu es heureuse, et tu en as toujours été consciente. Tu as un mari que tu aimes, un fils que tu adores ; un caractère égal, un tempérament ouvert ; de manière peu ostentatoire, certes, mais qui t'a toujours satisfaite, tu possèdes tout ce qu'une femme peut espérer, même le sens de l'humour ! A propos d'humour, où est-il passé ? Se serait-il égaré le temps de te mettre à l'épreuve ? »

Est-ce tout ? continuait à demander ce regard scrutateur. Et est-ce assez ?

Au-dehors, les silhouettes tourmentées des nuages filaient dans le ciel en se donnant âprement la chasse, poussées par un vent soudain. L'air trop immobile s'était brusquement mis en mouvement en gémissant. Bunty eut l'impression que le temps fuyait sous ses pieds, et se sentit traverser l'espace dans une sorte de grisaille mugissante. Autrefois vivait une certaine Bunty Elliott qui savait de toute évidence qu'elle deviendrait une grande chanteuse ; elle laisserait derrière elle un florilège d'enregistrements qui l'immortaliseraient à jamais. Mais elle n'avait jamais pu sérieusement mettre ses dons à l'épreuve, car elle avait rencontré et épousé George Felse. Elle était devenue mère de famille et femme de policier. Qu'était-elle donc à cette minute sinon la mère de Dominic et la femme de George — ou plutôt la veuve de George pour quelques jours — et cette minute était le condensé de toute sa vie. Était-elle autre chose que leur reflet, condamnée uniquement à agir et exister à travers son mari et son fils ?

Qu'était devenue Bunty ? Elle s'était perdue quelque part, entre George et Dominic, et sa redécouverte ne serait pas facile. Une photographie vieille de dix ans, représentant George qui l'observait de ses yeux francs et sombres, était posée sur la coiffeuse. Il n'avait pas vraiment changé, toujours grave et pensif, les joues creuses, avec ces petits plis fragiles autour de la bouche. Elle pouvait aisément se le représenter aujourd'hui : il lui suffisait d'ajouter les quelques rides profondes qui avaient creusé son visage depuis que la photo avait été prise, ce qui renforçait encore la valeur et l'importance qu'il avait à ses yeux, importance dont elle n'avait jamais douté et qu'elle ne remettrait jamais en question. Elle l'aimait si naturellement qu'elle n'avait jamais eu l'occasion de faire le point pour évaluer l'étendue de son amour pour lui. George, lui, possédait une identité propre qu'il ne risquait pas de perdre. Mais elle ?

« George, il suffirait que tu sois là, songea-t-elle, pour que je retrouve mon équilibre. J'aurais surmonté la crise et je serais en voie de reconquérir mon identité. Pourquoi n'es-tu pas là ? Pourquoi dois-tu être ailleurs précisément cette nuit-ci ? »

Et son fils ? Dominic était un être compliqué, fascinant et passionnant, parce qu'il était George et Bunty à la fois. Depuis sa naissance, ils avaient été complices. Elle pouvait même se moquer de lui sans subir ses foudres. Mais les enfants s'éloignent en grandissant. Dominic étudiait à Oxford, et les examens de fin d'année approchaient; il avait choisi une jeune fille, pour la vie, pour le meilleur et pour le pire, dans la pauvreté ou l'abondance, et il l'aimait de tout son cœur. Peut-être ne le savait-il pas encore; peut-être était-il trop proche de Tossa Barber[1] pour apprécier sa valeur. Mais Bunty, elle, savait. Et approuvait son

1. Voir *Un air de cornemuse*, coll. 10/18, n° 2731.

choix. Dominic pouvait avoir commis des erreurs, mais cette fois son instinct ne l'avait pas trompé et son choix était juste. Sa mère était heureuse.

Mais où était passée Bunty ?

Elle s'était préparée, dans la mesure où une femme peut s'y préparer, à être rejetée comme une vieille dépouille. Cela ne présentait aucun problème dans sa relation avec Dominic, ni même avec Tossa. En revanche, être confrontée à la coquille vide de Bunty Felse et arriver à un accord avec cette enveloppe inconsistante n'était pas si facile.

« Qui suis-je, à présent ? songea-t-elle. D'ailleurs, suis-je quelque chose ? Pour George, oui, certainement. J'ai donc une raison de continuer à exister. J'ai un vide intérieur à remplir, un vide plus grand qu'avant. Reste à savoir s'il me reste assez de substance pour le combler. Et s'il existe quelque chose qui est encore vraiment moi, Dieu seul le sait. »

Le lit était doux, froid et stérile. Allongée dans l'obscurité inquiète et palpitante, Bunty ne dormit pas.

Et le lendemain matin, jour de son quarante et unième anniversaire, il n'y eut pas de lettre de Dominic, pas plus que de coup de téléphone de George.

La lumière du jour était grise, froide et paisible. Elle se sentit seule au monde, peut-être pour la première fois de sa vie. Une vie qui s'était déjà à demi écoulée et qui se resserrait sur elle, alors qu'elle s'habillait pour l'affronter.

2

Bunty avait beaucoup d'amies; elle aurait pu les appeler. Mais devant elles, elle se serait sentie obligée d'offrir un visage serein, un comportement normal et de garder ses sombres pensées pour elle. On n'inflige pas aux amis l'image navrante d'une inconnue qui a déjà un pied dans la tombe. Mieux vaut se cacher le temps de la crise, en étant, même à ce stade, à peu près sûre qu'elle ne durera pas, et attendre pour émerger d'être redevenue soi-même, telle que les autres vous connaissent, en état de partager leur compagnie.

Non, dans ces moments-là, vous avez besoin de la présence d'un étranger rencontré dans un train et que vous ne reverrez jamais, l'un de ces confidents occasionnels dans le confessionnal éphémère de cette vie, où, contrairement à toute attente, les âmes sont souvent sauvées.

C'est pour cette raison qu'elle opta, ce samedi d'octobre, pour une longue promenade solitaire, en évitant soigneusement les endroits trop familiers et les lieux fréquentés par ses amies. Depuis midi le ciel avait pris une couleur tourterelle, l'air était immobile, rafraîchi par le crépuscule jusqu'à la limite du givre, sans jamais l'atteindre. Les nuages étaient gris et bas, mais l'atmosphère au-dessous était claire. S'il gelait avant le lendemain matin, le milieu des routes, au moins, sécherait enfin et la pellicule visqueuse se transformerait en poussière pâle.

Le silence de la maison l'avait poussée à sortir, mais celui des routes de campagne à trois ou quatre kilomètres de Comerford était bien plus grand et plus étouffant encore. Bunty n'avait jamais craint de marcher seule dans la nuit, dans la région ; dans une grande ville, elle aurait sans doute été davantage sur ses gardes. Elle croisa des silhouettes indistinctes que parfois elle croyait reconnaître et échangeait alors des « bonsoir » anonymes avec leurs ombres. Elle évita de marcher le long des routes à grande circulation ; les rares voitures qu'elle rencontra passèrent leur chemin, absorbées par leur propre mission. Et lorsqu'elle rejoignit enfin la grand-route, elle réalisa qu'elle se trouvait sur un vaste parking, devant la façade d'une sorte de relais moderne, le genre d'endroit où elle ne risquait pas de se trouver nez à nez avec quelqu'un de connaissance.

L'établissement s'appelait *La Constellation d'Orion* — un beau nom, qui faisait rêver. Bunty se souvenait d'avoir appris son ouverture, mais elle n'y était jamais entrée. Alors pourquoi ne pas s'y aventurer ce soir ? Le bâtiment, un cube de métal contemporain mâtiné de style georgien, n'était pas réellement digne de son nom, mais promettait certainement aux étrangers de passage des rencontres aussi éphémères que celles que l'on fait dans un train.

Personne ne l'attendait à la maison ; elle pouvait prendre tout son temps avant de rentrer. Toute la nuit, même, si besoin était.

Dès qu'elle eut franchi la porte, elle plongea dans un univers moite et bruyant. La modernité agressive de la salle aux angles vifs évoquait les boîtes de jazz des années vingt ; quant au décor, il lui rappelait celui des horribles vases que l'on gagnait aux fêtes foraines de son enfance. Il y avait tellement de monde que l'on s'y sentait mal à l'aise. Mais, curieusement, le fait que le bar soit bondé était beaucoup moins dérangeant. Les lumières y étaient plus douces et tamisées. De toute évidence, c'était pour les gens de la région tentés d'entrer boire un verre la seule pièce acceptable.

Bunty se faufila jusqu'au comptoir, s'offrit un demi de bière à la pression et l'emporta jusqu'à une encoignure de la salle, où un jeune couple venait de libérer deux chaises à une table malingre. Par-dessus le bord de son verre, elle observait l'assemblée, laissant le brouhaha des différentes conversations résonner à ses oreilles sans chercher à en démêler le sens. Elle ne connaissait personne et personne ne la connaissait. Nul ne s'intéressait à elle, d'ailleurs ; par groupes mouvants de deux ou trois, chacun se préoccupait de ses affaires et la laissait aux siennes. Elle était assise depuis environ dix minutes lorsqu'elle remarqua l'unique personne qui semblait seule dans la salle. Elle l'aperçut d'abord par-dessus les épaules de deux consommateurs au type sportif, vêtus de manteaux trois-quarts en mohair ; là où il était placé, on aurait pu croire que l'homme faisait partie de leur groupe ; mais son expression excluait cette hypothèse. Il jetait sur ses semblables un regard qui paraissait venir d'un autre monde, aussi intérieur et fermé que celui de Bunty. C'était un homme assez jeune, d'une trentaine d'années environ, aux cheveux bruns en désordre, grand, très mince, mais plutôt bien bâti, aux gestes nerveux et crispés.

Bunty nota aussitôt l'extrême fixité et la tension de ses traits ; sa peau avait l'aspect rigide et blême d'un masque d'argile : le moindre tressaillement risquait d'en provoquer l'effritement. Parfois les méplats du visage frémissaient, puis se recomposaient, reprenant leur dureté minérale. Derrière ce masque défensif, telles des sentinelles en alerte, deux prunelles sombres et ardentes brillaient fiévreusement au fond de leurs orbites cerclées de bleu.

Il donnait l'impression d'avoir passé deux ou trois nuits blanches. Mais la main qui tenait le verre était grande, forte et ne tremblait pas.

Les consommateurs debout près du bar le cernaient de trop près. Bunty le vit s'écarter, partir à reculons vers un espace plus clairsemé et chercher des yeux un endroit tranquille. Au passage, son regard se posa brièvement sur la seule chaise encore vacante, dans l'angle où elle était assise; il s'y dirigea sans hésitation.

Puis il la vit. Vraiment. Il ne laissa pas glisser son regard sur une inconnue assise là par hasard. Non, le temps d'un éclair, il concentra toute la force de son attention sur elle. Pour la première fois, il était vraiment conscient d'une présence dans cette salle — hormis lui-même et le démon intérieur auquel il était confronté. Les yeux fixés sur elle, il s'immobilisa un instant au beau milieu du vacarme de la pièce enfumée et surpeuplée. Elle pensa qu'il allait changer d'avis et faire demi-tour; si elle avait baissé les yeux ou si elle avait regardé à travers lui, il l'aurait probablement fait. Mais elle soutint pensivement son regard, sans invite, ni rejet. Peut-être était-ce une invitation que de lui manifester son intérêt : une personne en état d'extrême tension reconnaît son semblable.

Son instant d'hésitation fut bref; il s'avança vers elle d'un pas rapide, un verre de whisky dans une main et une petite bouteille de ginger-ale dans l'autre.

Du bout du majeur, il désigna timidement le dossier de la chaise inoccupée.

— Je ne vous dérange pas ?

Le ton était bas, mais abrupt, comme s'il s'efforçait de le mesurer.

— Pas du tout, asseyez-vous.

Elle déplaça son verre pour laisser de la place au sien sur la table, un minuscule plateau de cuivre martelé de style indien, qui n'avait certainement pas été fabriqué à Bénarès, mais plutôt à Birmingham. Il étudia celui-ci une fraction de seconde, incrédule, puis s'assit avec délicatesse et leva les yeux vers Bunty.

— Je suis d'accord avec vous, fit cette dernière d'un ton détaché. Elle est plutôt laide, mais il faut bien poser son verre quelque part !

Un court instant, les traits de l'inconnu s'adoucirent, réchauffant la ligne dure de sa bouche, et une petite étincelle amusée pétilla dans son regard, qui reprit aussitôt sa douloureuse intensité.

— Vous n'êtes pas une habituée, cela se voit, dit-il. Pourquoi êtes-vous ici ?

Ces paroles jaillirent de sa bouche avec une vivacité, une spontanéité qui excluaient toute préméditation, en phrases brèves et saccadées, nées de la violence contenue qui l'habitait.

Violence fut en effet le premier qualificatif qui vint à l'esprit de Bunty, mais après réflexion, elle le rejeta ; agitation aurait peut-être été plus approprié, ou tout simplement excitation. Il n'y avait rien d'insolent dans son comportement, et, quoi qu'il cherchât, ce n'était certainement pas une partenaire pour la nuit.

— Parce que je me sentais seule, répondit-elle avec une franchise égale à la sienne. Et vous ?

— Pour la même raison, je suppose. Et j'avais besoin de boire un verre.

Il disait la vérité. Le whisky avait apporté un semblant de couleur à ce masque d'argile, dont l'aspect figé s'était légèrement assoupli.

— Mon bavardage ne vous dérange pas ? Je peux me taire, si vous préférez.

Bunty ne répondit pas immédiatement.

— Je suis partie de chez moi parce que la maison était trop silencieuse, reprit-elle après un moment de réflexion, et je suis entrée ici parce que dehors le silence était encore plus insupportable.

Il émit une sorte de bruit sourd et bref, qui, s'il avait été moins oppressé, aurait pu ressembler à un petit rire.

— Cela ne sera pas le cas ici, apparemment. A moins que nous puissions qualifier ce tohu-bohu de silence d'un genre nouveau ? Le silence bruyant, pourquoi pas ?

Le vacarme atteignait en effet un maximum d'intensité ; on était à une demi-heure de la fermeture. Le jeune homme lança un bref coup d'œil à la ronde, puis revint à elle, ses yeux sombres grands ouverts, attentifs, mais dépourvus de curiosité.

— Nous avons un point commun, si je comprends bien, dit-il en vidant son verre sans la quitter des yeux. Vous ne vous attendiez pas à être seule ce soir, vous non plus.

— En effet, acquiesça-t-elle, songeant à ce qu'aurait pu être cette soirée d'anniversaire, je ne m'attendais pas à être seule.

— Moi non plus. Je vais vers le nord, ajouta-t-il d'une voix saccadée, en faisant tourner dangereusement son verre ; pour un long week-end. Quoique, à présent, je n'aie plus grand-chose à attendre. Nous aurions dû être deux, si ma vie ne s'était pas écroulée...

Le verre s'immobilisa entre ses longs doigts ; il le regarda d'un air sombre.

— Je suppose que je devrais m'arrêter de boire, mais j'ai besoin d'un autre whisky ; il me manque encore de quoi retrouver ma pleine humanité. Voulez-vous reprendre un demi ? Ou bien autre chose ?

— Merci, un demi sera parfait.

Bunty le regarda se faufiler vers le comptoir avec les verres vides. Pourquoi avait-elle délibérément accepté ce dernier verre ? Parce que si elle l'avait refusé, il aurait pris sa réponse pour une rebuffade et serait retourné à son isolement ? Ou bien parce qu'en perdant le contact avec lui, elle aurait été repoussée vers sa propre solitude ? Ils cherchaient l'un comme l'autre à se perdre dans un autre être humain, tout en restant lucides : ils n'auraient guère autre chose à s'offrir que deux monologues parallèles, semblables à deux trains se croisant dans la nuit. Mais du moins la vue d'un visage, le temps d'un éclair, derrière une vitre, rassure-t-il le voyageur solitaire sur la réalité d'une présence humaine éveillée comme lui. Pourquoi se priver de satisfaire ce besoin mutuel de compagnie ?

Aussi l'attendit-elle et le regarda-t-elle revenir, louvoyant habilement parmi la foule des consommateurs du samedi soir, un verre plein dans chaque main.

— Je suis désolée d'apprendre que votre week-end est gâché, murmura-t-elle.

Puis elle ajouta, avec un détachement soigneusement mesuré, car de toute évidence le sujet était douloureux pour lui :

— Vous savez, il y a d'autres jeunes filles...

Il s'apprêtait à poser son verre sur la table ; pour la première fois, sa main trembla. Surprise, Bunty leva les yeux vers lui et rencontra son regard, tout près du sien : tout comme ses traits, il s'était figé et avait pris l'opacité grisâtre du verre dépoli. Il s'assit lentement, si contracté que l'air se mit à vibrer entre eux sous l'effet de la tension.

— *Qui a parlé d'une jeune fille ?*

— Réfléchissez, répondit-elle d'un ton patient. J'avais une chance sur deux de deviner le sexe de la personne qui vous a laissé tomber, non ?

Il prit une inspiration prudente et se détendit légèrement. Une lueur de vie revint avec méfiance dans son regard.

— Vous avez raison... Je suppose que ce n'était pas difficile à deviner...

Il avait hésité sur chaque syllabe, comme quelqu'un marchant dans le noir cherche son chemin à tâtons.

— Nous nous sommes disputés, expliqua-t-il. Tout est fini. Et pourtant, j'étais prévenu. La plupart de mes amis m'avaient averti qu'elle se fichait de moi, mais je refusais de les croire.

— C'est peut-être vous qui avez raison, objecta Bunty, et eux qui ont tort.

— Sûrement pas ! La vérité m'a enfin sauté aux yeux aujourd'hui. Pour de bon.

— Il y a peut-être plus à dire en sa faveur que vous ne le supposez. Vos sentiments à son égard ne varieront-ils plus ? Avec un peu de bonne volonté, tout pourrait s'arranger entre vous.

— Non ! dit-il avec une violence tranquille. Tout est fini. Elle n'aura plus l'occasion de me laisser tomber.

— Dans ce cas... au risque de me répéter, je vous assure qu'il y a d'autres jeunes filles.

Il ne l'écoutait pas. Il enregistrait certainement très clairement le son de sa voix, tout comme ses yeux brûlants, cernés de bleu, mémorisaient les traits de son visage, mais tout ce qu'il voyait et entendait se rattachait à sa propre douleur. Bunty n'était que le réceptacle destiné à recevoir son trop-plein de détresse.

— Nous nous sommes fiancés il y a dix jours, expliqua-t-il. Dieu seul sait pourquoi elle a dit oui. Il y avait un autre type qu'elle menait par le bout du nez. En tout cas, ce n'est pas moi qu'elle voulait.

— Cela arrive parfois, dit Bunty. Lorsque vous vous engagez auprès de quelqu'un, vous prenez un risque. On ne peut pas se protéger de tout.

— Elle, elle a bien réussi à couvrir ses risques, répliqua-t-il avec amertume.

— Elle ne s'était pas engagée, de son côté. A mon avis, vous êtes bien mieux sans elle.

Il murmura si doucement, pour lui-même, qu'elle l'entendit à peine :

— Oh, quelle importance, à présent ?

Il serra les poings sur ses genoux, jusqu'à ce que ses articulations blanchissent. Un bref instant, Bunty crut qu'il allait s'évanouir; instinctivement elle tendit la main vers lui et, sans hésiter, l'agrippa par le bras, l'obligeant à revenir à une réalité qu'apparemment il aurait volontiers quittée pour les ténèbres d'un autre monde. Il releva brusquement la tête, blême, l'air abasourdi. Ils s'observèrent un long moment, se dévorant des yeux si intensément qu'aucun des deux ne pourrait plus, à l'avenir, se dérober à l'autre, sous quelque nom ou déguisement que ce soit.

— Écoutez, dit Bunty avec douceur, vous n'êtes pas en état de conduire sur une longue distance cette nuit. Rentrez chez vous, couchez-vous, dormez pour l'oublier, saoulez-vous même si vous voulez, trouvez-vous une autre amie, faites n'importe quoi, mais donnez-vous au moins une chance. Ce n'est pas la fin du monde... Il ne manquerait plus que cela ! Vous avez toute la vie devant vous. Et cette vie n'appartient qu'à vous — et aussi un peu aux autres — mais pas à cette femme. Si vous vous laissez couler, c'est nous tous qui perdons.

Elle se demanda s'il avait remarqué qu'elle avait au moins une douzaine d'années de plus que lui. Tout d'abord, elle avait eu l'impression d'en avoir vingt de plus et maintenant elle n'était même plus sûre qu'un an les séparait. Que lui arrivait-il ? Ce n'était pas un douloureux amour d'adolescence, mais une passion mature, qui secouait toute la salle, en dépit du brouhaha indifférent, superficiel et dérisoire qui l'entourait.

— Si, justement, c'est la fin du monde, affirma le jeune homme très simplement, à voix basse ; c'est ce que vous ne comprenez pas.

La pendule du bar se mit à sonner avec un tintement argentin.

— Messieurs, c'est l'heure de la fermeture ! annonça le barman, accordant sa voix au carillon mélodieux de la pendule.

Bunty passa quelques minutes bien superflues dans les toilettes, à rectifier sa coiffure et à retoucher son rouge à lèvres, moins pour échapper à son compagnon que pour lui donner le temps de s'enfuir s'il en éprouvait le besoin. Les hommes sont plus enclins que les femmes à regretter d'en avoir trop dit et de s'être ainsi mis à nu ; si tel était son cas, après s'être délivré du poids le plus douloureux de son lourd fardeau, il préférerait peut-être disparaître dans la nuit et ne plus la revoir, ni jamais repenser à elle. Mais lorsqu'elle sortit du hall éclairé, sous l'enseigne décorée d'une constellation argentée, elle vit qu'il l'attendait, silhouette svelte et crispée dans la pénombre, près de la chaîne basse qui barrait l'entrée du parking. Elle n'en ressentit ni surprise, ni désagrément.

— Êtes-vous motorisée ? demanda-t-il. Sinon, je peux vous raccompagner.

— C'est gentil, mais je n'habite pas sur votre route, répondit-elle tranquillement. Je vis à Comerford, et j'imagine que vous allez retrouver l'autoroute M 6.

— Le détour n'est que de cinq kilomètres. Et personne ne m'attend, ajouta-t-il avec brusquerie.

Elle commençait à s'habituer au ton de sa voix, mais celui-ci la déroutait encore, car en dépit du désespoir implicite qu'il révélait, il était curieusement dépourvu d'apitoiement sur lui-même.

— Si cela ne vous ennuie pas de faire le détour, j'accepte volontiers votre offre.

Pourquoi pas ? Il voulait simplement se réchauffer encore quelques minutes au minuscule brasero qu'elle avait allumé pour lui. Quant à elle, elle pouvait parfaitement se prendre en charge. Bunty Felse était une femme mûre, indépendante et équilibrée. Elle ne craignait pas d'oser s'aventurer auprès d'un inconnu, car elle se croyait assez forte pour contrôler cette relation et même lui échapper, si l'urgence s'en faisait sentir. La plénitude de ses quarante ans lui permettait d'offrir à ce jeune homme l'amitié dont il avait besoin, sans qu'elle soit confondue avec aucun autre sentiment.

Il lui tint le bras avec une pointe de cérémonie tandis qu'ils marchaient vers la voiture, mais son contact était léger et timide, comme s'il avait mortellement peur de gâcher le peu de réconfort qu'elle lui avait apporté.

Le grand parking goudronné se vidait rapidement ; les dernières voitures s'éloignaient, les unes après les autres, vers les bornes blanches qui indiquaient la sortie. Bientôt, ils se retrouveraient seuls tous deux, dans la nuit, sur la route obscure qui menait à Comerford.

— Nous y voilà !

Il se pencha pour lui ouvrir la portière, la referma dès qu'elle fut installée et démarra. Bunty n'entendait rien aux voitures ; pis, d'après son mari et son fils, elle ne s'y intéressait absolument pas. Une voiture était à ses yeux un moyen pour se déplacer d'un point à un autre. Parfois, il lui arrivait de les trouver belles, mais elles ne lui faisaient guère d'autre d'impression. Celle-ci était grande, sans être neuve, sans chromes superflus, mais le moteur était puissant. La conduite du jeune homme prouvait qu'il savait en tirer le maximum, probablement bien au-delà de ce que commandait la prudence. Bunty avait beau ne rien comprendre à la mécanique, elle appréciait d'instinct la compétence d'un conducteur.

— Avez-vous beaucoup de chemin à faire ? demanda-t-elle, en regardant le profil aigu de son compagnon apparaître et disparaître par intermittence, tandis qu'ils passaient devant les dernières lumières de la façade de l'établissement.

— Environ quatre cents kilomètres, dit-il en prenant l'embranchement de Comerford. Je n'en aurai pas pour longtemps. La nuit, on roule plus vite.

— C'est possible... Malgré tout, je préférerais que vous rentriez chez vous. Dans l'état où vous êtes, l'idée de vous voir parcourir une telle distance ne me plaît guère.

— Pourquoi ? Je ne suis pas saoul, riposta-t-il, sur la défensive.

— Je sais. Ce n'est pas ce que je voulais dire. Mais le week-end est déjà bien entamé, nous sommes presque dimanche, vous avez un long voyage en perspective. Et vous m'avez dit vous-même que personne ne vous attendait.

Un silence douloureux, mais dénué d'hostilité, lui fit écho.

— Suis-je trop indiscrète ? reprit-elle simplement.

— Non, pas du tout !

Pour la première fois, elle perçut quelque chaleur dans sa voix.

— Vous êtes très gentille, mais je dois partir. Je ne peux pas rester ici. Le week-end ne sera pas aussi court que vous le prétendez ; je n'ai pas besoin de rentrer avant mercredi. Ne vous inquiétez pas pour moi, tout ira bien.

A brûle-pourpoint, elle demanda :

— Depuis quand n'avez-vous pas mangé ?

Un instant désarçonné, il fouilla au fond de sa mémoire.

— Je ne sais pas, admit-il avec franchise. Attendez... Oui, j'ai déjeuné, si l'on peut dire. J'ai ouvert une boîte de conserve, des petites saucisses à griller, je pense.

— Rien d'autre, depuis ?

— Non, je ne crois pas. Je n'avais envie de rien.

— Pas étonnant que vous ayez l'air malade ! s'exclama Bunty, très terre à terre. Croyez-moi, avant la fin de votre voyage, vous aurez envie de vous sustenter ! Et vos deux verres de whisky passeront mieux si vous avez quelque chose dans le corps. Si Lennie n'a pas encore fermé boutique, nous nous arrêterons pour acheter des sandwiches, des hot-dogs et du café.

— C'est une idée...

Devant eux, scintillaient les lumières de Comerford, étoiles orange sur un fond de ciel humide couleur d'encre. Le samedi soir, le vieux Lennie installait son commerce ambulant sur un étroit terre-plein devant la croix de la place du vieux marché, prêt à accueillir les noctambules qui sortaient de la salle de jeux ou du club de billard. Tous les nouveaux lotissements et les centres commerciaux se trouvaient à l'autre extrémité de la ville. Arriver à Comerford en traversant la petite rivière vous donnait une idée de ce qu'avait pu être le village autrefois. Entre des arbres écimés, on apercevait une chapelle baptiste carrée, de brique gris pâle, datant du siècle dernier, et qui donnait sur la rivière. Une fois dépassée la légère bosse du pont, on voyait le camion blanc de Lennie, à la lumière dorée du réverbère. L'intérieur était encore allumé. Son propriétaire, un homme de petite taille, estropié à la suite d'une chute dans un puits de mine vingt-cinq ans plus tôt, était en train de nettoyer son comptoir.

— Arrêtez-vous une minute et attendez-moi, ordonna Bunty. Je vais voir ce qui lui reste. Impossible de stationner ici, mais nous pourrons nous garer un peu plus bas, au bord de l'eau. Là, vous mangerez en toute tranquillité.

Elle fut de retour deux minutes plus tard, chargée de deux sachets en papier et d'un gobelet de café en carton paraffiné.

— Lennie avait déjà fait sa caisse. Heureusement qu'il me connaît bien ! Il n'aurait pas rouvert pour n'importe qui.

Entre-temps, le vieil homme était sorti en boitant pour rabattre l'auvent de son camion. Il suivit sa cliente des yeux avec curiosité et la vit monter dans une voiture qu'il ne connaissait pas, replier ses longues jambes et s'asseoir aux côtés d'un inconnu. Il continua d'observer la scène, sans chercher à se cacher : la voiture tournait à droite pour emprunter le chemin qui menait vers le parc et les jardins, en bord de rivière.

— Ici, nous serons très bien. La route fait une boucle qui nous ramène à la nationale, là-bas, juste avant les lumières. Nous ne dérangerons personne ; à cette heure-ci, il y aura très peu de circulation.

L'endroit était inhabité. Il n'y avait donc pas de véhicules en stationnement pour la nuit, phénomène inévitable lié à l'urbanisation. Lorsqu'il gara la voiture sous les arbres, on entendit le frottement des hautes herbes contre les enjoliveurs. De leur côté, un sentier étroit et une haie de buis les séparaient du parc. De l'autre côté de la route, au-delà d'un espace d'une cinquantaine de mètres planté d'arbres et d'arbustes ornementaux, miroitaient les eaux de la rivière Comer.

Il coupa le moteur. Tout était si calme, si inexplicablement immobile qu'ils n'éprouvèrent plus le besoin de mesurer le temps : après tout, personne ne les attendait, ni l'un ni l'autre, au bout de leur voyage.

Soudain, au milieu de ce silence absolu, elle le sentit trembler. Cela se produisit dès qu'il lâcha le volant et qu'il perdit sa concentration; pendant plus d'une minute, il ne parvint pas à maîtriser les frissons qui le parcouraient. Bunty ouvrit le gobelet de café et le plaça entre ses mains, en refermant ses doigts sur les siens pour l'aider à guider le bord du verre jusqu'à ses lèvres. Il but docilement, puis retint longtemps sa respiration avant de se détendre en poussant un profond soupir. Elle sentit la tension de ses muscles se relâcher.

— Je suis désolé... s'excusa-t-il. Tout va bien. Je crois que je suis plus fatigué que je ne le pensais.

— Essayez au moins de manger un morceau. Ensuite, vous vous reposerez.

Elle déposa sur ses genoux les sachets en papier contenant les hot-dogs et les sandwiches au jambon et le regarda manger : il commença par grignoter visiblement pour lui faire plaisir et sans goût aucun; puis il se mit soudain à dévorer avec avidité, comme s'il découvrait la nourriture à cet instant.

— Vous voyez, vous aviez faim!

Elle jouait avec le gobelet à moitié vide qu'elle tenait entre ses mains, tout en étudiant, sourcils froncés, la silhouette assise dans la pénombre à ses côtés.

— Si vous voulez mon avis, continuer votre route dans cet état relève de la pure folie.

— Je suis peut-être fou, répondit-il avec une pointe de perversité. N'y avez-vous pas pensé ? A propos, vous aviez raison : j'avais faim ! D'ailleurs, je vous dois de l'argent, laissez-moi vous...

— C'est ma tournée, l'interrompit Bunty. Vous me revaudrez ça une autre fois.

Il ne protesta pas et s'étira de tout son long en poussant un soupir épuisé ; puis il se détendit complètement, se cala contre son siège et tourna la tête pour appuyer son front contre la vitre. Il froissa les sachets en papier et les garda sur ses genoux, dans sa grande main ouverte.

— Vous vous sentez mieux ?

— Bien mieux !

— Alors, écoutez-moi : vous ne devriez pas rouler cette nuit. Ce n'est pas correct vis-à-vis des autres conducteurs de conduire dans un tel état d'épuisement. Si vous perdez connaissance sur l'autoroute, que se passera-t-il ?

— Ça ne risque pas de m'arriver, dit-il avec un bâillement qui le fit frissonner. Je ne peux pas me le permettre.

La phrase, commencée sur un ton de triste certitude, s'acheva dans un marmonnement indistinct. Il bâilla de nouveau.

— Je n'ai pas le choix, reprit-il d'une voix lointaine. Pas le choix...

Bunty demeura quelques instants silencieuse, quoiqu'elle eût encore bien des conseils à lui donner. « Oh, et puis à quoi bon, se dit-elle, il n'est rien pour moi. » Mais au moment où cette pensée fut formulée, elle sut qu'il était — et qu'il avait été — tout pour elle dès l'instant où elle avait accepté sa présence. Et maintenant elle ne savait plus quoi faire de lui. On ne peut décemment pas repousser quelqu'un à qui l'on vient d'ouvrir sa porte ; on ne peut pas non plus le retenir contre sa volonté. S'il avait envie de poursuivre sa route, il le ferait, et elle n'avait pas le droit de l'en empêcher. Elle réalisa à cet instant que depuis plus d'une heure et demie, pas une seconde elle n'avait pensé à elle.

Le rythme lent, régulier de la respiration de son compagnon la tira de ses réflexions. Un peu de buée s'était formée sur la vitre, près de sa joue : il dormait ! Dans sa main ouverte il tenait toujours les sachets froissés. Elle les prit délicatement et les mit dans le gobelet. Il n'avait pas bougé un cil...

Finalement, elle n'avait plus rien à faire ici. L'idée de le réveiller ne l'effleura même pas. Le sommeil était certainement ce dont il avait le plus besoin ; s'il dormait tout son saoul, il aurait peut-être retrouvé suffisamment de bon sens au réveil pour décider de rentrer chez lui. « Et toi, ma fille, se dit-elle, tu ferais bien de l'imiter. »

Elle n'était qu'à dix minutes à pied de chez elle. Elle hésita à s'éclipser sans un adieu, mais mieux vaut parfois savoir clore ces rencontres sans cérémonie. Dans de pareilles circonstances, les partenaires n'ont pas besoin de formules toutes faites pour les aider à s'en souvenir.

Bunty attendit encore un peu, mais il était profondément endormi ; elle pouvait donc sortir de la voiture sans le déranger. Au-dessus d'eux le ciel s'était éclairci, il y avait des étoiles ; avant le matin, l'humidité de l'air se serait transformée en givre. Ce n'était pas un temps à passer la nuit dehors. Il y avait peut-être une couverture roulée quelque part ; dans ce genre de vieille voiture sans chauffage, on pense souvent à emporter de quoi se couvrir. Elle jeta un coup d'œil sur la banquette arrière, mais ne vit qu'une valise. S'il y avait un plaid en permanence, il devait se trouver dans le coffre ; les clés dansaient sur le contact, à portée de sa main. Considérerait-il comme une rupture de leur pacte subtil et informulé, le fait qu'elle utilise ses clés pour aller chercher une couverture dans le coffre ?

Bunty hésita longtemps, mais après réflexion, se dit qu'il était impensable de le laisser se réveiller à moitié gelé dans une aube glaciale. Elle étendit la main et sortit délicatement les clés du contact. Son compagnon dormait toujours paisiblement. Elle ouvrit la portière avec précaution et la referma doucement.

L'arrière du véhicule était aussi large que celui d'un taxi. Il y avait assez de clarté pour qu'elle trouvât facilement la serrure ; la seconde clé qu'elle essaya était la bonne. Le capot du coffre s'ouvrit avec un léger grincement. Elle le souleva sans difficulté. La lumière des étoiles éclaira vaguement le rebord chromé puis l'intérieur qui ne révéla que des formes indistinctes dans l'ombre du capot. Elle avança prudemment sa main, qui effleura un tissu doux et laineux à travers lequel elle sentit quelque chose de dur qui se déplaça sous ses doigts. Elle continua à tâtonner jusqu'à ce que sa main, abandonnant le tissu, saisisse une chose froide, articulée et rigide.

Un bref instant, Bunty s'immobilisa, incapable d'identifier ce qu'elle avait touché. Puis elle retira vivement sa main avec une inspiration d'horreur qui produisit une sorte de sifflement. La chose froide qu'elle avait frôlée parut bouger dans sa direction. Avec un horrible petit bruit, la forme enveloppée à l'intérieur du coffre oscilla et pencha vers l'extérieur, comme si elle s'apprêtait à se redresser pour lui faire face. Une main marmoréenne pendait, inerte, au bout d'une manche. Un serpentin clair et soyeux glissa soudain en avant. Bunty sentit les boucles d'une longue chevelure blonde encercler ses doigts glacés.

Le corps lové entre la boîte à outils et la roue de secours commençait à prendre une raideur cadavérique. Avant d'être dérangé par l'intervention maladroite de Bunty, il avait dû reposer là, tel un enfant endormi. Son manteau gris foncé était déboutonné sur un pull-over couleur crème. Au creux du décolleté, dans la pénombre étrange et chatoyante, on distinguait un petit trou rond, bordé d'une croûte noirâtre, qui indiquait clairement la manière dont la jeune fille avait perdu la vie.

En état de choc, Bunty s'accroupit et porta les mains à sa bouche, muette, glacée d'horreur.

Devant ses yeux écarquillés gisait la jeune fille « qui n'aurait plus jamais l'occasion de le laisser tomber » ; voilà pourquoi il voulait à tout prix s'enfuir cette nuit même.

Voilà comment s'était terminée leur dispute.

3

Une main effleura son épaule et rabattit violemment le coffre de la voiture. Si jamais Bunty avait eu une chance de faire demi-tour et de prendre ses jambes à son cou, avec l'espoir d'éviter une poursuite à travers le parc, il était déjà trop tard. L'occasion était passée ; elle resta là, incapable d'émettre un son ou de faire le moindre geste, pétrifiée d'horreur.

Elle n'avait rien entendu, rien vu excepté le corps fragile et contorsionné ; mais quelque chose avait alerté le conducteur : un courant d'air froid lorsqu'elle avait ouvert la portière, un léger déclic de la serrure, ou peut-être un instinct de conservation inconscient, qui ne faisait pas appel à ses sens. Il se tenait derrière elle mais avait reculé pour éviter son contact, au cas où le choc aurait donné à Bunty la force de se rebeller.

En silence, il contourna la voiture de façon à lui montrer, sans être aperçu par d'éventuels importuns en cet instant critique, le petit pistolet noir qu'il pointait dans sa direction, droit vers son cœur. Sa main ne tremblait pas. Et la preuve, dissimulée mais hélas si présente, que l'arme était chargée et qu'il savait s'en servir, était là, dans le coffre.

— Tenez-vous tranquille, dit-il dans un filet de

voix dont la tension était proche de l'hystérie. Si vous faites le moindre bruit ou le moindre geste, je vous tue.

Bunty ne proféra pas un son, ne bougea pas un cil. Une sorte de torpeur la gagnait, mais quelque part, au plus profond d'elle-même, brûlait encore un noyau de discernement attentif à ce qui l'entourait et capable de l'empêcher de commettre une erreur.

— Mon dieu, mon dieu, chuchota-t-il dans un murmure horrifié qui s'adressait plutôt à lui qu'à elle, mais pourquoi... pourquoi avez-vous fait cela?

« Oui, pourquoi? songea Bunty dont le cerveau fonctionnait comme celui d'un somnambule perdu dans son corps engourdi, pourquoi ai-je fait cela? Parce que je me sentais responsable de vous! Voyez où cela mène, de se sentir responsable! » L'engagement avait été trop loin. Il n'était pas question de revenir en arrière, ni pour l'un, ni pour l'autre.

Elle ne dit rien. N'ayant pas encore retrouvé l'usage de sa voix, elle n'aurait pu appeler au secours, même si le museau rond et noir du pistolet, dont l'orifice l'hypnotisait, n'avait pas été pointé sur elle. Hurler est bien plus difficile qu'on ne le suppose. Il faut avoir vécu une expérience de ce type pour connaître l'incroyable résistance que votre chair, votre esprit et votre âme opposent au danger et à la mort. On s'imagine que de telles aventures n'arrivent qu'aux autres, ailleurs et en rêve, jamais à vous personnellement. Et lorsqu'elles surgissent sur votre chemin, comme apparaît un squelette dans une légende médiévale, eh bien, vous n'y croyez pas. Du moins vous faut-il un temps d'adaptation. Ensuite... Ensuite il est trop tard pour les éviter.

Mais la réalité était bien là. Bunty n'était pas chez elle, dans son lit, en train de rêver. L'homme se tenait très droit, dans un halo de lumière diffuse. Des frissons le parcouraient mais il demeurait très vigilant, les sens en éveil ; il l'observait d'un air las, par-dessus le canon de son arme qui était devenue le troisième — ou plutôt le quatrième personnage de cette scène invraisemblable. Son visage, très pâle, avait perdu tout relief ; ses yeux, grands ouverts, n'exprimaient que l'irrévocabilité du destin.

En baissant les yeux, elle vit une mèche de cheveux pâles qui dépassait du coffre.

— Fermez-le à clé, ordonna-t-il.

Puis, alors qu'elle se penchait machinalement en avant pour tourner la clé, il ajouta, d'une voix dure et coupante :

— Non, attendez ! Ces cheveux... repoussez-les... qu'on ne les voie pas.

Elle souleva le capot et repoussa maladroitement les boucles argentées, qui semblaient encore innocentes et pleines de vie. Au passage, ses doigts effleurèrent le visage glacé. Curieusement, le contact de la chair morte contre sa peau ne lui inspira aucune répulsion ; tout ce qu'elle éprouva fut un immense sentiment de pitié devant un tel gâchis. Elle referma doucement le capot, comme s'il s'agissait du couvercle d'un cercueil, et tourna la clé dans la serrure. Puis elle se redressa lentement et, d'un air absent, tendit les clés à l'homme armé.

— Posez-les sur l'aile entre nous, dit-il en reculant d'un pas.

Il prit soin de ne pas faire de bruit et de mesurer ses gestes. Il ne voulait pas l'effrayer, et déclencher chez elle un mouvement de panique qui l'obligerait à tirer.

Elle posa délicatement les clés là où il l'avait demandé, en prenant soin elle aussi de ne pas faire de bruit. Sans la quitter des yeux, il tendit sa main libre, prit les clés et les mit dans sa poche.

— Que ce soit bien clair entre nous...

Sa voix semblait venir de l'au-delà, mais le ton était nettement plus assuré.

— Si vous faites le moindre geste, ne serait-ce qu'un faux mouvement, je vous tue. Vous ne me laissez pas le choix, n'est-ce pas? Voyez-vous, je n'ai plus rien à perdre.

Bunty commençait à reprendre ses esprits, mais comme dans le fil logique d'un rêve. Elle voyait et agissait en accord avec ce qu'elle voyait. C'était vrai, il n'avait rien à perdre : dos au mur, il était désormais imperméable à la peur et au scrupule. Pas question pour elle de faire le moindre faux mouvement. Elle lui rendit son regard, immobile, attentive et muette.

— Remontez dans la voiture. Attention, je suis derrière vous.

Elle se détourna, très droite, obéissant au geste de la main armée, fit lentement le tour de la voiture et marcha jusqu'à la portière du passager, très lentement, au cas où il la soupçonnerait de vouloir s'enfuir. Elle aurait pu en effet prendre ce risque, si le véhicule avait été garé de l'autre côté de la route; mais le sentier étroit et l'épaisse haie de buis n'offraient aucune possibilité de retraite. Il la suivit pas à pas. Elle sentait la menace du pistolet à moins de quinze centimètres de son dos. Parcourir ces trois ou quatre mètres lui parut une éternité; du moins cela lui permit-il de prendre très clairement conscience de sa situation. Quelques heures plus tôt, elle s'efforçait d'accepter l'idée que la moitié de sa vie s'était écoulée sans qu'elle s'en rendît compte; à présent, l'autre moitié se résumait en un saut monstrueux vers sa propre fin, toute proche.

Aucune voiture ne passa. Personne ne rentrait chez soi par cette route, pas même un couple d'amoureux attardés dans l'obscurité. En été, elle aurait pu espérer voir quelqu'un, mais en cette saison il n'y avait pas âme qui vive. Seule, elle ne pouvait rien faire d'autre que lui obéir — excepté peut-être laisser une trace, un signe qui puisse être aperçu.

Elle tenait son sac à son poignet. Il n'y avait donc aucune chance qu'elle pût l'ouvrir sans qu'il le vît. Mais son porte-monnaie, qui se trouvait dans la poche droite de son manteau, était muni d'une pochette plastifiée contenant son nom et son adresse... Elle devrait dire adieu à quelques billets d'une livre et à quelques pièces de monnaie, mais qu'avait-elle à faire de cet argent, à présent? Au moins, on remarquerait qu'elle était passée par là. Elle sortit le porte-monnaie avec précaution, le balancement du sac cachant le mouvement de la main, et, d'un geste vif, le jeta sur le côté dans les hautes herbes qui séparaient le sentier de la route. Elle se risqua à faire semblant de broncher bruyamment sur le bord de la chaussée pour couvrir le léger choc qu'il produisit en tombant et s'appuya sur la voiture pour retrouver son équilibre.

Derrière elle, l'homme retint sa respiration en émettant comme un sifflement d'avertissement mêlé d'inquiétude et de souffrance; au contact du pistolet s'enfonçant dans son dos, elle sentit un frisson glacé l'envahir.

— Attention!

Mais il avait seulement remarqué son trébuchement et non la chute du porte-monnaie. Toute son attention étant concentrée sur elle, il ne songea pas à regarder sur le côté. Désormais le sort de Bunty était entre les mains du destin. Si un honnête citoyen découvrait le porte-monnaie, il chercherait à le lui rendre, et, ne trouvant personne à l'adresse indiquée, le porterait à la police qui s'inquiéterait très certainement de son absence. Si par malheur une personne malhonnête, ou du moins indélicate, le trouvait, eh bien... ce serait tant pis pour elle...

Il passa devant elle pour ouvrir la voiture. Lorsqu'elle fut montée, il claqua la portière et bondit de l'autre côté; dès qu'il eut lâché la poignée, elle s'en empara et pesa de tout son poids contre la portière, réalisant que c'était maintenant ou jamais. Sauter de la voiture, partir en courant vers la croix... La masse du véhicule la protégerait quelques précieuses secondes, car l'homme devrait prendre le temps de viser; en se dépêchant, elle arriverait peut-être à se mettre hors de sa portée.

Mais la portière résista; la poignée ne bougea qu'à demi, et la poussée de son corps fut inutile. Il y avait un cliquet de sécurité avec lequel elle n'était pas familiarisée et elle n'avait pas vu l'homme l'abaisser, avant de claquer la portière. Le temps de le trouver et de le soulever, il était déjà trop tard; l'homme s'était assis au volant et démarrait. La portière s'entrouvrit, mais la sécurité résista. L'homme étendit le bras pour la refermer violemment. Elle avait perdu l'unique occasion de s'enfuir, si jamais il en avait existé une. La brutalité du démarrage la rejeta contre son siège, contre l'épaule de son ravisseur.

La vitesse faisait siffler les arbres de chaque côté de la route. Sauter dehors maintenant équivaudrait à un suicide.

Elle serra les poings sur ses genoux, confrontée pour la première fois à une vérité aveuglante; elle ne voyait rien d'autre autour d'elle. Que l'on trouvât son porte-monnaie ou non, quelle différence cela ferait-il? Ou que la police envoyât des hommes à sa recherche le lendemain? Personne ne la retrouverait à temps; elle était livrée à elle-même et son temps était compté.

Car que pouvait faire l'assassin, sinon se débarrasser d'un témoin gênant?

D'une main experte, il négocia le virage qui débouchait sur la route principale à une telle vitesse que Bunty, dont le cerveau fonctionnait malgré l'émotion avec une froide lucidité, eut la certitude qu'il connaissait fort bien Comerford. Puis elle se souvint des feux rouges : il n'y avait pas moyen d'éviter le carrefour du centre-ville. L'homme ignorait peut-être que le dimanche soir, un policier en uniforme surveillait discrètement le carrefour, du moins jusqu'à ce que la cohorte de motards qui passaient la soirée au bar *L'Espresso* eût quitté les lieux, ce qui se produisait rarement avant minuit. Si seulement les feux passaient au rouge...

Il y avait encore plusieurs groupes de jeunes qui s'éternisaient bruyamment le long des trottoirs, pour se dire au revoir. La voiture approchait du carrefour. Le bal du *Regal* n'étant pas encore terminé, l'officier de police Peter Hillard se tenait près de la vitrine du joaillier, l'air de rien mais l'œil aux aguets, les mains croisées derrière le dos, le visage empreint de son habituelle expression trompeuse de bienveillance un peu simplette. Si le feu pouvait passer au rouge, elle oserait... Ici, il ne prendrait pas le risque de tirer; il chercherait plutôt à s'enfuir.

Un frisson d'espoir la parcourut; elle se pencha légèrement en avant pour rassembler ses forces et se donner du courage, tandis que la voiture ralentissait pour s'arrêter au feu. Soudain, elle sentit quelque chose s'enfoncer dans ses côtes : le canon froid du pistolet se rappelait à elle. Les yeux cernés de bleu de son ravisseur étaient encore plus glacés que son arme.

Il avait deviné son projet. Soit parce qu'il l'avait prévu depuis le début, soit parce que la légère excitation qui s'était emparée d'elle s'était communiquée à lui aussi clairement que si elle lui avait déclaré ses intentions à voix haute. Bunty venait de s'apercevoir d'une autre de ses particularités : il était ambidextre ; il tenait aussi bien son arme de la main gauche que de la droite. A présent, il ne restait plus à Bunty que deux possibilités : provoquer sa propre mort tout de suite, ou bien attendre, sans grande conviction, de pouvoir tenter une nouvelle fois sa chance.

Ce qu'elle fit alors ne fut pas le résultat d'une véritable réflexion, mais d'une impulsion qu'elle n'eut pas le temps d'analyser. La voiture roulait très doucement, prête à s'arrêter au feu. Hillard regardait justement dans leur direction ; hélas, de l'endroit où il se trouvait, il n'avait aucune chance de la voir et de la reconnaître. Mais il pourrait sans doute arriver à lire le numéro d'une plaque minéralogique sans difficulté, si une infraction flagrante était commise sous ses yeux.

Elle tourna la tête, regarda attentivement par la vitre arrière et, avec un petit cri de joie vengeresse, elle s'écria :

— Il y a une voiture de police derrière nous ! Elle s'arrête ! Il y en a un qui sort !

Si, en disant cela, elle avait choisi de risquer sa vie, elle faillit la perdre dès la seconde suivante : l'homme accéléra si brutalement qu'elle fut projetée en arrière sur son siège et ressentit aussitôt une violente douleur dans la nuque. Des étoiles dansèrent devant ses yeux. Lumière et obscurité défilaient follement derrière la vitre, tandis que la voiture traversait le carrefour en trombe. Une grosse Austin, qui passait paisiblement au feu vert, dut piler pour lui laisser le passage ; les pneus d'un camion hurlèrent sur le bitume givré en laissant une traînée de fumée. Mais ils avaient réussi à passer sains et saufs et empruntaient maintenant le tunnel mal éclairé d'Hawkworth Road à cent à l'heure, ce qui était bien sûr tout à fait illégal. Bunty s'agrippa au bord de son siège en cherchant à reprendre la respiration que le choc du démarrage lui avait fait perdre; lorsqu'elle la retrouva, ce fut pour partir d'un petit rire involontaire de soulagement. Soulagement d'être encore en vie plutôt que d'avoir réussi un exploit !

Elle décida de ne pas retenter l'expérience. Si tout à l'heure elle avait pris le temps de réfléchir, elle n'aurait jamais décidé de courir un tel risque. Un miracle qu'il n'ait pas tiré sur elle lorsqu'elle avait inventé l'histoire de la voiture de police. La violence de sa réaction prouvait à quel point elle avait été près de perdre la vie. On doit s'attendre à ce qu'un assassin en fuite ait les nerfs à vif. Si seulement il avait gardé la tête froide et jeté un coup d'œil dans son rétroviseur au lieu d'écraser l'accélérateur au moment où elle avait donné l'alerte, il aurait traversé Comerford sans le moindre problème.

— Espèce d'idiote ! maugréa-t-il entre ses dents.

Sa voix tremblait de rage.

— *Espèce d'idiote !* Il n'y avait pas de voiture de police derrière nous !

— Non, mais maintenant il ne va pas tarder à en y avoir une, croyez-moi.

Si Hillard n'avait pas eu le temps de noter le numéro de la plaque d'immatriculation, c'eût été le diable que le conducteur ou les passagers des deux autres véhicules ne l'aient pas retenu. Avait-elle gagné un point ? Probablement, dans l'hypothèse où Hillard aurait la bonne idée d'agir vite. Si le fugitif se dirigeait vers l'autoroute M 6, il ne pouvait pas éviter la traversée d'Hawkworth ; Hillard avait le temps de contacter la police locale par téléphone et même de faire mettre en place un barrage routier. En ce moment, il y avait une grande campagne contre les excès de vitesse, et leur sortie de Comerford n'était certainement pas passée inaperçue.

Mais si elle pensait à cela, lui devait faire de même. Il connaissait les enjeux à présent. Il essaierait donc de dépasser Hawkworth dans les meilleurs délais. Si la chance souriait à Bunty, il n'y parviendrait pas, même en roulant à une vitesse folle.

A cette minute, elle n'aurait pas douté de sa mort imminente, s'il avait osé lâcher le volant d'une main ou détourné son attention de la route. « Tant qu'il se concentrera sur sa conduite, se dit-elle, rien ne pourra m'arriver. » C'était sa seule chance de survie, après cc qu'elle venait de faire. Restait à prier que la police les arrêtât à Hawkworth. Si tel n'était pas le cas, la seule pensée encourageante qui lui vint à l'esprit était que dans sa fuite, son ravisseur préférerait certainement s'éloigner le plus possible de Comerford avant de la tuer et de se débarrasser d'elle, afin de pouvoir gagner du temps. Quelques heures de répit lui permettraient de dissimulcr un cadavre, et même deux, de façon suffisamment efficace pour retarder l'enquête de plusieurs jours, voire de plusieurs semaines ; entre-temps, il espérait sans doute être loin.

Elle n'était plus qu'une passagère préoccupée par sa propre survie. Il tenait toujours l'arme dans sa main gauche, même en conduisant. A la prochaine incartade, il pourrait s'en servir sur-le-champ. Elle demeura donc tendue et silencieuse, guettant les vapeurs des premières lampes à sodium, signalant l'entrée d'Hawkworth.

Les abords de la ville étant bien éclairés, il ne prit pas la peine de ralentir. Elle voyait son visage par intermittence, chaque fois qu'ils passaient devant un lampadaire. La sueur perlait à son front et au-dessus de sa lèvre ; un tic nerveux crispait parfois ses traits figés. Soudain, il freina, mais cette fois délibérément, ce qui ne laissait présager rien de bon et plaça son véhicule bien au milieu de la route. Le barrage ! Il l'avait vu avant elle ! Hillard n'avait pas failli à sa mission : la police avait barré la moitié de la route à l'entrée de la ville. Mais seulement la moitié... Aussitôt, elle devina qu'il allait forcer le dispositif.

Un jeune policier, venant de derrière une barrière blanche, surgit sur la gauche de la chaussée et étendit le bras pour leur faire signe de ralentir. Bunty entendit l'homme assis à ses côtés prendre une profonde inspiration qui ressemblait à un sanglot, avant d'enfoncer son pied sur la pédale de l'accélérateur.

Le jeune policier, en bon représentant de la loi, se tenait au beau milieu de la voie restée libre ; Bunty sentit un hurlement d'avertissement monter de sa poitrine, mais il resta bloqué dans sa gorge et elle ne put émettre le moindre son. Elle aurait voulu fermer les yeux, mais cela lui était impossible. Fascinée, elle fixait la silhouette du jeune homme. Elle vit son visage se tourner vers elle, avec une expression tolérante et sereine, qui se transforma bientôt en incrédulité, puis en terreur lorsqu'il comprit que la voiture fonçait droit sur lui.

Le volant dansa, affolé, entre les mains du conducteur, qui reprit très vite son contrôle. Au dernier moment, le policier fit un bond en arrière qui lui sauva la vie ; la voiture noire exécuta une embardée et poursuivit son chemin. Ils n'évitèrent l'homme que de quelques centimètres et rasèrent le pylône situé de l'autre côté de la route. Il s'en fallut d'un cheveu que la peinture de la voiture ne soit éraflée.

Bunty poussa un cri et se retourna à genoux, en s'agrippant au dos du siège, pour regarder par la vitre arrière : le policier était en train de se relever. La voiture de police, sagement garée sur le bas-côté, démarrait enfin pour les prendre en chasse, mais sans doute trop tard. A moins de dépasser les cent vingt kilomètres à l'heure dans les rues endormies de la ville, ils les perdraient bientôt de vue.

Épuisée, Bunty se laissa glisser sur son siège, et demeura là, inerte, aux côtés de son kidnappeur. Celui-ci conduisait les yeux fixés sur la route, sans cesser de jeter des coups d'œil dans le rétroviseur. Il ne lui demanda rien. Elle aurait tout aussi bien pu ne pas être là. Il n'était plus qu'une machine à conduire, diaboliquement précise et sûre d'elle. A présent, la police savait à qui elle avait affaire. Tentative de meurtre sur un représentant de la loi : son compte était bon. C'était un délit bien plus grave qu'un excès de vitesse ou que le non-respect d'un feu rouge. La poursuite allait être sérieuse. Au fond d'elle-même, Bunty savait qu'ils le poursuivraient jusqu'au bout du monde, davantage pour la tentative d'homicide contre la personne d'un policier que pour le meurtre d'une jeune fille anonyme.

Quant à elle, elle avait perdu la partie. Sauf si la voiture qui les poursuivait, sans jusque-là gagner du terrain, parvenait à les arrêter avant l'autoroute, elle n'en avait plus pour longtemps à vivre.

Mais à eux deux — au fond, il devait bien partager cet honneur avec elle — ils avaient vraiment tout fait pour que la police entière du pays soit à leurs trousses, sirènes hurlantes.

Il les sema sur les routes départementales, entre Hawkworth et l'autoroute M 6. Cela ne faisait plus aucun doute pour Bunty : il était originaire de la région, ou du moins avait-il vécu ici suffisamment longtemps pour connaître les routes comme sa poche, mieux que le conducteur de la voiture qui les filait. Il prit l'autoroute par l'entrée la plus discrète et la plus éloignée. Une fois sur la voie rapide, il conduisit comme un démon inspiré. Il y avait très peu de circulation et personne pour faire respecter la limitation de vitesse ; c'était d'ailleurs une limite irréelle, dans cette nuit claire, illuminée d'étoiles où l'on voyait pratiquement comme en plein jour. Et quoi que fût — ou ne fût pas — cet homme, c'était un conducteur hors pair. Bien malins ceux qui les rattraperaient.

L'autoroute large et généreuse déroulait devant eux à un rythme hypnotique son beau revêtement tout neuf. Telles des galaxies lumineuses, les aires de service jaillissaient sur les bords de la route, avant d'être rendues à l'obscurité. Bunty sentait ses yeux fatigués papilloter, puis devenir atrocement douloureux. Elle ferma les paupières et aussitôt put voir plus clairement en elle-même. Le voyage était si paisible ainsi, les yeux fermés, qu'il était possible de se reposer, de penser et même de comprendre.

Elle était pratiquement certaine de mourir. Il était essentiel d'accepter cette idée. Elle ne devait rien attendre de mieux. Si mieux il y avait, elle se battrait pour trouver une issue favorable ; dans le cas contraire, elle se débrouillerait comme elle pourrait. Elle voyait ce qui lui arrivait avec une clarté inhabituelle. Ce n'était plus le rêve invraisemblable qu'elle avait vécu jusque-là.

« Après tout, se dit-elle, ce genre d'événement arrive aussi à d'autres femmes, dans d'autres circonstances : un jour, par exemple, le médecin vous annonce soudainement, après ce qui aurait dû être un examen de routine, que vous avez une tumeur maligne que vous ignoriez, depuis plusieurs mois, voire plusieurs années. Les symptômes sont apparus trop tard. Ou pire, les médecins ne vous disent rien, mais s'en tenant aux convenances qui veulent qu'on ne mentionne pas le mot "cancer", vous envoient à l'hôpital sous le prétexte lénifiant qu'un traitement mineur est nécessaire ; c'est à ce moment seulement qu'avec une angoisse infinie la patiente comprend lentement qu'elle porte en elle à la fois la vie et la mort, toutes les chances de mourir pesant dans l'un des plateaux de la balance. C'est une erreur de faire de la mort son ennemie. La mort est notre destinée ultime, et ce qu'il y a au-delà reste à connaître. La peur, le doute, l'illusion sont les vrais ennemis. Si vous en êtes conscient, vous avez au moins la chance d'accéder à une harmonie intérieure. »

Elle eut cette chance. S'il l'avait tuée tout de suite, cela aurait pu paraître une délivrance, mais maintenant elle savait que ce n'aurait pas été le cas. Il y a toujours l'ultime moment d'intelligence, l'horreur de comprendre trop tard que l'on va mourir, sans avoir eu le temps d'accepter cette idée, sans avoir eu une seconde pour retrouver la dernière dignité. L'offense suprême n'est pas la mort, c'est la peur de mourir. La mort était là, derrière ses paupières, à portée de sa main, souriante. Déjà elle commençait à s'apprivoiser, à devenir familière. Elle attend tout le monde, quelque part sur la route, souvent lorsque l'on s'y attend le moins. A quoi bon clamer son immunité ou pester contre le sort : « Pourquoi moi ? » Les gens qui partent en toute innocence faire leurs courses et se font renverser par un autobus lui paraissaient, paradoxalement, devoir être pris en pitié infiniment plus que les autres.

Ils avaient quitté l'autoroute sans avoir été inquiétés et filaient droit vers le nord en direction de Kendal, Penrith et Carlisle, dernière ville avant l'Écosse.

Bunty connaissait cette route pour l'avoir empruntée plusieurs fois et retrouvait des endroits familiers, même de nuit. Elle avait eu un long intermède de demi-sommeil, étourdie par la vitesse, l'obscurité et l'isolement. Rien ne pouvait lui arriver tant qu'il conduisait. Mais, par ailleurs, personne ne lui viendrait en aide, tant qu'il conduisait.

Quelque part entre Penrith et Carlisle, elle décida de lui parler, d'une voix douce et raisonnable, comme lorsque l'on tente de raisonner un enfant capricieux. Ses propres sens étaient aveuglés par cette fuite éperdue dans la nuit ; sa propre voix lui semblait celle d'une étrangère qui, avec calme et bon sens, tente de présenter des arguments logiques à un être dépourvu de rationalité.

— Saviez-vous que le meurtre n'est plus un crime passible de la peine capitale ? On ne pend plus les gens, de nos jours.

Il ne dit rien. Il conduisait comme un automate ; elle aurait tout aussi bien pu ne pas être là.

— Ce que vous avez fait peut ne pas être considéré comme un homicide volontaire. S'il y a eu provocation de sa part, et si vous avez perdu le contrôle de vous-même, on peut réduire les charges qui pèsent contre vous. Vous pensez que vous allez être obligé de commettre un nouveau crime puisque je suis au courant, mais vous vous trompez. Votre vie n'est pas menacée.

Il ne prêta pas la moindre attention à ce qu'elle disait. Tous ses sens, toutes ses forces, étaient concentrés sur un seul but : arriver à l'endroit qu'il s'était fixé et se débarrasser de son fardeau. Pourtant elle aurait juré qu'il l'avait bien entendue. Il savait exactement ce qu'elle voulait dire. Il n'avait rien à répondre, parce que rien de ce qu'elle avait dit ne pouvait changer sa résolution. De son côté, Bunty sentait bien qu'il était vain d'expliquer à un jeune homme qu'il pourrait sauver sa vie et épargner la sienne au prix d'une quinzaine d'années d'emprisonnement. Cette perspective ne l'intéressait pas. Il avait l'intention de s'échapper sans laisser la moindre trace et pour lui il n'y avait qu'une seule façon d'arriver à ses fins. Elle en savait beaucoup trop pour qu'il la laissât en vie. Néanmoins, elle tenta encore de le convaincre. Savoir que l'on doit mourir ne vous empêche pas pour autant de vous battre comme un beau diable pour rester en vie.

— Supposons qu'ils vous rattrapent. Ils savent dans quelle direction vous vous dirigez. Et ils ne s'avoueront pas vaincus, vous le savez bien. Vous avez failli tuer ce policier. S'ils vous arrêtent, pourquoi aggraver votre cas ? Pour le meurtre de la jeune fille, vous pourrez vous en sortir en plaidant l'homicide par imprudence, mais pas pour le mien !

Ses yeux s'étaient accoutumés à l'obscurité et elle distinguait clairement le profil aigu de son compagnon, qui gardait une rigidité minérale. Elle avait l'impression de parler à un corps réanimé, disposant encore de ses fonctions vitales, mais qui ne pourrait jamais reprendre contact avec un autre humain.

— Vous devriez me laisser ici, ce serait plus simple. J'ignore où vous allez. Je ne connais pas votre nom, je ne sais rien de vous. Avant que je ne rencontre quelqu'un, vous serez loin. Et puis... vous n'aurez pas à souffrir du retard et des ennuis qui ne manqueront pas de surgir si vous vous débarrassez de moi. Vous pourriez encore échapper aux mailles de la police. Vous n'imaginez tout de même pas que je vais me laisser faire aussi facilement ?

Elle s'était peut-être trompée en pensant que ses paroles ne l'atteignaient pas ; en effet, ces mains qui conduisaient avec tant de dextérité étaient si crispées sur le volant que leurs phalanges avaient blanchi jusqu'à la transparence. Il serrait les dents avec une telle force que l'on voyait les muscles de sa mâchoire jouer sous la peau pâle et tendue.

— Et il n'y a pas assez de place pour deux dans le coffre, conclut-elle avec une pointe de perversité.

— Bouclez-la ! haleta-t-il dans une sorte de hurlement étouffé de douleur et de désespoir, *pour l'amour du ciel, bouclez-la* !

Le dernier lieu qu'elle reconnut fut la forge de Gretna, destination de nombreux jeunes couples en fuite recherchés par leurs familles sur cette route[1]. L'ironie de la situation fit naître un petit rire dans sa gorge. Étourdie, droguée par la fatigue, elle perdit bientôt la notion de la réalité. Même la peur ne pouvait plus la tenir éveillée. Raide et inconfortablement assise, elle s'endormit contre l'épaule de son ennemi.

Un violent coup de frein la réveilla en sursaut. Projetée vers le tableau de bord, elle se protégea en tendant ses deux mains en avant, encore à moitié endormie, hésitant entre illusion et réalité. Elle savait seulement qu'il avait freiné et l'entendit jurer entre ses dents. La voiture effectuait un étrange ballet sur la chaussée, louvoyant impatiemment de droite et de gauche, comme un homme pressé qui essaie de dépasser un paisible piéton sur un trottoir étroit. C'est alors qu'elle aperçut le lièvre qui bondissait devant eux au beau milieu de la route, affolé, terrorisé, mais persuadé que sa rapidité lui sauverait la vie. La voiture, avec patience et précision, essayait de le repousser vers le bas-côté ; mais l'animal, refusant d'obéir, continuait sa course en ligne droite.

1. Jusqu'en 1940, dans ce village situé au-delà de la frontière anglo-écossaise, les jeunes couples pouvaient convoler en justes noces sans l'autorisation de leurs parents. Jadis ces noces clandestines étaient célébrées par le forgeron local. (*N. d. T.*)

— Va-t'en, sale bête ! Sors-toi de là !

Bunty regarda par la vitre de sa prison roulante et constata que l'aube approchait. Ils se trouvaient sur un plateau. Il n'y avait pas un souffle d'air. De chaque côté de la route ondulaient des brandes de bruyères ; au-delà, on distinguait des collines aux formes encore indistinctes, comme des plis de tulle dans le ciel gris. S'il continuait à ralentir, elle pourrait essayer d'ouvrir la portière pour s'enfuir en courant... Pourquoi pas ? Il avait depuis longtemps remisé son arme dans sa poche gauche. Il serait peut-être plus lent à réagir puisqu'il gardait les yeux rivés sur la créature stupide qui zigzaguait devant lui. Mais où aller ? Elle ne voyait aucune maison, ni abri apparent.

De toute manière, il était trop tard : il avait laissé l'animal prendre suffisamment d'avance pour que celui-ci, se sentant de nouveau en sécurité, oubliât son instinct de fuite et retournât dans les bruyères. Les longues oreilles et l'arrière-train bondissant s'enfoncèrent sous une haie basse et s'évanouirent dans les fougères. La voiture accéléra en douceur et dépassa l'endroit où avait disparu l'animal. L'aiguille du compteur grimpa allégrement jusqu'à cent dix. Depuis le moment où ils avaient foncé sur le policier à l'entrée d'Hawkworth, seul le lièvre les avait empêchés pendant quelques minutes de rouler au-delà de la vitesse autorisée.

Elle ne savait pas où ils se trouvaient, ni depuis combien de temps ils roulaient. Dans la froidure de l'aube, sa peur semblait avoir atteint un point d'équilibre entre incrédulité et résignation. Elle acceptait et refusait à la fois d'admettre l'horrible situation dans laquelle elle se trouvait. Elle apprenait beaucoup sur la réaction d'un cerveau soumis à une grande tension nerveuse, sur le curieux détachement et la justesse d'observation dont il était capable même en état de terreur, et sur la rapidité avec laquelle cette terreur pouvait devenir familière et cesser d'impressionner. « On arrive même, songea-t-elle, à considérer sans affolement le fait qu'il n'y ait plus de solution ; et l'on atteint ce stade à une vitesse incroyable. »

La voiture amorça un virage à droite très aigu, sans presque ralentir, avant de s'engager dans un étroit chemin creux et tortueux. L'air avait une odeur forte et piquante qui fit frémir les narines de Bunty. En haut du talus à leur droite, les arbres étaient tous inclinés de la même manière, ce qui indiquait clairement que la mer n'était pas loin, même si on ne la voyait pas encore.

L'étroit vallon couvert d'arbres penchés sur ses flancs abrités s'élargit quelques minutes plus tard pour déboucher sur un terre-plein de gravier, devant une villa au soubassement de pierre et à l'étage de brique badigeonnés à la chaux rose, dont le toit en pente douce débordait largement. Son apparence gaie, proprette et soignée laissait supposer que ses nouveaux occupants disposaient de suffisamment de temps et d'argent. Sur la gauche, on voyait un garage tout neuf, niché dans les arbres et les herbes ; la maison avait des fenêtres modernes, récemment installées ; des arbustes décoratifs avaient été répartis avec goût au milieu de la pelouse pour créer un jardin facile à entretenir. Un lieu de plaisir et de repos, cela ne faisait aucun doute. Et son ravisseur connaissait bien l'endroit. Bunty s'en était rendu compte, à la manière dont il avait abordé tout à l'heure le virage à angle droit, et maintenant en voyant la dextérité avec laquelle il manœuvrait la voiture pour la garer juste devant la maison. Elle n'aurait qu'à ouvrir la portière pour entrer sous le porche.

Le moteur à peine arrêté, l'homme bondit hors du véhicule, l'arme à la main.

— Sortez, dit-il. Et n'essayez pas de vous échapper. Vous n'iriez pas loin.

En se redressant, toute courbaturée par le voyage, Bunty vit l'œil noir et rond du pistolet qui la fixait, au-dessus de la voiture. Elle n'essaya pas de s'échapper : elle aurait fait une cible trop facile devant un mur clair d'une dizaine de mètres de long. L'homme fit le tour de la voiture pour la rejoindre, sans se presser. Il la prit par le bras et la fit passer devant lui sous le porche, la maintenant ainsi prisonnière, tandis qu'il fouillait au-dessus de lui sous l'auvent et déplaçait une latte de bois. La clé était donc toujours dissimulée au même endroit, et il connaissait la cachette.

— Entrez, s'il vous plaît.

A la clarté du jour naissant apparut un petit vestibule aux teintes pastel, simplement mais élégamment agencé, avec un escalier et deux portes blanches. La porte d'entrée se referma sur eux avec un bruit lourd et définitif. Ils étaient désormais enfermés ensemble. Bunty entendit la clé tourner à nouveau dans la serrure et vit qu'il la retirait pour la glisser dans sa poche. Et maintenant, il n'était plus occupé à conduire. Il avait les mains libres.

— Montez ! Vous trouverez la salle de bains sur votre gauche. Je suis désolé, il n'y aura que de l'eau froide, tant que je n'aurai pas remis l'électricité. Prenez votre temps.

C'était incroyable : sa politesse spontanée héritée d'une bonne éducation ressortait malgré tout, chose pour le moins étrange, compte tenu de la nature de leur relation. On aurait dit un hôte s'excusant auprès d'une invitée du manque de confort de sa maison, à cette différence près que sa voix sourde et dénuée d'émotion ne s'accordait pas avec les phrases prononcées. Avant d'entrer dans la salle de bains, elle jeta un coup d'œil par-dessus son épaule et le vit assis sur les marches de l'escalier, l'arme à la main. Elle n'avait aucune chance, mais vraiment aucune chance de s'enfuir.

De dos, il offrait une image désolante, la tête penchée en avant, les cheveux raides et ternes en désordre, les épaules affaissées. Si elle-même était malade de fatigue, dans quel état d'épuisement devait-il se trouver? Tout compte fait, elle aurait peut-être une occasion de fuite, face à laquelle il serait impuissant, car il finirait bien, tôt ou tard, par succomber au sommeil...

Elle tira le loquet de la salle de bains derrière elle et saisit à tâtons le cordon de la lumière, mais rien ne se produisit, puisque le disjoncteur n'était pas enclenché; il devait se trouver quelque part au rez-de-chaussée dans un placard. Il n'y aurait pas d'électricité tant que l'homme ne l'aurait pas rebranchée. La fenêtre de la salle de bains était petite et, de l'intérieur, la lumière du jour lui parut avoir diminué d'intensité, au point qu'elle avait l'impression qu'il faisait encore nuit. Il n'était que cinq heures et demie du matin, après ce voyage de cauchemar.

L'eau froide fut la bienvenue. Elle la revigora. Le simple fait d'être seule dans la pièce, avec une porte de séparation fermée à clé, lui donna un regain d'énergie. De toute évidence la salle de bains était fréquemment utilisée et donc toujours prête pour les éventuels visiteurs. Il y avait des serviettes de toilette dans le placard et, sur le lavabo, de jolies savonnettes faciles à prendre en main.

Bunty réfléchit un instant puis roula celle qu'elle avait utilisée dans un mouchoir et la glissa dans son sac. Il n'y avait rien d'autre qui lui parût d'une quelconque utilité. Elle prit son temps, comme il le lui avait suggéré, et chercha quelque chose qui pourrait éventuellement lui servir d'arme. Un instant, elle espéra trouver un rasoir mécanique, et donc des lames dans l'armoire à pharmacie, mais évidemment le propriétaire utilisait un rasoir électrique ; il y avait une prise prévue à cet effet près de la glace. Le loquet de la porte semblait un rempart bien fragile. Si elle refusait de sortir, il ne la protégerait pas longtemps. Restait la fenêtre, malheureusement trop petite et trop haut placée.

Elle prit le tabouret, l'amena sous la fenêtre, grimpa dessus, leva la clenche et souleva le châssis à guillotine. Elle fut assaillie par une vague d'air qui semblait venir du vide. En se penchant sur le rebord, elle constata que l'arrière de la maison donnait sur un éboulis très pentu ; au lieu d'être à la hauteur d'un étage normal, elle se retrouvait au-dessus d'une pente caillouteuse et presque verticale d'une quinzaine de mètres de hauteur. Pas d'espoir dans ces conditions de descendre par là.

Donc il ne lui restait plus qu'à ouvrir cette porte et retourner vers lui. Elle le fit très doucement et très précautionneusement, releva le loquet sans bruit, car, pensa-t-elle, son ravisseur s'était peut-être endormi dans l'escalier. Or à peine avait-elle mis le pied sur le palier qu'il était déjà debout. Il gravit les quelques marches qui les séparaient.

— Allons dans la pièce voisine, je vous prie.

Il passa devant elle pour ouvrir la deuxième porte.

— Oui, dit-il, remarquant le coup d'œil rapide qu'elle jetait sur le bec-de-cane recourbé de la serrure, il y a un verrou. Je ne peux pas me permettre de vous laisser filer, n'est-ce pas ? Vous ne m'avez pas laissé le choix.

Bunty s'immobilisa sur le seuil de la porte et vit une

ravissante chambre d'amis, dans les tons blanc et primevère — un endroit charmant pour accueillir des invités. Le dos tourné, elle déclara posément, d'une voix douce :

— Savez-vous pourquoi j'ai ouvert le coffre de la voiture ?

Elle ne se retourna pas, mais sentit, au sens fort du terme, l'ampleur de sa confusion, de son désespoir et de la souffrance qu'il éprouvait d'avoir été arraché à l'être inoffensif qu'il était auparavant.

— Quel intérêt cela présente-t-il ? répondit-il d'un ton las.

— Je cherchais une couverture pour vous couvrir.

Il y eut un instant de silence absolu, puis la porte se referma brusquement. Bunty entendit la clé tourner en toute hâte, maladroitement, dans la serrure. Durant une longue minute, elle perçut une respiration lourde, profonde et forcée, tout près, derrière la porte. Elle devinait le front moite appuyé contre la boiserie blanche et fraîche et les paupières veinées de bleu, s'alourdissant sur des yeux gris brûlants de fatigue.

Très lentement, avec des efforts infinis, il se retira et s'éloigna d'une démarche traînante dont le bruit s'estompa peu à peu sur le tapis recouvrant le palier. Elle l'entendit descendre l'escalier d'un pas lourd et hésitant.

4

Son premier geste fut de traverser la pièce pour aller relever le châssis de la fenêtre et jeter à nouveau un coup d'œil au paysage environnant. La chambre, comme la salle de bains, donnait sur l'arrière de la maison, mais n'ouvrait pas directement sur la mer. A gauche, la côte s'étendait au-dessus des falaises, ondulant entre des vallons bordés d'arbres et des crêtes blanches et herbeuses ; au pied de la villa, le terrain s'éboulait vers la mer. En se penchant un peu plus, elle apercevait sur sa droite une anse étroite nichée en bas des falaises. Les vagues venaient mourir contre une petite jetée et un hangar à bateaux.

Tout au long de la côte écossaise, de nombreux amoureux de la voile avaient dû s'arracher ce genre de maison pour en faire leur résidence de week-end. Celle-ci appartenait-elle à la famille de son ravisseur ? En tout cas, à quelqu'un de suffisamment proche pour ne pas craindre de lui indiquer la cachette de la clé. On devinait un chemin empierré qui descendait jusqu'à la crique, mais, de la fenêtre, Bunty n'en distinguait ici et là que les parties dallées.

Elle abandonna l'idée de s'enfuir en passant par la fenêtre. Même si elle avait eu assez de draps pour se confectionner une corde de fortune et suffisamment de confiance en sa solidité pour s'y suspendre — après tout, qu'avait-elle à perdre ? —, elle ne se sentait pas capable de se livrer à ce genre d'acrobatie. « N'y pense plus, ma fille, se dit-elle, et cherche plutôt ce qui pourrait t'être utile dans la pièce. »

Au moment où elle rabattait le châssis de la fenêtre, elle entendit la voiture démarrer, puis rouler doucement jusqu'au garage dont les portes à deux battants se refermèrent bientôt avec un son creux. Bien entendu, il n'allait pas laisser le véhicule garé à un endroit où il risquerait d'attirer l'attention.

Tout bien réfléchi, si elle ne pouvait sortir de cette prison, elle pouvait peut-être l'empêcher d'y pénétrer. Malheureusement, dans ces résidences secondaires remises au goût du jour, le mobilier est en général très léger, ou intégré dans les murs. Ici la penderie et la coiffeuse étaient fixées par des baguettes de bois blanc ; il n'y avait rien de vraiment solide qui fût déplaçable. Même le lit était monté sur roulettes — exaspérante ironie du sort — un enfant aurait pu lui faire traverser la pièce sans effort. Et comme il n'y avait pas de verrou de ce côté-ci de la porte, elle ne pouvait pas se barricader à l'intérieur. Restait la serrure : neuve, sans doute efficace, mais, très légère, elle ne préservait que symboliquement l'intimité des invités.

Elle vida le contenu de son sac sur le lit et y chercha ce qui pourrait tenir lieu d'arme ou d'outil. Le meilleur passe-partout était sa lime à ongles, longue et solide, avec une pointe très effilée, un grand modèle qui provenait du luxueux nécessaire de manucure que George lui avait offert. Mais Bunty lui trouva une autre utilité. C'était l'unique objet qui pouvait lui servir d'arme. Hélas, il lui manquait une poignée qui lui permettrait de mieux la saisir et de la manier avec davantage de force. Elle remédia à cet inconvénient en l'enfonçant dans la savonnette qu'elle avait prise dans la salle de bains. Cette arme de fortune ne faisait pas le poids face à une arme à feu, mais, si l'occasion se présentait, elle comptait bien devancer son adversaire dans une confrontation directe. Si seulement elle l'avait eu en main une demi-heure plus tôt, alors qu'il était assis, épuisé, le dos tourné, sur les marches d'escalier...

« Ainsi donc, songea-t-elle en repoussant une mèche de cheveux qui tombait sur son front, voilà comment on devient un meurtrier. Non ! jamais je ne pourrais ! Sauf si... du moins pas tant que... » Elle caressa tout de même du bout du doigt la pointe effilée de la lime et, se souvenant que le rebord de la fenêtre était en brique, elle alla relever la guillotine et commença à aiguiser soigneusement son poignard improvisé, d'abord sur une face, puis sur l'autre. Peu à peu, sa surface striée se mit à étinceler.

La lumière du jour commençait aussi à étinceler. Bunty faisait face à la mer, du côté droit de la villa ; la couche de brume qui flottait à la surface de l'eau s'évaporait devant elle en volutes diaphanes, pour se dissoudre dans la lumière. Elle baissa les yeux vers la crique, attirée par un minuscule point de couleur mouvant : une gracieuse coque de bois clair aux cuivres rutilants et rehaussée d'une brillante peinture bleue sortait furtivement du hangar à bateaux, frottant délicatement ses flancs contre la jetée avec des ondulations félines. Son ravisseur avait beaucoup de chance de connaître quelqu'un possédant une maison isolée sur la côte et un voilier qui, barré par une main expérimentée, pouvait le conduire jusqu'aux Basses Terres, ou vers quelque autre contrée lointaine où l'on peut disparaître.

Bunty vit la silhouette mince et sombre de l'homme descendre à terre pour amarrer le bateau à l'appontement. Ensuite, elle le vit retourner sur le sentier et se pencher pour soulever quelque chose. Elle ne put deviner tout de suite de quoi il s'agissait ; l'objet semblait lourd et encombrant. Ce fut seulement lorsqu'il le reposa pour le couvrir d'une bâche goudronnée qu'elle comprit qu'il s'agissait d'un objet très ordinaire et pourtant chargé de signification : une grosse pierre irrégulière, tout simplement.

Elle s'immobilisa, la lime à la main, réalisant que c'était là l'élément essentiel de son projet criminel : un gros poids pour lester un cadavre.

Non, deux, corrigea-t-elle aussitôt. Pour preuve, il arrivait déjà avec la deuxième pierre, qu'il déposa avec soin dans le bateau pour ne pas le déséquilibrer. Il y aurait bientôt deux cadavres en mer du Nord. Inutile de faire disparaître la première victime, sans se débarrasser de la seconde et la faire taire à jamais.

Elle regardait les derniers préparatifs de ses propres funérailles.

Bunty tentait désespérément de crocheter le verrou avec une épingle à cheveux dépliée ; elle s'était déjà cassé deux ongles et mis un bout de doigt à vif, quand elle entendit l'ennemi entrer dans la maison et commencer à gravir les marches d'escalier. La clé tourna dans la serrure. La porte s'ouvrit.

— Descendez, quand vous serez prête, dit-il d'une voix sourde et monocorde.

Son regard, sans l'éviter, semblait à peine la voir ; pourtant elle se doutait qu'il remarquerait le moindre faux mouvement de sa part. Elle ne voyait pas non plus le pistolet qui devait être dans sa poche, prêt à faire feu en cas de besoin. Dans la pénombre du palier, l'homme ressemblait à un mannequin, figure grisâtre découpée dans du carton-pâte. Elle prit son sac sur le lit, passa près de lui d'un pas assuré et entra dans la salle de bains où elle s'enferma à double tour ; au bout d'un moment, elle l'entendit descendre lentement les marches, un pas après l'autre, avec la lourdeur d'un homme estropié.

Elle se refit une beauté, avec une application quasi superstitieuse. Elle avait l'impression irréelle de se dire au revoir, tout en sachant qu'au pied de l'escalier l'homme ne quittait pas la porte des yeux, la parquant ainsi même à distance, dans la salle de bains. Lorsqu'elle aurait fait de son mieux pour avoir l'air présentable, elle serait bien obligée de descendre l'affronter. Inutile de se recroqueviller dans un coin, les yeux fermés, à attendre un miracle. Elle s'assura que son poignard de fortune était dissimulé en bonne place sous un coin de mouchoir au-dessus du fatras d'objets encombrant son sac. Tant qu'à disparaître, autant le faire avec panache !

« Petit déjeuner dominical, songea-t-elle en s'immobilisant devant la glace, prélude à une brève balade d'arrière-saison avant l'arrivée de l'hiver ! Où étais-je hier ? Bien en sécurité chez moi, oppressée par un sinistre après-midi d'automne, sans rien d'autre à faire qu'attendre que tout redevienne normal. Si la matinée d'hier avait été aussi claire et ensoleillée que celle-ci, rien ne serait arrivé. Mes angoisses auraient fondu comme neige au soleil. » Elle fit le compte de ces années écoulées, dérisoires pétales tombés, et pensa à la richesse de celles à venir. Puis, résolument, elle se détourna du passé et se concentra sur le futur rétréci qui s'offrait à elle.

D'un pas de somnambule aussi lent que celui de son geôlier, elle descendit l'escalier. Comme elle s'en était doutée, il l'attendait en bas, dans le vestibule, tenant l'une des deux portes blanches qui ouvraient sur un salon donnant sur la mer. La vue était spectaculaire. Un reste de curiosité poussa Bunty à parcourir la pièce des yeux, mais avec un intérêt lointain, comme dans un rêve. Une vaste baie vitrée orientée plein est encadrait le soleil levant, spectacle d'une beauté presque insupportable. Tout à côté, une porte étroite donnait sur une petite cuisine. Les fauteuils et le canapé de rotin blanc étaient agrémentés de coussins côtelés de soie orange vif, gais et peu coûteux. La petite table, également en rotin, était recouverte d'une nappe jaune abricot.

La sensation d'irréalité qui s'était emparée d'elle atteignit alors son paroxysme. La cuisine devait receler des provisions et des conserves, puisqu'il avait préparé du thé, sorti du jambon en boîte, du fromage et du pain grillé ; pour lui sans doute, mais il avait pensé à disposer deux couverts sur la table. Était-il devenu fou ? Ou les règles de l'hospitalité auxquelles il était habitué à se plier dans cette maison s'imposaient-elles naturellement à lui, au point qu'il les applique à sa future victime ?

Elle ne maîtrisait plus sa destinée ; l'irréalité de la situation la dépassait. Elle connaissait les faits et leur fatale conséquence, mais ne parvenait plus à les faire concorder avec les événements. Au-delà d'une certaine limite, vous cessez d'être prudent, parce que la prudence devient inutile ; vous cessez de vous taire, parce que le silence n'a plus de raison d'être et que les caprices du destin peuvent par un hasard saugrenu retourner une situation que vous n'auriez pu volontairement changer vous-même.

Sans plus prêter attention à son hôte, elle parcourut la pièce des yeux, examinant tous les éléments qui pouvaient trahir la personnalité des propriétaires absents. Sur une petite étagère blanche, chargée de livres de poche à l'intention des invités, trônait une photographie prise en studio représentant un couple d'une cinquantaine d'années, lui en chemise blanche à col ouvert et foulard de soie, le visage rond, avenant, le front dégarni ; elle, souriante, en robe de soie indémodable de chez Paisley, les cheveux coupés à la garçonne, la mode du moment.

— Vos parents ? demanda-t-elle avec une pointe de méchanceté, sachant pertinemment qu'il ne s'agissait pas là de ses géniteurs.

— Non, des amis, répondit la voix lourde et traînante derrière elle. Louise est ma marraine, ajouta-t-il avec un calme surprenant.

— Voilà pourquoi vous vous sentez chez vous ici. Comment s'appellent-ils ?

— Alport. Reggie et Louise Alport.

Il ne cherchait pas à lui cacher quoi que ce soit. Garder le silence lui aurait certainement demandé plus d'énergie et d'effort que de répondre.

— Si vous voulez du thé, reprit-il d'un ton absent, servez-vous.

Elle se retourna, le regarda, puis alla s'asseoir à la table, réalisant à quel point elle avait besoin d'une bonne tasse de thé. Impossible de résister à la tentation, même si cette mise en scène était un entracte dérisoire, prélude à la grande scène finale.

— Vivent-ils à Comerbourne, eux aussi ?

— Non, à Hereford.

Il tomba dans une sorte de perplexité triste et désespérée. Dans la lumière éclatante du soleil levant, il paraissait vidé de sa substance ; son visage très pâle, sec et fragile comme du papier mâché, semblait sur le point de se désagréger.

— Ma famille est originaire de là-bas, ajouta-t-il.

— Donc, vous travaillez à Comerbourne...

Bunty n'aurait pu expliquer pourquoi elle jugeait si important de continuer à parler, à boire du thé, à avaler des bouchées de nourriture qui pour elle avait un goût de sciure et lui restait en travers de la gorge ; si important aussi de soutenir, sans faux-semblants mais par simple suggestion, qu'ici tout était normal ; il fallait continuer à agir normalement, afin qu'il soit de plus en plus difficile à son adversaire de briser cette normalité par un acte de violence. Elle n'aurait pu davantage dire pourquoi elle sentait que la moindre bribe d'information supplémentaire au sujet de cet homme augmentait ses maigres chances de survie. Il aurait mieux valu parier sur la lime à ongles, et pourtant, elle s'entêta. Qui d'autre qu'un enseignant pouvait profiter d'un long week-end s'étalant jusqu'au mercredi ? C'étaient les petites vacances du premier trimestre ; elle aurait dû s'en douter.

— Êtes-vous enseignant dans l'une des écoles de Comerbourne ? hasarda-t-elle.

— Je l'étais, répondit-il avec froideur.

— Quelle matière enseigniez-vous ?

— Les arts plastiques... si cela peut avoir une quelconque importance à présent.

« Je me demande, songea-t-elle, sentant les sous-entendus pathétiques contenus dans cet échange verbal, s'il devine ce que je pense, aussi clairement que je devine ce qui se passe en lui. S'il me tue ici, maintenant, comment parviendra-t-il à traîner mon corps jusqu'au bateau, sans prendre le risque d'être vu ? S'il me fait monter à bord pour me supprimer en mer, il court aussi le risque de me voir lui échapper au dernier moment. L'affaire pourrait mal tourner pour lui, même si mes chances sont très faibles. Il se pourrait que je survive et que je parle. Donc, il fera en sorte que je ne parle pas ! Par conséquent ce sera ici !

« Et il vient de prendre sa décision ! »

— C'est curieux, n'est-ce pas ? dit-elle, en le fixant droit dans les yeux, la main plongée dans son sac ouvert sur ses genoux, de penser que je ne connais même pas votre nom.

— A quoi cela pourrait-il vous servir ?

Soudain, il agrippa la table à deux mains et repoussa sa chaise. Son visage était exsangue, un cerne violacé soulignait le contour de ses lèvres et le creux de ses orbites, sa peau avait pris un aspect terreux. Pourtant il bougeait avec méthode et précision, comme une machine.

— Alors, qu'attendez-vous ? explosa-t-elle subitement, en bondissant sur ses pieds, la lime à la main.

Le sac tomba d'un côté, le mouchoir de l'autre.

— Vous n'imaginez tout même pas que j'ignore vos projets ? Vous avez tout prévu, même la pierre que vous m'accrocherez aux pieds.

Il se leva lentement et, pour la rejoindre, fit le tour de la table, sans en lâcher le bord, prêt à la repousser sur le côté. Une étincelle de vie passa dans ses yeux éteints.

— Je suis désolé, fit-il d'une voix lointaine qui trahissait un désespoir infini. Que puis-je faire ? Vous n'auriez pas dû regarder dans le coffre. Vous ne me laissez aucun choix. *Je vous aimais bien*, ajouta-t-il, s'arrachant à un inutile apitoiement, vous avez été si bonne pour moi ! Mais que puis-je faire, maintenant ?

— Simplement me laisser marcher seule jusqu'à ma tombe, dit-elle tout en reculant pas à pas, et ainsi vous épargner de gros ennuis.

Elle aurait fait n'importe quoi pour gagner cinq minutes, voire trois, ou même une, pour se donner encore une chance. Et pourtant, même à cette dernière extrémité, un petit coin de son cerveau se demandait où était passé le pistolet. Pourquoi ne le tenait-il pas à la main ? Il ne craignait pas que le coup de feu soit entendu, puisqu'il n'y avait aucune habitation alentour. S'il avait eu l'idée d'utiliser son arme, il n'aurait pas eu besoin de se rapprocher d'elle, et elle n'aurait eu aucune chance de s'en sortir vivante.

Soudain, il fit pivoter la table, renversant la théière au passage, et la poussa contre le fauteuil d'osier près du mur. Bunty n'osa pas tourner la tête ; sa hanche heurta violemment le bras du fauteuil. Elle ne pouvait plus battre en retraite.

— Non, pas vous, l'entendit-elle murmurer d'un ton désespéré, vous vous enfuiriez à la nage, *je vous connais*. Bon sang, pourquoi a-t-il fallu que ce soit justement *vous* ?

Les doigts crispés sur le manche de son poignard improvisé, elle eut juste le temps de ressentir une pointe d'amusement involontaire, à la fois coléreux et douloureux, en l'entendant répondre à la question qu'elle aurait pu formuler.

Son heure avait sonné. Il se jeta sur elle, franchissant le dernier mètre qui les séparait en une enjambée, les mains tendues en avant, prête à la saisir ; au lieu de chercher à reculer, Bunty se baissa puis se redressa comme un ressort et, de toutes ses forces, plongea la lime dans sa gorge. Elle sentit l'impact et aussitôt quelque chose de chaud coula sur ses doigts. Mais au même instant, il la saisit par le poignet et, écartant la main de son cou ensanglanté, lui tordit le bras jusqu'à ce qu'elle lâche prise. Les oreilles bourdonnantes, elle entendit le tintement léger et dérisoire de la lime qui tombait sur le parquet. Elle sentit des mains agripper son cou à tâtons; une éruption chaotique de lumières et de ténèbres l'aveugla.

Elle étendit les bras et griffa le visage de son assassin, jusqu'à ce que la pression exercée sur sa gorge devienne insupportable; terrifiée, elle ne pouvait qu'essayer faiblement de repousser les mains qui l'étranglaient. Ses yeux la brûlaient. Tout s'obscurcissait... Sa vie n'était plus qu'un combat désespéré pour retrouver sa respiration. Un bruit qui ressemblait à un sanglot gronda sourdement à ses oreilles. L'air qu'elle ne pouvait plus amener dans ses poumons sembla palpiter dans sa chair défaillante, provenant d'une autre source.

Elle n'était pas seule à mourir. L'homme, à la dernière extrémité, geignait de douleur; et longtemps après qu'elle eut perdu toute voix pour se plaindre, cette lamentation l'accompagna dans la nuit et le silence.

La violence de la douleur lui fit reprendre conscience; le cercle d'acier brûlant qui entourait son cou s'élargit, explosa, se désintégra. Elle devait être morte, sinon pourquoi ces précieuses bouffées d'air frais entraient-elles à volonté dans ses poumons? Pourquoi la tension et la terreur avaient-elles brutalement disparu? Pourquoi cette folle sensation de soulagement et de bien-être? Elle n'était plus retenue, emprisonnée, ses mains encore faibles pouvaient remonter librement vers sa gorge endolorie. Ses genoux cédèrent lentement sous elle; elle se sentit glisser le long du bras du fauteuil et s'effondra dans les coussins comme une poupée désarticulée; elle resta là à respirer goulûment, bouche ouverte, éprouvant un plaisir sensuel à goûter l'air, comme elle ne l'avait jamais fait auparavant. L'obscurité s'éclaircit peu à peu. Lorsqu'elle ouvrit les paupières, des formes et des couleurs éblouissantes se mirent à danser devant ses yeux. Des taches de lumière jouaient au plafond, reflets du soleil accrochés par le mouvement des vagues.

Ses yeux et son esprit s'ouvrirent au monde en même temps avec une clarté extraordinaire. Elle resta allongée un long moment ; les contours des objets, autour d'elle, brillaient avec une intensité que les ténèbres dans lesquelles elle avait été plongée rendaient douloureuse. Elle se trouvait dans la même pièce. Les signes de lutte étaient encore visibles : le sac à main toujours par terre, la théière brisée, la nappe toute chiffonnée. Elle était vivante, intacte. Non grâce à une intervention miraculeuse, mais pour des raisons bien précises, que son esprit traquait en silence, pendant que son corps revenait à la vie. Sa lucidité était aussi vive et aveuglante que la clarté du dehors.

Elle s'assit lentement, en s'agrippant au bord de la table, et chercha des yeux son assassin.

Il était recroquevillé sur le canapé, à l'autre bout de la pièce, la tête enfouie dans les coussins orange qu'il serrait convulsivement entre ses bras ; les doigts, les poignets, les avant-bras si crispés, qu'on eût dit qu'il ne voulait plus jamais se montrer à la lumière du jour. Elle comprit qu'après avoir desserré son étreinte, il était parti se terrer le plus loin possible d'elle. Des pieds à la tête, il était parcouru de tremblements ; elle eut l'impression qu'un simple attouchement le briserait et le viderait de son sang. D'ailleurs, un filet cramoisi, suintant de l'éraflure oblique qu'il portait au cou, souillait la soie du coussin. Lequel des deux avait été le plus près de tuer l'autre ?

A cet instant, elle entendit des coups énergiques sur la porte d'entrée. Par trois fois, le heurtoir noir en forme de dauphin vint frapper l'ourlet de sa vague en fer forgé.

5

L'homme se tenait immobile, toujours recroquevillé sur le canapé. Les convulsions qui l'agitaient avaient fini par se calmer; en entendant frapper à la porte, il retint son souffle, mais ne releva pas la tête. Visiblement, il ne désirait plus jamais la relever.

Bunty se força à quitter son fauteuil et prit les choses en mains. Elle avait recouvré la pleine possession de ses moyens; à son tour de passer à l'action. En toute hâte, elle ramassa son sac et se donna un rapide coup de peigne. Y avait-il des marques visibles sur sa gorge? Probablement pas, mais à tout hasard, elle secoua son foulard en mousseline et le mit à son cou pour dissimuler toutes traces éventuelles. Il y avait du sang sur ses doigts; elle plongea son mouchoir dans le thé répandu sur la table voisine, et effaça les taches.

— Donnez-moi la clé!

Parler ne la faisait pas souffrir. Elle eut le temps de comprendre qu'elle était pratiquement indemne. L'homme avait dû lâcher prise dès qu'il avait compris la douleur qu'il lui infligeait.

Au ton brusque de sa voix, il leva la tête et la regarda d'un air hébété.

— La clé, vite! Donnez-la-moi!

Il se redressa, fouilla maladroitement ses poches et lui tendit la clé sans un mot. Au bout de son désespoir, n'ayant plus rien à attendre, il la suivit des yeux, tandis qu'elle quittait la pièce en laissant la porte ouverte. Bientôt, il entendit un cliquetis de verrou et le bruit de la clé qui jouait dans la serrure.

Pendant ces quelques mètres, Bunty eut le temps de réexaminer tout ce qui venait de lui arriver. Ses sens étaient anormalement aiguisés, son esprit travaillait avec vivacité et décision. Elle se souvenait de certains détails qu'elle avait remarqués sans les comprendre et qui à présent prenaient tout leur sens. Ses jambes flageolaient peut-être encore un peu, mais mentalement, elle était de nouveau sur pied.

Elle entrouvrit la porte avec la réserve parfaitement calculée d'une femme seule réveillée à une heure indue, un dimanche matin, par des coups frappés à sa porte, et donc prête à la refermer et à repousser le verrou si l'aspect de son visiteur ne lui convient pas ; puis surprise et soulagée, ouvrant en grand le battant pour s'avancer d'un pas décidé sur le seuil.

Deux policiers, debout sous le porche, la dévisagèrent un long moment en silence, plus surpris de la trouver là qu'elle de les voir.

— Bonjour, messieurs ! lança-t-elle.

Puis elle attendit, avec la politesse interrogatrice de l'innocent, curieux de savoir ce qu'on lui veut.

— Bonjour, m'dame !

Le plus âgé des deux souleva sa casquette plate avec courtoisie, révélant une broussaille de cheveux poivre et sel, et l'observa avec circonspection.

— Désolés de vous avoir fait peur, dit-il, tranquillisé par son apparence respectable, mais nous avons aperçu de la lumière tout à l'heure à l'une des fenêtres ; sachant que les propriétaires sont partis depuis longtemps, nous nous demandions... On ne sait jamais... Autant venir vérifier ce qui se passe.

— *Oh, je vois!* Oui, bien sûr, c'est très gentil à vous ! s'exclama Bunty. Reggie et Louise seront très contents d'apprendre que la police surveille leur maison. Je suis une amie des Alport, ils m'ont prêté leur villa pour le week-end. Je suis arrivée en voiture hier soir.

— Ah, cela explique pourquoi nous avons vu de la lumière.

Il parut parfaitement satisfait de son explication, ce qui était logique, puisqu'elle avait tout de suite cité le nom des propriétaires. Il était plus que probable que cette Anglaise d'une quarantaine d'années, vêtue d'un tailleur de jersey gris, élégant et plutôt coûteux, comptât parmi les amis des Alport. De plus, elle n'aurait jamais trouvé le chemin de la maison si l'itinéraire ne lui avait pas été indiqué par les propriétaires.

— Avez-vous trouvé tout en ordre, m'dame ? Pas de trace de rôdeurs ? Pas de problèmes cette nuit ?

Le plus jeune des deux, grand et efflanqué, certainement originaire de la région, avait reculé de quelques pas et, sans en avoir l'air, observait discrètement la maison et ses alentours. La fenêtre de la façade, par laquelle il avait déjà jeté un œil, lui offrit la vue de la pièce telle que les Alport l'avaient laissée le jour de leur départ. Il inspecta également le gravier tassé de l'allée, en conclut qu'une voiture avait freiné devant la porte et qu'on avait ensuite eu la sagesse de la mettre au garage, réflexe naturel chez une dame anglaise arrivant à son domicile. Puis son regard bleu et direct détailla Bunty de la tête aux pieds, sans apparemment mettre en doute sa sincérité. Au contraire, il prenait visiblement plaisir à la regarder.

— Des problèmes? Comment cela? demanda Bunty, en ouvrant de grands yeux.

Son sourire s'estompa, laissant place à une légère anxiété, tempérée de curiosité.

— Non, je n'ai vu personne. Tout était normal lorsque je suis arrivée. Quelque chose ne va pas?

— Oh, il n'y a pas de quoi vous inquiéter, m'dame, dit le brigadier, pour la rassurer. Il ne vous fera pas d'ennuis ici. Il a dû aller plus au nord.

— *« Il »?* releva-t-elle. Vous cherchez quelqu'un? Un *criminel?*

— On nous a demandé d'ouvrir l'œil, au cas où nous verrions une grosse voiture noire — sans doute une Rover, immatriculée NAQ 788. On sait qu'elle a franchi la limite de l'Angleterre cette nuit. Un agent de Muirdrum pense l'avoir vue passer il y a environ trois heures, en direction d'Arbroath, mais il n'est pas sûr du numéro. Par précaution, nous surveillons les routes de la région... Mais ne vous faites pas de souci, m'dame, vous serez bien tranquille ici.

Donc personne ne la recherchait, pour l'instant. La présence d'une femme dans le véhicule n'avait pas été remarquée. Très certainement, personne n'était au courant de sa disparition. Mais la police savait qu'un homme conduisait la voiture.

— NAQ 788, répéta-t-elle pensivement. Une Rover noire, dites-vous? Je vous contacterai si je la vois, bien entendu.

— N'hésitez pas, m'dame. Mais à mon avis, vous ne la verrez pas. Il doit être bien plus loin vers le nord, à l'heure qu'il est.

— A propos, que lui reprochez-vous? demanda Bunty avec curiosité. Il a renversé quelqu'un, ou quoi?

Une femme qui ne se montrerait pas un tant soit peu indiscrète pourrait peut-être leur paraître suspecte.

— Eh bien... pas tout à fait...

Elle n'avait pas espéré de réponse directe et visiblement ne l'obtiendrait pas, mais l'attitude sérieuse et tranquille du policier lui en disait suffisamment long.

— Quelque part plus au sud, un collègue l'a échappé belle, concéda-t-il finalement.

Bunty comprit qu'il n'en dirait pas plus ; mais apparemment, après réflexion, il avait décidé d'obtenir quelques détails supplémentaires, en échange de ce renseignement.

— Eh bien, m'dame, excusez-nous pour le dérangement, nous allons continuer notre ronde... Oh, à propos... pourriez-vous nous donner votre nom et votre adresse personnelle ? Simple affaire de routine, vous comprenez.

Un instant prise de court, Bunty se montra toutefois à la hauteur de la situation. Stupéfaite de sa propre audace, elle répondit sans hésiter :

— Je m'appelle Rosamund Chartley — *Mrs.* Chartley.

Le plus jeune des deux policiers avait depuis longtemps remarqué qu'elle portait une alliance. L'autre aussi, certainement.

— Et j'habite 17, Hampton Close, à Hereford.

Elle n'était pas sûre de ce qu'il savait sur les Alport ; mais comme tout à l'heure il avait immédiatement réagi lorsqu'elle avait cité leur nom, mieux valait, par prudence, partir du principe qu'il connaissait aussi leur lieu de résidence principal. Elle le vit noter son mensonge et lui sourit lorsqu'il rangea son calepin ; un sourire qui signifiait qu'elle avait fait tout ce qui était en son pouvoir pour les aider et qu'elle désirait à présent retourner à son petit déjeuner interrompu.

— Merci, m'dame, nous ne vous retiendrons pas

plus longtemps. Surtout, ne vous faites pas de souci ! Bonne journée, Mrs. Chartley !

Il réajusta sa casquette sur sa toison grisonnante et rappela son subordonné d'un claquement de doigts. Dès qu'ils se furent éloignés, elle referma la porte et s'appuya contre le battant, l'oreille tendue. Ils avaient dû, en arrivant, faire demi-tour sur le terre-plein et garer leur voiture sous les arbres, avant de venir frapper à la porte. Elle entendit le véhicule démarrer et remonter lentement le chemin sinueux. Alors seulement, elle ferma la porte à clé et mit le verrou, avant de retourner au salon.

Le jeune homme était assis très droit, extrêmement tendu, silhouette sombre se découpant sur le miroitement de la mer, les yeux rivés sur l'encadrement de la porte, attendant de la voir réapparaître. Sa main droite, posée sur ses genoux, était encore crispée sur son arme.

En le voyant ainsi, Bunty devina aussitôt qu'il avait dû baisser le bras au dernier moment, complètement abasourdi, juste avant d'appuyer sur la détente, lorsqu'il avait saisi le sens de sa stupéfiante prestation face aux policiers. Une simple crispation de l'index... et il aurait pu mourir.

« Mon dieu, songea-t-elle, que se serait-il passé, s'il n'avait pas eu la force d'attendre la fin de la conversation ? Pourquoi ne lui ai-je pas confisqué l'arme avant d'aller ouvrir ? » Elle n'avait pas eu le temps de penser à tout. Grâce au ciel, il avait attendu. La confusion et la perplexité l'avaient empêché de commettre un geste fatal — à moins que ce ne fût la curiosité ? La curiosité peut être une raison valable de vouloir continuer à vivre, quand il ne vous en reste plus d'autres.

Il fallait, sans délai, mais sans la précipitation qui aurait pu provoquer chez lui un sursaut de désespoir, s'approcher du canapé pour lui retirer avec douceur l'arme des mains. Il ne chercha pas à résister; ses doigts crispés s'entrouvrirent à son contact et il lui rendit le pistolet sans élever la moindre protestation. Il la dévorait littéralement des yeux, les pupilles dilatées par l'étonnement.

— *Pourquoi?* demanda-t-il avec un murmure rauque.

— Vous n'en n'aurez plus besoin, à présent, répondit-elle, sachant que ce n'était pas la réponse à sa question.

— Pourquoi ne pas les avoir fait entrer? Pourquoi ne pas m'avoir dénoncé? *Pourquoi ne leur avez-vous pas dit que j'avais essayé de vous tuer?*

Sans un mot, Bunty alla ouvrir le tiroir d'un petit secrétaire, à l'autre bout de la pièce, et y glissa le pistolet, tout au fond, hors de vue. Puis elle revint s'asseoir à ses côtés sur le canapé.

— Écoutez, dit-elle d'un ton pressant, il faut que nous ayons une petite discussion, tous les deux. Nous avons un peu de temps devant nous : la voiture est en sûreté dans le garage. Ils ne viendront pas la chercher ici, du moins pas pour le moment.

— *Pourquoi les avez-vous renvoyés?* répéta-t-il avec obstination.

— Ne vous occupez pas de cela. Il y a certaines choses que j'aimerais savoir, avant de quitter cette maison. Qui est la jeune fille, dans la voiture?

— Elle s'appelle Pippa Gallier, répondit-il docilement, encore sous le choc du désespoir et de la stupeur, mais avec une pointe d'espérance dans la voix, comme si grâce à la surprenante intervention de Bunty, il avait réussi à faire sauter le premier des verrous qui, jusqu'à présent, l'avaient maintenu dans la solitude où il s'était enfermé.

— Nous allions nous marier. Du moins, c'est ce que je croyais...

— Était-elle de Comerbourne? C'est bien là que vous enseignez, n'est-ce pas? Que faisait-elle?

— Elle travaillait chez Pope Halsey, le grand magasin de vêtements. Elle était assistante du chef du service des achats. On faisait parfois appel à elle comme mannequin, lors des défilés de mode. Mais elle n'était pas de Comerbourne, sa famille est originaire de Birmingham. Elle avait un petit appartement au-dessus de l'une des boutiques, dans Queen Street. Pourquoi cette question? conclut-il avec lassitude.

Bunty discerna malgré tout une vitalité nouvelle dans sa voix et dans ses yeux qui, pas un instant, n'avaient cessé de l'observer. Il manifestait à son égard une sorte de confiance aveugle : cette femme qui n'entreprenait rien au hasard devait avoir de bonnes raisons de chercher à éclaircir cette situation dramatique; mais ceci n'impliquait nullement qu'elle pût y changer quoi que ce soit.

— Et comment est-elle morte?

— Je l'ai tuée, dit-il, voyant le visage sans vie de la jeune fille apparaître derrière celui de son interlocutrice.

— Bon, d'accord, vous l'avez tuée. Mais ce n'est pas cela qui m'intéresse. Je veux savoir exactement ce qui s'est passé. Essayez de vous souvenir du moindre détail.

Il prit une profonde inspiration, comme s'il lui en coûtait un immense effort, et commença à narrer l'enchaînement des événements, en marquant de nombreuses pauses pour chercher ses mots. Il était terriblement fatigué, complètement perdu, mais son discours était encore cohérent.

— Je voulais l'épouser. Nous nous fréquentions

régulièrement, il y a deux mois encore ; nous étions quasiment fiancés. Et puis son attitude à mon égard est devenue très désinvolte, pour des raisons qui m'étaient inconnues, et elle a commencé à prendre ses distances. Elle refusait des rendez-vous, ou bien téléphonait pour s'excuser de ne pas venir ; si j'objectais quoi que ce soit, elle prenait la mouche et partait en claquant la porte. Ils m'avaient bien dit qu'elle menait d'autres hommes par le bout du nez, aussi... mais j'étais fou d'elle...

— Ils ? s'étonna Bunty. De qui s'agissait-il ?

— Le collègue qui partage — partageait — mon logement, Bill Reynolds ; il est enseignant dans la même école que moi. Et puis d'autres amis, aussi.

— La connaissaient-ils bien ? Je veux dire, auraient-ils pu faire partie de ceux qui se faisaient mener par le bout du nez ?

— Je ne sais pas. Je ne crois pas. Ils ne la connaissaient pas très bien. Je ne les écoutais pas. Et puis, il y a un peu plus d'une semaine, j'ai cru que ce mauvais cap était passé. Vous savez ce que c'est, parfois tout rentre dans l'ordre et se remet à marcher comme sur des roulettes. Elle était absolument adorable, tout était redevenu comme avant. Je lui ai offert une bague de fiançailles. Elle ne m'avait jamais laissé aller aussi loin dans nos relations. J'étais heureux, vous comprenez ? Auparavant, je n'aurais jamais imaginé qu'elle me cachait quelque chose, mais je n'étais pas vraiment sûr d'elle ; tandis que là, c'était différent, elle m'avait promis sa main, nous étions fiancés. Et puis un jour elle m'a proposé d'aller passer un long week-end à Londres avec elle...

— A Londres ? réagit vivement Bunty. Pas ici, en Écosse ?

— Non, non, à Londres. Il lui restait quelques jours

de vacances à prendre ; elle a suggéré de partir en voiture le vendredi soir. Donc, le vendredi soir venu — j'étais prêt bien avant l'heure convenue —, je pars en ville la chercher. J'arrive chez elle avec une bonne demi-heure d'avance. Vous savez ce que c'est de trouver une place de parking à Comerbourne ; enfin bref, au moment où je gare la voiture un peu plus loin dans la rue, je la vois sortir par la porte de service de son immeuble, au bras d'un type que je n'avais jamais vu auparavant. Elle s'accrochait à lui et bavardait et le regardait dans les yeux, comme... comme une prostituée de bas étage ! Vous ne pouvez pas vous tromper quand vous voyez cela.

— Et eux, vous ont-ils vu ? l'interrompit Bunty.

— Je vous ai dit que j'étais garé assez loin. Non, ils ne m'ont pas vu...

— Vous ne les avez pas suivis ? Vous n'avez pas cherché à leur parler ?

— Je n'ai pas eu le temps. Je venais de sortir de ma voiture et ils sont partis dans la direction opposée. La leur était garée juste en face du magasin ; l'homme a tout de suite démarré en trombe. Le temps que je traverse la rue, ils tournaient déjà le coin de Queen Street.

— Quel genre de voiture était-ce ? La reconnaîtriez-vous ?

— C'était une Jaguar gris clair. Je n'ai pas pensé à regarder le numéro de la plaque d'immatriculation. Est-ce que c'est important ?

— Tout est important. Chaque détail compte. Parlez-moi un peu de cet homme...

— Oh, lui, je le reconnaîtrais, dit-il avec amertume. Un type très grand, bien habillé — trop bien habillé pour une ville comme Comerbourne. On voit rarement des gens en smoking dans Queen Street. Mais bizarrement, même dans cette tenue, il avait plutôt le genre sportif. Je l'aurais bien vu participer à un rallye automobile, au volant d'un prototype plutôt qu'à celui d'une Jaguar. Le genre viril, si vous voyez ce que je veux dire, et pourtant tout en lui était souple, ses vêtements, ses mouvements. Tout, sauf son visage. Il avait un visage aux traits accusés, des cheveux roux descendant très bas sur un front bosselé, un menton fendu et des yeux profondément enfoncés dans leurs orbites. Ça oui, je le reconnaîtrais !

— Êtes-vous sûr qu'elle le suivait de son plein gré ?

— De son plein gré ? Joyeusement, vous voulez dire ! Si vous l'aviez vue !

— Qu'avez-vous fait ensuite ?

— Que pouvais-je faire ? Ils étaient partis je ne sais où. Mais il y avait gros à parier qu'elle n'était pas pressée de venir à notre rendez-vous. Je suis rentré chez moi, en essayant de me persuader qu'il devait y avoir une explication, qu'elle m'aurait laissé un message. Effectivement, il y en avait un. Quand je suis arrivé à la maison, j'ai rencontré Bill. Il était terriblement pressé, il partait en vacances chez ses parents dans l'Essex. Il a juste eu le temps de me dire que Pippa avait téléphoné et qu'il avait noté le message. Elle était affreusement désolée, mais nous devions retarder notre départ jusqu'au lendemain soir, car sa mère était arrivée à l'improviste, avec l'intention de passer la nuit chez elle. Elle n'avait pas eu le cœur de la décevoir et n'avait même pas osé lui dire qu'elle devait partir en week-end, car la pauvre femme aurait été toute retournée de lui avoir gâché ses vacances ! En conclusion, si cela ne me dérangeait pas trop de ne pas passer chez elle avant le lendemain soir, elle viendrait me retrouver chez moi dès que sa chère maman serait repartie.

« Quand je pense que tout cela aurait pu être vrai ! conclut-il sombrement, revivant le passé avec la fascination maladive de celui qui contemple un désastre sur lequel il ne peut plus revenir. Cela aurait pu être vrai si j'avais ignoré que la mère en question mesurait un mètre quatre-vingt-dix et portait un smoking. Nous venions de nous fiancer, sa mère n'était même pas au courant de mon existence ; nous n'aurions pas voulu lui annoncer nos fiançailles en de pareilles circonstances, sans préparation. Cela aurait pu être vrai, répéta-t-il ; malheureusement je savais qu'il n'y avait pas une once de vérité dans tout cela. Alors je suis sorti me saouler. J'ai bu comme un trou, à m'en rendre malade. En général je bois peu, mais je dois avouer que ma résistance à l'alcool est phénoménale. Il m'en faut beaucoup pour être saoul. Cela dit, après la fermeture des pubs, je tenais encore assez droit pour marcher jusque chez elle ; mes yeux étaient encore capables de voir la Jaguar grise discrètement garée au coin de la rue, dans les *mews*[1]. Maman passait bien la nuit chez sa fille !

— C'était donc vendredi soir ? Mais puisqu'elle vous avait posé un lapin et que vous aviez fait une croix sur vos relations, comment se fait-il que vous l'ayez revue le lendemain ?

— Vous oubliez qu'elle ignorait que je savais. Elle pensait que j'avais gobé toute son histoire et que j'allais rester les bras croisés à attendre qu'elle me revienne.

— Et naturellement elle a pointé le bout de son nez samedi soir, comme prévu !

— Comme elle l'avait prévu, rectifia-t-il. Croyez-

1. Anciennes écuries souvent transformées en appartements ou en garages. *(N.d.T.)*

moi ou non, cette possibilité ne m'était même pas venue à l'esprit. Pour moi c'en était bien fini. J'avais un tel dégoût de tout cela que j'en étais arrivé à oublier qu'elle ignorait que je savais. De son côté, elle pensait que tout était parfait, qu'elle n'avait qu'à arriver chez moi la bouche en cœur en disant : « Chéri, me voilà, nous partons » et que j'allais me précipiter pour chercher la voiture. C'est exactement ce qu'elle a fait d'ailleurs : vers sept heures du soir, elle est arrivée en taxi, avec sa plus grosse valise ; à peine était-elle arrivée sur le palier qu'elle a commencé à s'excuser pour le contretemps de la veille. Et après avoir passé la matinée malade comme un chien, avec une gueule de bois épouvantable, et la plus grande partie de l'après-midi à boire de nouveau pour oublier, eh bien... j'étais fin prêt pour commettre un meurtre.

Bunty fronçait les sourcils.

— Dites-moi, jusqu'à présent, vous n'avez pas mentionné que vous possédiez une arme — légalement ou non...

— Je n'ai jamais eu d'arme — légalement ou non. Aussi loin que je me souvienne, je n'en avais jamais eu entre les mains. D'ailleurs je n'y connais strictement rien. Lorsque je vous raconterai l'histoire telle que je l'ai vécue, vous ne me croirez pas. Moi-même, j'ai du mal à y croire.

— Je pourrais essayer, cependant... Allez-y, dites-moi comment les choses se sont passées selon vous. Votre fiancée est donc arrivée, l'air de rien, s'attendant à ce que vous l'emmeniez à Londres. Et vous lui avez dit que tout était fini entre vous, et qu'elle ferait aussi bien de retourner chez elle.

— Oh, j'ai dit bien pire que cela, mais n'y revenons pas, de toute façon, cela revient à peu près au même. Je lui ai demandé si sa mère avait bien dormi, et si je pouvais avoir le nom de son tailleur. Pippa n'était peut-être pas aussi intelligente qu'elle le croyait, mais elle avait l'esprit vif. Elle a tout de suite compris que je les avais vus et a aussitôt inventé une fable, avec une rapidité incroyable : l'homme à la Jaguar était un cousin venu rendre visite à sa mère ; c'était grâce à lui que celle-ci avait pu venir la voir à l'improviste. Cette fille avait le don de vous persuader que vous aviez tort et qu'elle avait raison. Comme d'habitude, j'étais supposé m'excuser ! Mais cette fois, ça n'a pas marché. Bon sang, je les avais vus, de mes propres yeux ! Je lui ai demandé s'ils avaient enfermé Maman avant de sortir pour dîner, parce que je l'avais vue glisser ses clés dans son sac à main. « Tu me trompes et tu mens, lui ai-je dit, et quant à ce que tu es, tu le sais mieux que moi ; en ce qui me concerne, tu peux bien aller à Londres, ou au diable, ou ailleurs, mais sans moi. »

« Elle n'en croyait pas ses oreilles. Jusque-là, j'avais toujours été si facile à manipuler qu'il lui a fallu un peu de temps pour réaliser ce qui se passait. Mais dès qu'elle a compris que je pensais réellement ce que je disais, les choses ont commencé à mal tourner. Elle s'est montrée tour à tour persuasive, menaçante, flatteuse... Fantastique prestation, venant de Pippa. On aurait cru que pour elle, aller à Londres ce soir-là était une question de vie ou de mort. Elle s'attendait à ce que la voiture soit prête à partir ; au lieu de cela, elle était encore dans le garage que Bill et moi louons — louions — à Flodds, en bas de la rue. Quand elle a compris que la situation lui échappait, elle a brusquement plongé la main dans son sac et a sorti un pistolet. Celui-là, ajouta-t-il en lançant un coup d'œil en direction du secrétaire dans lequel Bunty l'avait dissimulé.

Puis, revenant au visage attentif de son interlocutrice, il conclut avec une ironie désabusée :

— Je vous avais bien dit que vous ne me croiriez pas.

Bunty ne chercha pas à le rassurer, ni à lui donner de faux espoirs. Il était encore trop tôt.

— Continuez, dit-elle simplement.

— Je n'arrive toujours pas à y croire moi-même. Ces choses-là n'arrivent pas, du moins pas à des gens comme Pippa. Pourquoi diable aurait-elle eu besoin d'un pistolet ? Pourquoi, pour l'amour du ciel, était-il si important qu'elle aille à Londres avec moi, au point de me menacer avec une arme et de me dire que je ferais mieux de tenir ma promesse, sinon... ? Bien sûr, il lui importait d'arriver à ses fins, mais tout de même, pas par ce moyen-là ! Et elle ne plaisantait pas, j'en suis sûr à présent. Mais à ce moment-là...

— Vous étiez trop furieux pour faire preuve de prudence.

— Trop saoul, vous voulez dire. Elle m'agitait ce truc sous le nez, me menaçait. Alors là, ça a été plus fort que moi. Je voulais la tuer, ou du moins, j'étais prêt à le faire. Lorsque cela vous arrive, vous le sentez. Tous les coups sont permis. Je me suis jeté sur elle et je l'ai saisie par le poignet pour chercher à lui prendre le pistolet. Nous nous sommes battus sauvagement. Pour le reste, je ne suis sûr de rien. En revanche, je suis certain d'avoir réussi à lui arracher l'arme des mains. Je sais que c'est moi qui la tenais lorsque nous sommes tombés par terre. Il y a eu un grand fracas. J'ignore ce que ma tête a heurté, le coin de la table, sans doute. La meilleure preuve, c'est que j'ai encore une bosse grosse comme un œuf, qui me fait horriblement mal. Tout ce dont je suis sûr, c'est d'avoir perdu connaissance. Combien de temps exactement, je ne sais pas, vingt, vingt-cinq minutes peut-être. Lorsque je suis revenu à moi j'étais allongé sur Pippa, sur le parquet. J'avais encore le pistolet à la main. Quant à Pippa... elle était morte. J'ai mis plusieurs minutes à comprendre. Je la secouais, je lui parlais, je lui disais que cela ne la mènerait à rien de jouer la comédie. Mon dieu ! Rien en elle n'avait changé, elle était toujours la même. Il n'y avait pas de sang, rien de visible, seulement ce petit trou au creux de son cardigan. On aurait dit qu'elle faisait semblant d'être morte, pour me faire peur. Mais elle ne bougeait pas, elle ne respirait pas... et ce petit trou et cette croûte noirâtre tout autour... Le pull-over avait absorbé le sang. J'ai fini par comprendre qu'elle était bel et bien morte et que c'était moi le responsable. Vous, vous êtes capable de changer beaucoup de choses, lança-t-il brutalement à Bunty, les yeux hagards, mais à cela, vous ne pouvez rien changer.

Elle se pencha en avant, posa une main possessive sur son bras et le regarda bien en face.

— Il n'y a qu'un impact de balle. Avez-vous entendu la détonation ?

Il réfléchit à la question, le front soucieux.

— Vraiment, je ne m'en souviens pas. Je suppose que le coup est parti... ou plutôt que j'ai tiré, corrigea-t-il aussitôt, au moment où nous sommes tombés. Je vous le répète, j'avais envie de la tuer. Mais je ne me souviens pas avoir entendu le coup de feu. Ce dont je suis sûr, c'est que Pippa était morte lorsque je suis revenu à moi. Et j'ai paniqué. Je ne peux pas mettre ça sur le compte de l'alcool. En reprenant connaissance, je n'étais pas très en forme, mais j'étais complètement dégrisé. Après avoir nettoyé la pièce et fermé la maison à clé, j'ai couru chercher la voiture. On peut rejoindre le garage par le portail de la cour privée derrière la maison. J'ai mis Pippa et ses affaires dans le coffre ; j'ai ramassé la douille qui traînait par terre et refermé la maison à clé comme si nous étions partis en week-end ainsi que prévu. Cela ne m'a pas pris longtemps ; rien n'avait été dérangé, il n'y avait pas de traces de sang. Puisqu'elle était couchée sur le dos, je suppose que la balle a dû rester dans son corps. En tout cas, je n'ai pas trouvé d'autre blessure. J'ai jeté la douille dans un champ à la sortie de la ville. Je ne pensais qu'à m'enfuir. Au début, je ne savais pas où aller. Je tournais en rond sur les routes, en état de choc, essayant de réfléchir. J'avais besoin d'un verre. Il me le fallait absolument. C'est alors que je vous ai rencontrée.

Il leva les yeux vers elle, s'oubliant un instant lui-même, et l'observa avec une attention mêlée de surprise.

— C'est curieux... Vous avez changé. Vous aviez le cafard hier soir, n'est-ce pas ? Vous paraissiez si triste que j'ai eu envie de vous parler. Si seulement je vous avais laissée en paix ! Je suis désolé.

— Qu'aviez-vous l'intention de faire ?

— J'ai pensé à cet endroit où j'étais venu souvent avec Reggie et Louise ; ils m'avaient dit que je pouvais utiliser la villa à ma convenance, après leur départ. Ils sont comme ça, ils ont probablement fait la même proposition à d'autres amis. C'est pourquoi ils laissent une clé en permanence. Et j'ai pensé au bateau de Reggie.

— Vous pensiez jeter le corps par-dessus bord, et faire route vers le Danemark...

— La Norvège, plus précisément. Il doit être possible de débarquer sans être vu, le long de cette côte très découpée. Je connais un peu la région, j'ai des amis là-bas. Quoique... je ne m'imagine pas les entraînant dans une aussi vilaine affaire, concéda-t-il d'un air lugubre.

— Et moi, dit-elle, très terre à terre, presque joyeusement, j'étais aussi censée passer par-dessus bord, par la même occasion...

Il la regarda sans répondre, dans un tel état d'épuisement qu'il ne craignait plus la honte ni la peur. La tension qui l'avait fait tenir jusqu'à présent s'était brutalement relâchée, comme si sa confession l'avait lentement saigné à blanc. Il était au bord de l'effondrement.

— Pourquoi n'avez-vous pas saisi votre chance au moment opportun ? demanda-t-il dans un souffle. Pourquoi avez-vous éloigné les policiers ?

Elle se leva doucement et alla ramasser les morceaux de porcelaine éparpillés.

— Je ferais mieux de nettoyer un peu tout ce bazar, répondit-elle, un instant déroutée, puis elle perdit le fil de sa phrase.

La femme d'intérieur était bien là, cachée au fond d'elle-même, mais elle avait affaire à trop forte partie. Elle se redressa, les morceaux à la main, et resta là à les regarder, sourcils froncés.

— Je n'avais pas besoin d'eux, répondit-elle finalement en se tournant vers ce garçon qui ne cessait de la dévisager avec confiance, au travers d'un voile de culpabilité, de tristesse et de résignation.

« Je viens seulement d'en comprendre la raison, dit-elle posément, mais je savais que je n'avais pas besoin d'eux. Cette nuit, je n'arrivais pas à réfléchir très clairement, sinon je m'en serais rendu compte plus tôt. La peur déforme la réalité. Peut-être avais-je tout deviné, inconsciemment. Les preuves étaient là, sous mon nez, malheureusement je n'étais pas en état de les reconnaître. Souvenez-vous... Lorsque vous avez foncé sur ce policier à Hawkworth, est-ce lui qui a sauté en arrière le premier, ou est-ce vous qui l'avez évité ? Je n'y ai pas réfléchi sur le moment, mais maintenant, j'ai compris. Et tout ce temps que vous avez perdu à essayer de ne pas écraser le lièvre, alors que vous-même étiez pourchassé ! Je ne m'étonne plus que vous ne soyez pas parvenu à vous débarrasser de moi, lorsque mon tour est venu.

Elle se rendit compte qu'il n'avait pas suivi la moitié de sa démonstration. Il n'était pas en état de comprendre les subtilités de son raisonnement ; il s'en tenait toujours à la même question, quoique, cette fois, sa voix eût pris une inflexion légèrement différente, teintée d'étonnement et de curiosité et peut-être — était-ce possible — d'espoir !

— Pourquoi les avoir renvoyés ? Pourquoi ne pas m'avoir dénoncé ? Vous seriez saine et sauve, maintenant !

— Parce que je savais, dit Bunty, avec quelque chose dans la voix qui ressemblait à de la certitude, que je ne risquais rien avec vous. Parce que je ne crois pas que vous soyez un meurtrier. Vous n'avez certainement jamais tué personne *et surtout pas Pippa !*

6

Il leva les yeux vers elle et la dévisagea un long moment, frappé de stupeur, sans vraiment comprendre ses paroles. Et même lorsque son esprit meurtri en eut saisi le sens, il ne put en maîtriser la signification, tant celle-ci se dérobait à lui. Elle devina son combat intérieur aux mouvements de ses lèvres qui répétaient silencieusement ces mots incroyables; il les comprit avec une souffrance tardive qui le perturba au point de le faire à nouveau trembler.

— Mon dieu, si seulement c'était possible, haleta-t-il, mais c'est complètement fou. Voyons, nous n'étions que deux acteurs à jouer dans cette pièce minable : Pippa et moi. Ne commencez pas à me faire marcher maintenant. C'est très gentil à vous de faire semblant de croire que je suis un être humain après tout ce que je vous ai fait subir, mais...

— Je ne fais pas semblant! assura-t-elle. C'est ce que je crois, profondément. Le temps nous est compté et je ne vais pas le perdre à vous faire marcher, comme vous dites; de votre côté, ne perdez pas le vôtre à douter de moi, si vous voulez que nous arrivions à comprendre quelque chose à cet embrouillamini.

— Comprendre quelque chose ? répéta-t-il, incrédule. Pour l'amour du ciel, je ne vois pas ce qui me reste à faire, si ce n'est me constituer prisonnier !

— Nous pourrions commencer par donner un sens à ce que nous savons. J'ai dit « savons », pas « supposons ».

Avec un geste d'impuissance, il pressa ses tempes et ses joues blêmes et émaciées entre ses mains en secouant la tête ; ses cheveux raides retombèrent sur son front ; lorsqu'il rouvrit les yeux, l'image de Bunty lui parut d'abord floue, puis s'éclaircit. Il s'aperçut qu'elle fixait toujours sur lui un regard résolu.

— Ne dites pas cela ! fit-il d'un ton pitoyable, sauf si vous le pensez vraiment. Je commençais seulement à m'habituer à ma nouvelle personnalité. Si vous me redonnez espoir, cela signifie que je dois retraverser cet enfer une deuxième fois. Je ne pourrais pas le supporter. *Ce que nous savons !* Je sais que j'étais allongé sur elle, le pistolet à la main et qu'elle était morte, une balle dans la poitrine. Je sais que j'avais réussi à lui arracher l'arme des mains et que, dans notre chute, c'est moi qui la tenais. Je sais aussi que je voulais tuer Pippa...

— Vous vouliez me tuer, moi aussi, remarqua Bunty, sans ménagement. Qu'est-ce que cela prouve ?

— Non ! s'insurgea-t-il passionnément. C'est faux ! Je n'ai jamais *voulu* vous tuer. J'avais seulement l'intention de...

— Volonté ou intention, le coupa-t-elle, le fait est que je suis toujours en vie.

— Mais il n'y avait personne d'autre que nous deux !

— *Comment le savez-vous ? Vous êtes resté inconscient pendant plus de vingt minutes.*

— Donc vous pensez réellement ce que vous dites...

Les yeux écarquillés, il fut soudain envahi par un ardent espoir mêlé de peur, n'osant croire à l'intuition de cette femme, mais ne doutant pas non plus de la sincérité de sa conviction. Il commença à désirer son innocence, douloureusement.

— Si ce n'est pas moi qui l'ai tuée, qui l'a fait ? Qui d'autre aurait eu le même motif ? Ou un motif tout court ?

— Comment pouvons-nous le savoir, alors que nous ne savons pratiquement rien d'elle ? Si elle vous trompait, elle pouvait en tromper d'autres. Et si c'était un motif sérieux pour vous, il en allait de même pour les autres.

— Mais comment auraient-ils pu savoir où la trouver ? Elle est venue chez moi en taxi. Moi, j'étais *là*, avec mes raisons d'agir. Voyez-vous, j'ai retourné le problème dans tous les sens, conclut-il, misérable : dans la meilleure des hypothèses, le coup serait parti tout seul pendant la chute. Il pourrait donc s'agir d'un accident. Mais même cela, je n'arrive pas à le croire. Alors si c'est ce que vous êtes en train d'essayer de prouver...

— Non, répondit-elle du tac au tac. Le meurtre a bien été commis ce soir-là. *Mais pas par vous.*

— J'aimerais tant que vous parveniez à me convaincre, dit-il en tremblant.

— Donnez-moi l'occasion d'essayer. Laissez-moi examiner cette bosse que vous vous êtes faite en heurtant la table — si vous avez heurté la table...

Réduit à une docile immobilité, il lui abandonna sa tête, qu'elle prit entre ses mains et qu'elle tourna légèrement vers la lumière du jour. Elle sentit ses maigres joues que l'épuisement avait glacées se réchauffer et réagir à son contact. Ses paupières qu'il avait fermées à son approche, signe de sa totale soumission, s'ouvrirent brusquement ; il leva vers elle un regard ému et ébloui ; pour la première fois, Bunty réalisa à quel point il était jeune. Il n'avait certainement pas plus de vingt-six ou vingt-sept ans. Elle regardait un garçon complètement à bout de forces, sans défense, qui avait choisi de remettre sa vie entre ses mains. Et elle lui avait promis un miracle ! Les miracles ne sont pas faciles à accomplir. Elle tremblait autant que lui, en pensant à la responsabilité qui lui incombait.

— C'est incroyable, dit-il en frissonnant. Après tout ce qui s'est passé, je ne connais même pas votre nom.

— La plupart des gens m'appellent Bunty. Baissez la tête, s'il vous plaît... voilà.

Elle trouva facilement la marque du coup qu'il avait reçu, une bosse assez molle, en forme de poire, au-dessus et plutôt en arrière de l'oreille droite. Au sommet de la partie renflée, la peau était légèrement entaillée. Bunty écarta les cheveux noirs et épais pour mieux l'examiner.

— Je ne suis pas médecin, ni même infirmière. Mais à mon avis, ce n'est pas l'angle d'une table qui vous a fait cette bosse, à moins qu'il ne fût capitonné ! Si vous aviez heurté un angle aigu, la coupure aurait été bien plus profonde.

La voix du jeune homme lui parvint indistinctement, sous la masse de ses cheveux.

— Dans le salon, il y a une vieille chaise en bois, avec un siège de cuir. Elle était à côté de la table sur ma droite. Elle n'est pas trop bien rembourrée. On entrerait en contact avec le bois, si en tombant on la heurtait violemment. C'est peut-être sur elle que je suis tombé.

— C'est possible... Mais il aurait fallu que vous tombiez de côté, ou que vous tourniez la tête dans votre chute. Vous avez une zébrure en diagonale, de là à là...

Du bout de l'index, elle suivit la trace rouge qui finissait bien derrière l'oreille.

— Pour moi, c'est le genre de marque résultant d'un coup volontairement assené par quelqu'un qui veut vous assommer. Quelqu'un qui sait y faire et qui a en main l'outil qui convient.

Elle remit délicatement ses cheveux en place puis revint vers le bras du canapé, pour lui faire face, un léger sourire aux lèvres.

— Par exemple, un tuyau de plomb dissimulé dans une chaussette, ou tout bonnement, une matraque en caoutchouc, conclut-elle d'une voix douce et catégorique.

Il la considéra, bouche bée, tout en tâtant son ecchymose.

— Mais c'est ridicule ! Vous pensez à un vulgaire cambriolage ? Il n'y avait rien dans la maison qui méritait de sacrifier une vie humaine. Qui aurait l'idée de pénétrer par effraction au domicile de gens comme nous ? En général, les voleurs savent où trouver ce qui les intéresse. A moins que vous ayez une autre idée en tête... Je n'ai jamais eu aucun lien avec la pègre, si c'est ce que vous vous imaginez. Je vous le jure ! Je n'ai jamais eu affaire à ces gens-là. Non que je sois un modèle de vertu, mais ils n'ont jamais croisé mon chemin.

— Attendez... Là, vous avez mis le doigt sur un point intéressant. Les gens qui se promènent avec des matraques et ceux qui se promènent armés ont beaucoup de points communs. Or Pippa était armée. Vous n'aviez pas d'accointances parmi les gangsters, mais qui vous dit qu'elle n'en avait pas ?

Après un moment d'intense réflexion, hésitant entre

le désir de s'accrocher à ce filin de sauvetage et la terreur de s'apercevoir qu'il ne s'agissait que d'un fil de la Vierge, il demanda posément, sans la quitter un seul instant des yeux :

— Bunty... Croyez-vous réellement à ce que vous dites ? N'essayez-vous pas de me bercer d'illusions, par bonté d'âme ?

— Pas le moins du monde, répondit-elle énergiquement. Je dis ce que je pense.

— Et d'après vous... que s'est-il passé ?

— Je pense que quelqu'un est entré dans la pièce et j'ajouterai — parions là-dessus tout ce que vous voulez — que vous tourniez le dos à la porte et que Pippa lui faisait face. Ce quelqu'un vous a assommé d'un coup de matraque avant de « s'occuper » de votre fiancée. Pour quelle raison ? Nous l'ignorons. Preuve de son implication dans une affaire qui la dépassait, il nous reste le pistolet. Comme vous le disiez, pourquoi une fille comme Pippa aurait-elle eu besoin d'une arme ? Où se la serait-elle procurée ? Ce sont les truands, ou ceux prétendus tels, qui se promènent avec des armes. Récapitulons : votre fiancée est morte et vous, vous êtes le parfait pigeon. Si parfait que vous-même êtes persuadé de l'avoir tuée. Voilà mes conclusions, pour l'instant. Mais ce n'est qu'un début...

— Dans tous les cas, je suis dans de beaux draps, n'est-ce pas ? dit-il avec un sourire de travers. En m'enfuyant, je me suis désigné comme l'assassin. Que dois-je faire ? Qui croirait en mon innocence ?

— N'importe qui, puisque *moi* j'y crois.

— Oui, mais *vous*, vous êtes différente...

Elle vit dans ses yeux, bien qu'elle fût trop préoccupée pour y prêter une grande attention, qu'elle était devenue pour lui une créature merveilleuse et pleine de ressources, mais unique en son genre.

— Bunty, que dois-je faire ? Aller à la police et me constituer prisonnier ?

— Non, répondit sans hésitation l'épouse du policier, pourtant d'ordinaire respectueuse des lois. Pas encore. N'oubliez pas que moi aussi, j'ai brûlé mes vaisseaux. Je n'ai pu disposer de ces quelques heures de réflexion qu'en mentant aux policiers pour les éloigner d'ici. Je leur ai donné un faux nom. Pour eux, je suis complice par assistance. A présent, il nous faut utiliser intelligemment le peu de temps qui nous reste. Plus nous pourrons apporter de preuves, meilleures seront nos chances de réussite.

— Nous ? la reprit-il en levant un sourcil étonné.

Un sourire triste, un peu soucieux, mais un sourire quand même, apparut pour la première fois sur son visage hagard.

— Oui, *nous !* répéta-t-elle avec entrain. Pour vous, la première chose à faire, c'est d'aller dormir quelques heures... et aussi de prendre un bain pour vous détendre. Voilà deux nuits que vous n'avez pas dormi — et de mon côté ce n'est guère mieux ! Nous avons besoin d'avoir l'esprit clair. Je vais nettoyer un peu la pièce et ensuite, je ferai un petit somme.

— Un bain !

Un sourire enfantin éclaira son visage.

— Je n'aurais jamais cru avoir de nouveau envie de quelque chose !

— Allez-y, dépêchez-vous. Vous serez plus efficace lorsque que vous serez reposé. Vous verrez, vous arriverez à penser plus clairement.

Tel un enfant obéissant, titubant de sommeil, il se leva et se dirigea vers la porte ; mais arrivé sur le seuil il se retourna pour la regarder longuement, avec gravité. Ses yeux étaient d'un gris très pur ; il paraissait si fatigué, si jeune, si vulnérable, si soucieux encore, et cependant une lueur d'espoir brillait, vacillante, dans son regard.

— Bunty...

Celle-ci avait déjà commencé à ramasser et à empiler sur un plateau les assiettes et les couverts éparpillés sur la nappe tachée de thé. Elle leva vers lui un regard interrogateur.

— Oui ?

— Bunty, c'est le diminutif de quel prénom ?

Elle sourit.

— Bernarda. Mais ne le dites à personne ! Quand j'étais petite, les gens avaient pris l'habitude de me surnommer Bunny. Je ne le supportais pas ! Comme je n'avais pas la moindre envie de me faire câliner, j'ai rajouté un « t », pour donner une consonance plus dure. Et vous, comment vous appelez-vous ?

— Luke. Luke Tennant. Rien que des consonnes dures ! Bunty, Bernarda...

Il s'aidait de ces prénoms articulés d'une voix timide et caressante, pour pouvoir enfin lui dire ce qui lui brûlait les lèvres.

— Je suis vraiment désolé, laissa-t-il sourdre avec difficulté. Est-ce que... Est-ce que je vous ai fait mal ?

— Non ! répondit-elle, très vite. Enfin, à peine. Tout va bien.

Surprise, elle porta la main à sa gorge raide et endolorie, à laquelle, jusqu'à présent, elle n'avait pas prêté attention.

— *Je suis désolé*, répéta-t-il. Comment ai-je pu faire une chose pareille ? Je devais vraiment avoir perdu la tête.

— N'y pensez plus !

Bunty se sentait gagnée par une sorte d'excitation nerveuse qui pouvait passer pour de la gaieté. Elle regarda d'un air piteux la longue éraflure sur le cou de

Luke où se voyaient encore quelques traces de sang séché.

— Moi aussi, je suis désolée d'avoir essayé de vous tuer. Finalement, ni l'un ni l'autre n'étions très doués ! Disons simplement que nous avons échoué à l'épreuve pratique et restons-en là !

Luke, submergé par ce nouvel espoir, anéanti par la fatigue, se coucha sur le lit des Alport, s'enroula dans la couette et sombra dans un sommeil qui n'attendait que le moment où il allait baisser sa garde.

Bunty, ayant remis de l'ordre dans le salon, s'allongea sur le canapé, pour essayer de réfléchir. C'était la première fois depuis le début de cette invraisemblable affaire qu'elle avait le temps de penser ; et ce serait probablement la dernière, jusqu'à son dénouement. Au moins, à présent, était-elle sûre d'elle et de son compagnon. Mais qui pouvait prédire la fin de l'histoire ?

Elle avait décidé de récapituler avec soin le récit de Luke, afin d'extraire de ses explications quelque peu hachées un ou deux détails qui avaient pu paraître insignifiants au jeune homme. Mais chaque fois qu'elle fermait les yeux, elle voyait apparaître le visage émacié, empreint d'honnêteté, d'un homme de quarante-cinq ans : son mari. Si la veille au soir, elle avait quitté son domicile pour se prouver qu'elle avait encore une existence qui lui appartenait en propre, eh bien, elle était servie ; il ne lui restait plus qu'à réussir ; George était loin et ne savait rien de ce qui lui était arrivé. Il ne pouvait donc pas l'aider. Méfiez-vous de ce que vous désirez ardemment, songea-t-elle avec amertume, car les désirs peuvent devenir réalité...

« Concentre-toi sur ton enquête, matelot, dit-elle au visage aimé toujours présent devant ses yeux. Celle-ci, c'est la mienne, qu'elle me plaise ou non. Je me suis mise dans le pétrin toute seule, maintenant nous sommes deux, et je dois nous sortir de là. Tu sais ce que c'est, il n'y a pas d'autre solution. Alors s'il te plaît, sois gentil, va-t'en et laisse-moi réfléchir en paix. »

Mais George refusait de s'en aller ; finalement, elle oublia ses angoisses et se laissa amoureusement aller en pensée contre lui, paisible et reconnaissante ; dès l'instant où elle accorda à son esprit un peu de repos à ses côtés, elle s'endormit.

Il était presque midi lorsqu'elle se réveilla ; la luminosité était plus dure, les rayons du soleil, déjà très haut, avaient quitté la moitié de la pièce. Elle se leva, les muscles raidis et engourdis de sommeil, mais très vite une sensation de panique s'empara d'elle. Le temps pressait. Elle fit sa toilette, se maquilla, puis alla explorer le contenu du placard de la cuisine. Sa famille n'aurait pas apprécié un repas de midi dominical fait de boîtes de conserve, mais, entre deux maux, elle choisit le moindre. Il n'y avait pas de pommes de terre, mais il y avait du riz, du jambon en boîte ainsi que des conserves de légumes exotiques. Et, miraculeusement, elle trouva du café. La cuisine minuscule, qui donnait de plain-pied sur l'extérieur, recelait un réduit faisant office de réserve et de rangement.

Elle ouvrit la porte de service et le miroitement de la mer réfléchi par la lumière inonda la pièce ; à partir d'une petite terrasse dallée, un escalier aux marches d'ardoise plongeait vers la crique où le bateau était au mouillage.

Elle savait, tout en s'activant avec l'ouvre-boîtes et les casseroles, que ce silence et cette belle lumière n'étaient qu'illusion. Elle savait aussi que rien ne serait facile à sauvegarder, pas plus sa tranquillité d'esprit que la liberté de Luke.

Ce dernier descendit l'escalier d'un pas alerte et assuré qui disait clairement qu'il avait l'intention de reprendre son destin en mains. Quoique encore très marqué, il était comme neuf, propre, rasé de près, peigné avec un soin presque agressif; il avait eu la chance, dans son malheur, d'avoir emporté sa valise. Il avait donc pu changer de vêtements, geste symbolique d'espoir et de renouveau. Après cette sieste, trop courte et trop profonde, il chancelait un peu et paraissait encore fatigué, mais parfaitement déterminé. Il était toujours pâle, mais la terrible tension de ses traits avait disparu. Il parvenait même à sourire. Ce fut d'ailleurs en souriant qu'il poussa la porte du salon, cherchant Bunty des yeux. Ceux-ci s'éclairèrent dès qu'il la vit, comme si elle était l'étincelle dont ils avaient besoin pour briller.

— J'espère que vous avez faim, dit-elle en se levant de sa chaise. Car pour arriver à avaler la mixture que j'ai préparée en vitesse, il faut vraiment avoir faim ! J'ai fait de mon mieux. Si cela ne vous ennuie pas, je vais garnir les assiettes dans la cuisine et les ramener ici.

— Bunty, j'ai...

En regardant autour de lui, il s'aperçut qu'elle avait rangé la pièce, mis la table, préparé à manger ; d'abord dérouté, puis éberlué, il se sentit tout honteux de son inefficacité.

— Mon dieu, mais ce n'est pas possible ! Vous n'avez pas dormi du tout !

— Mais si ! s'écria-t-elle de la cuisine. La seule chose qui ne soit pas instantanée, je suis heureuse de l'avouer, c'est le café !

Elle apparut dans l'encadrement de la porte, les assiettes à la main, repoussa la porte du pied. Luke remarqua qu'elle avait déniché le joli tablier de Louise

Alport, en grosse toile imprimée, avec des poches en forme de tulipe, et aussi ses gants isolants.

— Attention, c'est chaud ! s'écria-t-elle.

Cette villa distillait une fantaisie et un imaginaire inépuisables. Dans ce genre d'expérience proche du rêve, vous vous accrochez à ce qui vous tombe sous la main pour rétablir l'équilibre perdu et retrouver le monde réel. Peut-être aussi, et davantage, pour éblouir votre compagnon d'infortune et maintenir en état ses rouages essentiels, en attendant le retour à la normalité.

Si retour il y a.

— Bunty, je pense...

— Vous pensez ? Parfait, parfait ! s'exclama-t-elle joyeusement. J'espère que c'est contagieux, car après ce repas, nous allons devoir réfléchir sérieusement.

— Non, pas nous, dit-il avec douceur. Moi.

Elle leva vivement les yeux et l'observa d'un air dubitatif. Au moins, il avait retrouvé son équilibre ; désormais, qu'il croie ou non sérieusement en son innocence, il ne se laisserait plus influencer ; il cesserait de tenir le rôle du méchant qu'il n'avait interprété que parce qu'il se croyait réduit à jouer ce seul personnage.

— Bunty, je vous suis très reconnaissant et je ne vous le dirai jamais assez, mais je dois régler cette affaire tout seul. C'est mon problème, pas le vôtre. Vous avez déjà beaucoup trop fait pour moi. Sans vous, je n'aurais jamais recouvré mes esprits. A présent, je suis de nouveau dans un état normal et je tiens à vous savoir en dehors de toute cette histoire. Je veux que vous rentriez chez vous, indemne, comme si de rien n'était. Vous n'avez jamais entendu parler de moi, ni de cette sordide affaire. Après déjeuner, je vous conduirai à Forfar, où je vous mettrai dans le premier train pour Édimbourg. Je vous conduirais volontiers jusqu'à Édimbourg pour m'assurer que vous montez bien dans l'express, mais je crains de ne pas arriver à la gare sans être arrêté.

— Personnellement, fit Bunty en posant lentement sa fourchette, je doute que vous arriviez même jusqu'à Forfar.

— Je crois que si. Je connais bien les routes. Souvenez-vous de ce qu'ils ont dit ; ils recherchent non pas un meurtrier, mais le conducteur d'une voiture qui a grillé un feu rouge et flanqué une peur bleue à un policier en manquant de le renverser. Ils n'auront donc pas mis toutes les polices du pays à mes trousses. Je peux vous accompagner sans danger jusqu'à Forfar. Et je me sentirai moins coupable si je vous sais loin, en sécurité. Je ne peux pas vous laisser éternellement porter mon fardeau à ma place.

— Vous oubliez qu'ils savent que je suis là ! remarqua-t-elle vivement. Je leur ai donné un faux nom et une fausse adresse. Ils peuvent très bien être en train de les vérifier, en ce moment même. Croyez-vous que le jeune agent ne me reconnaîtrait pas ?

Tandis qu'il la dévorait d'un regard inquiet, à la fois plein de remords et de déférence, ses yeux disaient clairement que tout homme qui lui aurait parlé, ne serait-ce qu'une minute, la reconnaîtrait entre mille. Mais il se contenta de répondre calmement :

— Quelle importance, puisqu'il ne vous reverra pas ? Ils ne disposent que de cette fausse identité. Ils découvriront peut-être que votre Rosamund n'existe pas, mais ça ne les aidera pas à retrouver Bunty. D'ici demain, vous serez rentrée chez vous, personne ne saura où vous êtes allée. Et personne ne saura ici qui était la femme qui a ouvert la porte de cette maison ce matin.

— Non, c'est impossible, affirma Bunty. De toute manière, je n'ai pas d'argent, pas un sou, sur moi.

— Nous avons de l'argent, dit-il en souriant.

Au fond d'elle-même, elle fut vivement tentée — et cela la surprit — d'accepter son offre et de retourner à son quotidien, de clore ainsi cet intermède secret et de tourner la page à jamais. Elle pensa avec une étonnante bouffée de joie et d'envie à son intérieur trop tranquille ; rétrospectivement, si étrange que cela puisse paraître, sa vie écoulée lui parut bien remplie, satisfaisante et pleine d'attraits. Luke ne parlait pas là d'une possibilité irréalisable. D'ici le lendemain matin, elle pouvait être rentrée chez elle. Personne ne saurait où elle était allée. Probablement personne n'aurait besoin de savoir qu'elle avait quitté son domicile. *Pas même George !*

Le seul fait de penser à son mari lui remit les idées en place. Rentrer à Comerford était hors de question. Pas une seconde, elle n'y avait véritablement cru.

— Eh bien, que proposez-vous ? demanda-t-elle.

— Dès que je vous saurai en sûreté loin d'ici, je rangerai la maison de manière à la laisser dans l'état où nous l'avons trouvée. Je n'y réussirai peut-être pas, mais je veux essayer de tenir les Alport en dehors de cette affaire. Puis j'amènerai la voiture et tout son contenu au prochain poste de police, en essayant de ne pas me faire arrêter en route. Je peux y arriver, si je m'attelle sérieusement au problème. Je leur dirai tout ce que je sais sur le meurtre de Pippa. Naturellement, je ne parlerai pas de vous, conclut-il, son regard gris toujours fixé sur elle. Ensuite ce sera à eux de jouer.

« Et je ne vous oublierai jamais, disaient ses yeux — il n'osait pas lui faire cet aveu à voix haute — quoi qu'il m'arrive, et même si nous devions ne jamais nous revoir. »

Un silence s'ensuivit, plein d'émotion, mais que Bunty ne pouvait se permettre de laisser s'éterniser; l'urgence de la réalité l'obsédait. Elle savait, et il était temps de le lui annoncer, qu'elle n'irait nulle part sans lui.

— Terminez votre repas, dit-elle, très prosaïque. Froid, c'est encore plus mauvais. De toute façon, vous perdez votre temps. Je ne vous laisserai pas seul. Nous sommes tous deux impliqués dans cette affaire, nous y ferons face ou nous échouerons ensemble. Je ne rentrerai pas à Comerbourne tant que je ne pourrai pas vous y amener en homme libre.

— N'oubliez pas... que j'ai essayé... de vous tuer! haleta-t-il d'une voix rauque, en frissonnant au souvenir de ce qui s'était passé.

— Je sais. Je sais que vous en aviez l'intention, mais que vous n'avez pas pu le faire, le moment venu. Eh bien, moi, je ne peux pas vous abandonner maintenant. Peut-être en ai-je eu envie, un moment, mais je ne le peux pas. Une sorte de méconnaissance de nous-mêmes peut parfois nous aveugler mais ce que nous sommes vraiment finit toujours par l'emporter, le moment venu.

— Je vous dois tout ce que j'ai au monde, aujourd'hui, dit-il en mesurant ses paroles, et aussi tout ce que je suis — pour ce que cela vaut. Vous, vous ne me devez rien; je ne vous ai apporté que peur et souffrance.

Mais il n'osa pas ajouter qu'il voulait qu'elle s'en aille. C'eût été un mensonge.

— Je ne suis pas d'accord avec vous, répondit Bunty. Voilà comment je vois les choses : dans votre désespoir, vous m'avez choisie pour compagne. Mais voyez-vous, moi aussi j'étais désespérée, et j'ai choisi d'accepter votre compagnie, pour mon propre salut. Je ne reviendrai pas sur cet engagement. Vous n'avez pas pris la décision tout seul, je vous y ai aidé. Désormais, c'est à nous deux de résoudre la question.

Elle se leva brusquement de table et se hâta vers la cuisine pour préparer le café. Lorsqu'elle revint, Luke avait détourné son visage et regardait par la fenêtre, le menton posé sur le poing. Jamais elle ne saurait s'il avait abandonné la discussion parce qu'il était convaincu de la vanité de sa démarche ou, au contraire, parce qu'il craignait d'être trop convaincant et, par conséquent, de la perdre.

Il se contenta de déclarer, au bout d'un moment :

— Pour commencer, je ferais mieux d'aller chercher les affaires de Pippa dans la voiture et de les ramener ici. Nous trouverons peut-être des indices susceptibles de nous aider.

— Il faudra jeter un coup d'œil au pistolet, acquiesça Bunty, soulagée.

— Je suppose que je devrais la ramener ici, elle aussi, reprit-il. D'une manière ou d'une autre, il faudra bien que je la déplace, pour prendre sa valise dans le coffre.

En regardant de près ce profil calme et apparemment déterminé, Bunty vit quelques gouttes de sueur perler à sa lèvre supérieure. Elle faillit lui proposer son aide, mais s'aperçut à temps qu'elle devait s'abstenir. Face à la mort, elle se sentait plus forte et mieux préparée que lui — n'était-elle pas, d'une certaine façon, passée près de sa propre mort pour parvenir, mystérieusement, à le comprendre ? A présent, elle risquait davantage de le blesser ou de l'offenser que de l'aider, car il souhaitait avant tout la protéger et l'épargner. Elle avait l'impression de le connaître aussi bien que son propre fils, et donc d'être sensible à tous ses états d'âme. Cela ne lui coûterait pas grand-chose de se soumettre aux exigences de Luke. Elle avait été sur le point de lui dire, pour lui donner du courage, qu'à cette heure le corps avait dû perdre sa raideur et qu'il n'aurait pas à affronter un cadavre aux membres rigides et affreusement contorsionnés. Mais elle préféra ravaler des paroles qui l'auraient profondément choqué.

Il déposa Pippa délicatement sur le lit et écarta les pans de la couverture qui l'enveloppait. Le corps était souple et flexible entre ses mains. Il lui mit la tête sur l'oreiller, étendit ses bras et ses jambes, essayant de se souvenir s'il avait lu une expression de peur sur ce visage, alors que maintenant il n'y voyait que de l'indifférence ; il constata avec tristesse qu'il aurait été incapable de discerner cette expression à cause de sa propre frayeur. Contrairement à ce que l'on dit souvent, les morts n'ont jamais l'air de dormir. Ils ont seulement l'air mort. Il règne autour de la mort une sorte de perfection.

Elle était donc là, jeune, mince, ravissante, celle qui représentait trois ans de sa vie, celle dont la rencontre était à l'origine de tout ce qu'il savait sur la souffrance. Peut-être l'avait-il tuée, mais au plus profond de lui-même naissait l'intime conviction qu'il ne l'avait pas fait. En cet instant, s'il avait été certain de son innocence, il aurait pu ressentir un dernier sursaut d'amour pour elle, mais, n'en étant pas tout à fait sûr, il ne put éprouver qu'une immense et douloureuse pitié devant ce gâchis. Il lissa les longs cheveux blonds de Pippa de chaque côté de son visage, tentant ainsi de remédier un peu à ce terrible désordre.

Puis il referma la porte et descendit au garage chercher la valise et le sac à main de la jeune fille.

7

Le pistolet était là, posé entre eux sur la table, petit objet compact d'acier bleuté, qui ne faisait guère plus de dix centimètres de long. A le voir, si simple et innocent, on l'aurait davantage pris pour un accessoire de théâtre ou un jouet d'enfant, que pour une machine à tuer. Un camée représentant une tête figurait sur le côté de la crosse et on lisait clairement la marque et le calibre, gravés sur le canon :

LILIPUT KAL. 6.35
Modell 1925

— Je suppose qu'il est inutile de le manier avec des pincettes, déclara Bunty en regardant l'arme d'un air songeur. Nous y avons laissé nos empreintes et nous pouvons être certains que les autres ont effacé les leurs.

Néanmoins, ni l'un ni l'autre n'était particulièrement pressé d'y toucher. Cet objet insignifiant, qui aurait presque pu tomber d'une pochette-surprise, avait scellé leur destin en les murant chacun dans leur solitude la nuit précédente. Désormais, il n'avait plus sa place dans leur relation. Bunty faillit demander à Luke pourquoi, le matin, alors qu'il était à deux doigts de la tuer, il n'avait pas utilisé son arme, mais elle n'osa pas. C'était l'une des nombreuses questions qu'elle ne lui poserait jamais ; de toute manière, il aurait été incapable de lui fournir une réponse satisfaisante. Après réflexion, elle se dit que finalement, elle possédait peut-être un début d'explication : il s'était jeté sur elle à moitié fou de désespoir parce qu'il croyait — ou plutôt parce qu'il était persuadé d'être un assassin. Mais son corps, lui, n'était pas convaincu de sa culpabilité et avait tout fait pour éviter d'en arriver à une telle extrémité. L'utilisation d'une arme à feu lui aurait assurément permis d'arriver à ses fins. Aussi ses mains s'étaient-elles dérobées au dernier moment, le forçant à agir à mains nues ; et encore avaient-elles lutté contre ce qu'il voulait leur commander. Voilà pourquoi elle était encore en vie...

Luke prit brusquement le 6.35 et déplaça du pouce un petit cran rainuré, sur la gauche de la crosse.

— Ne craignez rien, dit-il avec un sourire, j'ai seulement remis le cran de sûreté. Cela ne détruira pas les empreintes, et si nous devons la manipuler, autant ne pas prendre de risques.

Il surprit un éclair étonné dans son regard et s'empressa de répondre à la question avant qu'elle ne fût formulée.

— Non, rassurez-vous, il n'a pas toujours été armé. J'avais mis le cran de sûreté après avoir repris connaissance, dès que j'ai décidé de quitter la maison et de tout emporter avec moi. Je ne sais même pas pourquoi. Je suppose que j'avais peur de le manipuler, ne connaissant rien à ce genre d'engin. Pippa n'était pas très douée non plus, ajouta-t-il avec une pointe d'ironie, elle a été obligée de s'aider de sa main libre pour repousser le cran de sûreté, au lieu de le faire avec le pouce. Elle se battait toujours avec les objets, même avec les ouvre-bouteilles.

Bunty, incrédule, soupesa l'arme au creux de sa main. Elle ne devait pas peser plus de deux cents grammes.

— Vous voulez dire... que depuis tout ce temps, la sécurité était mise?

Elle n'en dit pas plus, songeant avec un bref sourire à la nuit de cauchemar qu'elle venait de passer. L'inconscient de Luke s'était décidément rebellé pour les épargner l'un et l'autre!

— Je crois. Enfin, *j'espère!* En fait, je ne sais pas exactement dans quelle position la sûreté est levée ou non et j'avoue que je n'ai pas appuyé sur la détente pour vérifier. Mais quand on a vu bon nombre de séries policières à la télé, on connaît un peu les principes de base. Pippa n'était certainement pas en état de mettre la sûreté, quand elle a commencé à agiter ce truc sous mon nez. Or, celle-ci n'était pas enclenchée puisque le coup est parti. Je n'ai levé le cran, conclut-il en pâlissant, que lorsque vous êtes allée ouvrir à la police...

Bunty se souvenait parfaitement à quel moment et dans quel but il avait rendu à son arme le pouvoir de tuer. Moins il y repenserait, mieux cela vaudrait pour lui.

— Nous partons donc du principe, intervint-elle vivement, que nous avons bien là l'arme qui a tué Pippa. Cela paraît logique. Quel aurait été l'intérêt de vous laisser là avec une autre arme dans la main? Dès que la police aurait retrouvé la balle, vous auriez été innocenté. En attendant, nous pouvons toujours vérifier combien de balles ont été tirées. Savez-vous comment s'ouvre cette chose?

Il lui prit le pistolet des mains.

— La plupart ont un petit poussoir à l'extrémité de la crosse et le chargeur vient s'encastrer là, dans le magasin. Tenez, ce doit être ça...

Au moment où il s'apprêtait à ouvrir l'arme, Bunty l'arrêta en lui posant la main sur le poignet, les yeux brillants.

— Non, attendez ! Je viens de penser à quelque chose. A quoi cela ressemble, un chargeur ?

— C'est une sorte de boîte en acier oblongue, ouverte sur un côté. Vous y insérez les balles et un ressort les envoie une par une dans la culasse. Enfin, je crois. Nous pouvons y jeter un coup d'œil...

— Non, ne l'ouvrez pas ! Si le chargeur a suffisamment de surfaces planes, elles ont sans doute gardé des empreintes, n'est-ce pas ? Celui qui a chargé le pistolet a forcément dû le manipuler. L'extérieur de l'arme ne parlera pas, puisque nous y avons laissé les nôtres, mais l'intérieur est intact. Je parie que personne n'a pensé à l'essuyer avant de vous la placer dans la main.

— Désolé de vous contredire, mais cela ne nous avance à rien, objecta-t-il. Celui qui a tué Pippa n'a pas eu besoin de toucher au chargeur, puisque c'est elle-même qui l'a chargé.

— En êtes-vous sûr ? Comment le prouver ? Elle s'est certainement procuré l'arme auprès de quelqu'un de peu recommandable. De plus, vous venez vous-même de le dire, elle n'était pas très adroite. Si elle a demandé à ce quelqu'un de lui fournir un pistolet, *elle a très bien pu lui demander de le charger pour elle, non ?*

Luke hocha la tête, lui rendant la prudente lueur d'excitation qu'il lisait dans son regard.

— Vous pourriez avoir raison... dit-il en retirant vivement son doigt du poussoir. Croyez-vous que le type qui lui a donné l'arme et celui qui l'a tuée ne sont qu'une seule et même personne ?

— Pourquoi pas ? Si vous voulez mon avis, votre fiancée s'est aventurée dans une histoire qui la dépassait et où les armes sont en elles-mêmes des mobiles de meurtre ; cela arrive souvent. Ce sera déjà un bon point de découvrir l'identité de celui qui la lui a fournie. Savez-vous ce qui me préoccupe, à propos de Pippa ? Ce n'est pas de savoir pourquoi elle vous a laissé tomber — elle avait très probablement rencontré ce type —, mais plutôt de comprendre pourquoi elle a cherché à renouer avec vous par la suite. Ce n'était pas par affection, vous n'avez pas tardé à le comprendre. Elle ne retournait pas vraiment à ses anciennes amours. Non, elle revenait vous faire du charme parce qu'elle avait besoin de vous.

— Ce serait logique, acquiesça-t-il au souvenir douloureux de Pippa, vivante, ambitieuse et débordante d'énergie, mais en fait, elle ne m'a pas demandé grand-chose. Juste de faire un voyage à Londres avec elle. Ah si ! Attendez... jeudi, elle a emprunté ma voiture pour aller s'acheter des vêtements en ville. C'est ennuyeux de prendre l'autobus quand on a les bras chargés de cartons et de paquets. Elle l'a ramenée le soir et nous sommes allés au cinéma. Mais c'est tout ce qu'elle m'a demandé. Je ne vois pas ce qu'il y a là de si important.

— N'oubliez pas qu'elle désirait absolument aller à Londres avec vous. Elle vous l'a fait comprendre lorsque vous lui avez tenu tête. Pourquoi était-ce si urgent à ses yeux ? Si elle tenait tant à aller à Londres, elle aurait pu prendre le train. Mais cela ne suffisait pas. *Elle devait y aller avec vous.*

— Mais pourquoi ? Peu importait le moyen de transport, si elle devait fuir, d'une manière ou d'une autre.

— Je l'ignore. Mais Pippa, elle, le savait. Elle devait avoir une excellente raison, sinon pourquoi aurait-elle tant insisté, alors même qu'elle avait découvert que vous connaissiez l'existence de son visiteur et que vous ne vous laisseriez plus berner ? Lorsqu'elle a compris que son charme n'avait plus d'effet, désespérée, elle a sorti son pistolet. A propos, je viens de penser à autre chose... A mon avis, tout avait été prévu pour que la police vous découvre là, vous, le dindon de la farce, le suspect idéal. Encore évanoui ou bien à moitié étourdi, à moitié ivre, ne sachant quoi faire du cadavre, ni où aller. Pris en flagrant délit pour un meurtre que vous ne pouviez même pas commencer à nier, puisque vous étiez persuadé d'être le coupable.

— C'est vrai... ça a dû se passer comme ça...

— Donc, poursuivit-elle en fermant les yeux pour mieux se concentrer, celui qui a monté ce coup a dû prendre ses précautions pour s'assurer que l'on vous trouverait bien dans cet état. Il ne pouvait rien laisser au hasard. Je mettrais ma main au feu que la police a reçu un coup de téléphone anonyme lui demandant de passer chez vous, à une heure où le véritable assassin serait certain de se trouver hors d'atteinte. A partir d'une cabine publique, si possible pas trop proche. L'homme aurait sans doute préféré rester tout près pour s'assurer que son plan se déroulait normalement, mais il n'a pas osé prendre ce risque. Les gangsters ne prenant jamais de risques, il a dû s'éloigner à bonne distance. Vous dites être resté inconscient environ vingt-cinq minutes ? Il pensait certainement disposer de plus de temps.

Elle le dévisagea de ses grands yeux noisette aux reflets verts, brillants d'excitation.

— Voyez-vous, d'après moi vous vous en êtes sorti tout simplement parce que vous avez la tête dure ! Vous êtes revenu à vous très vite, plus vite que notre homme s'y attendait. Selon lui, vous deviez être découvert groggy, réduit à l'impuissance par l'alcool, si ce n'est évanoui, allongé sur le parquet aux côtés de la fille morte, le pistolet encore chaud dans la main. Pris sur le fait ! Au lieu de cela, vous revenez à vous totalement dégrisé, vous rangez la pièce et vous quittez la maison en emportant toutes les preuves. Je commence à penser que c'est ce que vous avez fait de mieux.

— Oui, c'était peut-être un coup de chance, finalement, dit-il, partageant presque à regret la contagion de son optimisme. En tout cas, je suis sûr d'une chose : pendant que nous nous battions, nous avons perdu l'équilibre et nous sommes tombés. En supposant que quelqu'un soit arrivé derrière moi et m'ait assené un coup de matraque sur la nuque — je dis bien *en supposant* que cela se soit passé ainsi — alors que j'étais en train de tomber, j'ai pu partiellement esquiver le coup. Et l'homme ne s'en est peut-être pas aperçu.

— Donc, j'avais raison. Vous tourniez bien le dos à la porte ?

— Plus ou moins. Si vous aviez connu Pippa... Elle s'appropriait tout ce qui l'entourait, comme moi, par exemple. Elle croyait posséder tout ce qui m'appartenait. En arrivant chez moi, elle entrait tout droit, sans hésitation. Avec elle, on finissait toujours par avoir le dos à la porte.

— Donc, si l'un de vous deux a vu une troisième personne entrer, c'est Pippa. Son expression a-t-elle changé ? A-t-elle poussé un cri ?

— Comment voulez-vous que je le sache ? bougonna-t-il en faisant un effort pour se remémorer la scène. Nous nous battions ; pour nous il n'y avait personne d'autre dans la pièce... Je ne me souviens pas... Elle hurlait sans arrêt, alors un cri de plus ou de moins...

— Bon, je vois. Ne vous inquiétez pas, de toute façon, cela ne prouverait rien. N'en parlons plus.

— Bunty, dit-il brusquement en se penchant en avant pour lui toucher la main, je ne veux pas que vous vous donniez de faux espoirs ; vous seriez terriblement déçue au bout du compte. Dieu sait que grâce à vous, j'ai commencé à croire que je n'étais peut-être pas un assassin, mais pour l'instant nous en sommes réduits aux conjectures. Nous n'avons pas l'ombre, vous m'entendez, pas l'ombre d'un indice qui nous aiderait à prouver que Pippa et moi n'étions pas seuls. Cela ne signifie pas que j'abandonne la partie, bien sûr... Je refuse de croire que je suis un meurtrier. Seulement, si les choses devaient tourner différemment... Je ne veux pas que vous souffriez ! conclut-il soudain avec passion en retirant vivement sa main.

Pour Bunty, ces propos illustraient parfaitement sa certitude : Luke n'avait rien d'un assassin. Même la conviction désespérée du jeune homme n'était pas parvenue à transformer sa nature. Il avait beau s'acharner à accepter l'idée de sa culpabilité, son souci principal était de l'empêcher, elle, de trop s'impliquer dans cette affaire afin qu'une éventuelle désillusion ne la fasse par trop souffrir.

— Laissez-moi un peu de temps, dit Bunty, à qui la sagesse conseillait de s'en tenir au problème précis qu'il avait soulevé. Je trouverai l'indice dont vous avez besoin. Je prouverai qu'il y avait bien quelqu'un dans cette pièce. A propos, n'aurait-on pas volé quelque chose sur le corps de Pippa, ou dans la maison ?

Il secoua la tête avec un sourire forcé.

— Figurez-vous que j'étais justement en train d'y penser ! Non. Pippa porte encore sa bague de fiançailles... Oh, elle n'avait pas une très grande valeur, mais si un petit voleur l'avait suivie jusque chez moi et l'avait tuée, je pense qu'il aurait eu le réflexe de s'emparer du solitaire avant de quitter les lieux. Cela ne lui aurait pas pris beaucoup de temps.

Bunty se mordillait la lèvre, tout à ses réflexions.

— Cela confirmerait ma théorie. On ne tue pas pour une simple divergence d'opinions ou pour quelques misérables shillings. Le fait qu'il y ait eu meurtre prouve que l'assassin, quel qu'il soit, n'était pas intéressé par la bague, même pour se faire un peu d'argent vite gagné. Les enjeux étaient bien plus importants. Pour lui, la bague avait plus de valeur en restant à l'annulaire de Pippa, précisément pour que la police ait la même réaction que vous : s'il s'agissait d'un vulgaire voleur, il aurait pensé à prendre la bague. Les enquêteurs devaient tout trouver intact, sinon il y aurait eu une faille dans les charges portées contre vous.

— Alors, demanda-t-il avec un sourire ironique, comment allez-vous faire sortir la preuve de votre chapeau ?

— Vous voulez parier ? Ne me faites pas dévier de mon sujet, et nous y arriverons. Où en étions-nous ? Ah oui... Vous, vous jouez donc le rôle du pigeon, comme prévu, et l'assassin va téléphoner à la police d'une cabine suffisamment éloignée des lieux du crime. Vous pouvez être sûr que la police est allée vérifier ses dires, qu'elle les prenne au sérieux ou non, car tout est toujours possible. Ils auront trouvé une innocente maison vide, fermée à clé ; pas de corps, pas d'assassin, pas d'arme, seulement une maisonnette louée par deux jeunes enseignants qui venaient de partir en vacances, comme l'aura certainement confirmé un voisin, ou le gardien de l'école, si par hasard vous n'avez pas de voisin avec lequel échanger occasionnellement quelques banalités. Tout est donc en ordre. Que font-ils ensuite ? Hausser les épaules en se disant que c'était une fausse alerte ? Pure malveillance, ennui, ou simplement humour pervers, les coups de fil anonymes à la police ne manquent pas, hélas. Envoyer quelques hommes fouiller la maison ? Cela m'étonnerait : en ce moment, la police est débordée et manque de personnel. Et, compte tenu du fait qu'à première vue, il est peu probable que deux jeunes gens respectables soient impliqués dans un meurtre, je dirai qu'ils n'y ont pas consacré trop de temps. Mais ils restent tout de même sur le qui-vive, pour savoir qui se cache derrière cet appel.

— Pensez-vous que l'auteur du coup de téléphone ait mentionné des noms ? demanda Luke, très attentif.

— Un point pour vous ! Non, je ne crois pas. Plus un appel anonyme est anonyme, si j'ose dire, moins on a de chances d'en retrouver l'auteur. Celui-ci n'aura certainement pas mentionné le nom de Pippa, surtout s'il entretenait avec elle des relations qui permettraient de remonter jusqu'à lui. Il dira simplement : « Messieurs, allez à telle adresse, vous y découvrirez le cadavre d'une jeune fille. »

— Donc si la police décide de ne pas aller chez moi, elle n'aura aucun moyen de remonter la piste jusqu'à l'appartement de Pippa, ni de reconstituer ses allées et venues. Quelle solution lui reste-t-il ?

— Je vais vous le dire. Ils peuvent tendre une perche aux gangsters en faisant passer un entrefilet dans les journaux, spécifiant que la police a reçu une fausse alerte au sujet du meurtre d'une jeune fille, commis à Comerbourne, sans donner plus de détails. Ensuite, il ne leur reste plus qu'à attendre que quelqu'un vienne leur signaler la disparition d'une fille, d'une sœur ou d'une amie.

— Mais aujourd'hui, nous sommes dimanche, observa Luke.

— C'est vrai. Les journaux du dimanche sont imprimés le samedi soir; ils ne peuvent donc pas insérer cet entrefilet dans les informations de dernière minute; rien ne filtrera avant demain soir, au plus tôt. A mon avis, la police n'est au courant de rien. Personne ne sait, excepté nous deux et l'assassin, que Pippa est morte. Ce qui concorde avec ce que m'ont dit les deux policiers tout à l'heure : ils recherchent seulement une personne pour excès de vitesse et conduite dangereuse.

— Ce qui nous donne tout de même un peu de temps, admit Luke.

— Oui, et aussi un bon point possible si nous faisons volontairement le premier pas pour signaler la mort de Pippa et les circonstances de son décès.

Luke s'était détourné pour aller chercher la valise de Pippa. Mais au dernier moment, il pivota sur lui-même et dévisagea longuement Bunty, avec beaucoup de sérieux et de franchise.

— Vous faites vraiment confiance à la police, n'est-ce pas? demanda-t-il d'un air étonné.

— Oui. Ce sont des êtres humains. Même si tous ne sont pas parfaits, en général, oui, j'ai confiance en eux. Tenez, mettez-la sur le canapé, nous y verrons plus clair.

C'était une grande valise, rigide et légère, en fibre de verre beige, protégée, en plus des deux serrures jumelles, par un cadenas et une large sangle; le type de bagage que l'on emmène en avion. Luke la posa sur le canapé, défit la boucle de la sangle, puis avec le pouce appuya sur le bouton de l'une des deux serrures; à sa grande surprise, le petit fermoir se releva tout de suite avec un bruit sec. Il renouvela l'opération avec le second et ouvrit la valise qui révéla une collection de vêtements féminins du dernier cri comme Bunty n'en avait jamais vu dans un bagage. Pippa adorait les vêtements, dont elle faisait grand cas. Chacun d'eux était délicatement et astucieusement plié et rangé, le tout protégé par du plastique et maintenu en place par du ruban de soie rose. Luke n'osa pas effleurer ces reliques, par crainte de déranger leur parfait agencement, mais aussi à cause du souvenir qu'il gardait de leur propriétaire. Ce fut Bunty qui défit les rubans de soie ; elle souleva avec précaution la première couche de vêtements, les examinant sous toutes les coutures avant de les reposer.

— Votre fiancée était très coquette, remarqua-t-elle. D'après vous, tous ces vêtements sont-ils neufs ?

— Elle avait emprunté ma voiture jeudi pour aller faire des courses. Je lui avais dit qu'elle aurait le temps de faire ses emplettes à Londres, mais Pippa ne pouvait jamais attendre. Elle adorait les toilettes, ajouta-t-il avec un soupir résigné, en regardant Bunty soulever une par une les lingeries légères et colorées, trésors de Pippa.

— Je vois, constata Bunty. Elle les aimait tellement, d'ailleurs, que je ne comprends pas qu'elle ait laissé passer *cela* en pliant ses affaires.

Luke n'avait rien remarqué ; il n'y avait en effet pas grand-chose à voir, juste un coin de jupe pliée dans son enveloppe de plastique, froissé en accordéon, comme une aile de voiture après une collision. Et juste en dessous, le bord en dentelle d'une combinaison repliée sur elle-même. Bunty passa la main dans un coin de la valise et souleva chaque vêtement, les retournant l'un après l'autre pour les examiner. Puis, les yeux brillants d'excitation, elle les remit à leur place et répéta l'opération pour les trois autres coins de la valise.

— Vous voyez?

Luke n'avait rien vu; le rangement de sa propre valise était si différent, que celui-ci lui paraissait proche de la perfection. Mais c'est précisément dans la perfection que l'on voit apparaître clairement le plus petit des défauts.

— Il n'a pratiquement rien touché. Il a fait preuve de beaucoup d'adresse, mais il a tout de même laissé des traces. Pippa n'aurait jamais laissé une jupe froissée, ne serait-ce que par un pli. Même si elle avait dû déranger sa valise pour y ajouter quelque chose, elle l'aurait fait avec soin. Quelqu'un a fouillé cette valise, à la recherche de quelque chose de suffisamment gros pour être facilement trouvé, puisqu'il n'a pas tout soulevé; il a seulement passé la main à tâtons, dans les coins et sur le devant. Et qui plus est, affirma-t-elle, *il n'a rien trouvé!*

— Attendez, attendez... Qu'est-ce qui vous fait croire ça?

— Réfléchissez... S'il avait réussi à localiser ce qu'il cherchait, c'est-à-dire un objet assez volumineux, il aurait été obligé de soulever les vêtements pour le prendre, ou bien alors de le tirer de dessous; nous nous en serions aperçus. Si un objet de taille importante avait été retiré d'un coup sec de sous cette pile de lingerie fine, non seulement la valise aurait été beaucoup plus en désordre, mais le creux laissé par l'objet aurait été visible et palpable. Essayez vous-même une fois, vous verrez. Et même si notre homme s'était contenté de soulever le linge, je crois que je l'aurais remarqué. En outre, je doute qu'il ait eu beaucoup de temps devant lui.

— Évidemment...

Luke craignait d'accepter trop vite ces conclusions. Il se pouvait que Bunty vît dans un coin de jupe froissée la preuve de la présence d'une tierce personne chez lui ce soir-là, mais en attendant, il aurait préféré un indice indiscutable, objectif, aussi réel que des empreintes digitales.

— Que pouvait-il bien chercher ? poursuivit Bunty, en refermant la valise sur les vêtements de Pippa, fragiles vestiges de sa vanité.

Puis elle se tourna vers leur dernier atout, un grand sac à main de cuir chamoisé couleur crème, doux comme du velours, qui avait certainement coûté les yeux de la tête.

— Il est tout neuf, n'est-ce pas ? Elle avait vraiment l'intention de recommencer sa vie, dirait-on.

— Oui, répondit Luke d'un air sombre, tout en songeant : « Pas avec moi, en tout cas. »

Bunty fit jouer le fermoir du sac luxueux qu'elle renversa sur la table vernie ; son contenu se répandit doucement entre ses doigts. Elle embrassa le tout d'un seul coup d'œil, puis mit de côté les objets un par un : des babioles inoffensives, telles qu'un peigne, un mouchoir, un grand porte-monnaie, un carnet de timbres, un poudrier, un tube de rouge à lèvres, un paquet de Kleenex, une boîte de disques à démaquiller....

— ... stylo-bille, trousse à manucure, comprimés pour le mal des transports... Tiens, Pippa était-elle malade en voiture ?

— Pas que je sache. Mais c'est possible. Nous avions rarement eu l'occasion de faire de longs trajets ensemble. D'ailleurs, plus j'y pense, plus je me rends compte que je savais très peu de choses à son sujet.

Bunty poursuivit son énumération.

— ... un dépliant annonçant les derniers spectacles

de la capitale, un petit étui pour pinces à cheveux. C'est tout. Eh bien ?

— Eh bien ? répéta-t-il sans comprendre. C'est tout. Il n'y a rien d'extraordinaire.

Une pointe de découragement perçait dans sa voix, bien qu'il essayât de ne pas le montrer. Après tout, à quoi aurait-il pu s'attendre ?

— Je ne vois rien qui puisse nous mettre sur une nouvelle piste.

— Vous croyez ? *Alors, dites-moi où sont ses clés !*

— Ses clés ? reprit-il en écho, stupéfait, le visage transfiguré. *Ses clés !*

Il commença à trembler de façon incontrôlée. Bunty passa un bras autour de ses épaules et le tint avec fermeté, sans le quitter des yeux. Dans de pareilles circonstances, elle se serait permis de passer un bras autour du cou de son fils de vingt ans, déjà très mûr et très intimidant, en prenant d'infinies précautions, car Dominic était son fils, encore un peu amoureux d'elle, terriblement amoureux de Tossa, et il protégeait jalousement son nouvel état d'homme adulte. Vis-à-vis de Luke, elle se sentait plus à l'aise : même si leurs relations étaient complexes, elles n'atteindraient jamais un tel degré de complexité.

— Oui, ses clés, répéta-t-elle. Vous n'y aviez pas pensé ? Souvenez-vous, la valise n'était pas verrouillée. Imaginez-vous Pippa partir sans la fermer à clé ? Elle l'a fait, c'est évident. Et ensuite elle a mis la clé de la valise dans son sac. Elle fermait bien la porte de son appartement à double tour, n'est-ce pas ? Donc elle fermait aussi ses bagages. Notre homme a pris son trousseau dans son sac pour ouvrir la valise. Ne trouvant pas ce qu'il cherchait, il l'a gardé. Pourquoi ? Pour aller fouiller son appartement. Ne croyez-vous pas ?

Elle le conduisit par le bras jusqu'au fauteuil de rotin le plus proche, l'obligea à s'asseoir, puis s'assit à son tour sur le bras du fauteuil et le tint contre elle, en lui parlant d'une voix douce, câline et détachée, pour le rassurer sans qu'il s'en aperçoive.

— Il voulait quelque chose qu'elle possédait — ou du moins qu'il croyait en sa possession — et pensait le trouver dans la valise. Mais il a fait chou blanc. Il est donc allé chez elle pour tenter de dénicher l'objet en question. Voilà, maintenant vous savez... conclut-elle, sans ressentir le besoin d'expliciter davantage ce qu'il avait déjà compris.

Luke partit d'un rire insensé qui le secoua tout entier.

— Il y avait bien quelqu'un dans la pièce ? Donc, je ne l'ai pas...

Sans achever sa phrase, il posa la tête sur les genoux de Bunty et continua à rire et à pleurer de joie et de soulagement, à l'idée qu'il n'était pas un assassin.

— Pippa emportait ses clés partout, constata-t-il presque gaiement, en regardant la mer qui avait pris dans la lumière de cette fin d'après-midi des teintes bleu et vert foncé.

Son visage enfin vivant, humain, mobile, avait retrouvé une coloration normale, et ses yeux brillaient à nouveau. Son âge, que Bunty avait, selon les circonstances, situé entre vingt-cinq et trente-cinq ans, s'était stabilisé à vingt-sept, enfin !

— C'était le genre de personne à prendre soin de toujours tout fermer à clé. Un été, elle avait acheté au Tyrol un petit étui en chevreau, en forme de brodequin, muni d'un anneau pour accrocher les clés et d'une fermeture Éclair. Elle ne s'en séparait jamais. Or il n'est pas là ; et je ne l'ai pas pris. Donc quelqu'un d'autre l'a en sa possession. Oui, maintenant j'accepte de croire que je ne l'ai pas tuée. Il y avait bien quelqu'un dans cette pièce, quelqu'un qui a monté cette machination pour me faire endosser la responsabilité du meurtre. C'est à peine croyable... murmura-t-il, stupéfait. A présent, cela m'est bien égal d'être reconnu coupable, du moment que je sais que je ne suis pas un assassin.

Dès qu'elle le vit se redresser joyeusement, et lever vers elle un visage frais, vivant, qu'elle ne lui connaissait pas mais qui lui plut tout de suite, elle retira son bras de son épaule et s'éloigna de quelques pas, préférant le laisser seul face à lui-même.

— Personne ne va vous accuser, fit-elle doucement. Les policiers sont capables de raisonner, vous savez. Et je veillerai à ce qu'ils vous écoutent. De plus, l'appartement de Pippa doit pouvoir fournir un certain nombre de preuves. Le pistolet, la valise fouillée, la disparition des clés... nous avons quand même de solides arguments à leur opposer, non?

Luke regarda par la fenêtre, puis son regard revint se poser sur les pauvres reliques éparpillées sur la table, avant de repartir à nouveau vers la mer. Il se mit à réfléchir à haute voix.

— Je me demande si nous ne devrions pas attendre le crépuscule pour partir. Je n'aimerais vraiment pas être arrêté maintenant. Je veux me présenter spontanément au commissariat de police, sans y être contraint.

— Nous pouvons attendre encore un peu, dit Bunty. Pendant ce temps, pourquoi n'iriez-vous pas rentrer le bateau dans le hangar?

Il avait complètement oublié le voilier qui dansait sur l'eau, en frottant son nez comme un chaton contre l'appontement. Il tanguait sous l'effet de la houle de la marée haute qui avait complètement envahi la petite crique. Luke avait l'impression qu'une éternité s'était écoulée depuis qu'il avait hissé ces deux lourdes pierres à son bord, avant de les dissimuler coupablement sous une bâche goudronnée.

Bunty était parvenue à chasser le démon de son corps et de son esprit. Elle lui avait redonné l'ivresse de la liberté, de l'innocence, qui dressait désormais un rempart contre les accusations que l'on pourrait porter contre lui.

Elle se tenait debout, à l'autre extrémité du salon ; il l'observa, tentant d'évaluer ce qu'elle représentait pour lui et appréciant sa beauté, qui ne reflétait pourtant qu'insuffisamment sa véritable nature. Elle était magnifique. Une cascade mouvante de cheveux châtains auréolait son visage, comme une coiffe mordorée. Les fils d'argent qui parsemaient sa chevelure étaient si vivants qu'ils animaient chacun de ses mouvements, paraissant l'enlacer et la protéger comme des anges gardiens. Elle avait un nez droit et fin, couvert de taches de rousseur, et un regard comme il n'en avait jamais vu, d'une sincérité bouleversante, noble et clair ; un regard vert et brun pailleté d'or, qui l'avait d'emblée captivé ; à cette minute, il le dévisageait avec droiture et gaieté, mais il n'osa y voir autre chose qu'une réelle et profonde affection.

« Je l'aime, songea-t-il, et je l'aimerai aussi longtemps que je vivrai, avec tout ce qui reste en moi qui peut encore aimer, même au-delà de la mort. Je ne concevais pas qu'un tel amour ou qu'une telle créature pût exister, incapable de tromperie, de mesquinerie ou de la moindre arrière-pensée. Je pensais qu'en amour, on devait toujours transiger, faire la part des choses, pour parvenir à un accord. Je n'aurais jamais accepté de vivre un autre amour, si quelqu'un m'avait dit qu'une telle femme pouvait exister. »

— Le bateau ? Oui, oui, bien sûr, le bateau... répondit-il, cherchant désespérément des mots ordinaires à travers la brume dorée de cette indicible révélation. Vous avez raison, je ferais mieux d'aller mettre le trésor de Reggie à l'abri.

Il ôta son manteau, le lança sur le dossier d'une chaise et enfila le duffle-coat que Reggie Alport laissait en permanence suspendu dans l'armoire de l'entrée, comme tenue de travail en prévision des jours où la côte écossaise subissait les assauts rageurs de la tempête. Bientôt Bunty, qui rangeait la vaisselle et les couverts dans la cuisine, entendit son pas léger et juvénile descendre les marches d'ardoise qui menaient à la mer.

8

Elle lava la nappe tachée et la mit à sécher, puis alla s'asseoir pour attendre le retour de Luke. Quelque chose la tracassait à propos de ces clés... En admettant qu'elle ait tiré des conclusions trop hâtives, elle lui aurait donné de faux espoirs à partir de preuves insuffisantes et pris le risque de le voir retomber de plus haut encore. Et si les clés se trouvaient tout bêtement dans les poches de Pippa ? Non, c'était difficile à croire ; quelqu'un qui aimait autant les vêtements n'aurait pas déformé son manteau en mettant des choses lourdes ou encombrantes dans ses poches. Est-ce pour cela que de nos jours les sacs à main sont plus volumineux que des sacs à provisions ? A la réflexion, elle se dit qu'elle n'en savait rien. Cette année, la mode n'était plus aux manteaux droits, mais évasés, si bien que même la forme d'une misérable pièce de trois pence se voyait à travers le tissu.

Pourquoi ne pas monter subrepticement à l'étage pendant que Luke n'était pas dans la maison ? Ce dernier avait certainement fermé la porte de la chambre à clé, ce qui était fort compréhensible ; il ne voulait pas qu'elle voie ni qu'elle touche une nouvelle fois les tristes restes de son premier amour.

Il avait laissé son manteau sur le dossier de la chaise, près du secrétaire ; il y avait de fortes chances pour que la clé fût dans la poche. Si elle fouillait la chambre du haut tout de suite, jamais il n'aurait besoin de savoir qu'elle avait débusqué son souci de ne pas la heurter.

La clé était bien là, dans la poche extérieure gauche. Bunty monta l'escalier en courant et pénétra dans la pièce aux tons pastel. Là, sur le lit, gisait la jeune beauté dont la macabre découverte, la veille, avait été pour elle un choc bouleversant. Beauté gaspillée, gâchée, retirée à présent dans une suprême indifférence. Jamais Pippa Gallier n'interrogerait son miroir, à quarante et un ans, pour faire le bilan de son existence et se demander si elle l'avait bien remplie ; être en vie aurait déjà été pour elle suffisamment beau. Debout à côté du lit, Bunty la regardait avec un mélange de pitié et d'étonnement. La toucher ne lui procurait aucun sentiment de répugnance ; elle avait déjà eu l'occasion de côtoyer des morts.

Pippa portait un manteau anthracite, agrémenté de fils d'argent, et évasé vers le bas. Ses grandes poches, obliques et peu profondes, étaient vides. Mais ce genre de poche peut facilement se vider de son contenu, si vous êtes allongé. Mieux vaudrait donc, par précaution, s'assurer que le trousseau de clés n'était pas tombé dans le coffre de la voiture.

La jupe moulante, assortie au manteau, faite pour une silhouette dépourvue de hanches, n'avait pas de poches. Ne sachant plus où chercher, Bunty passa la main sur le corps immobile et froid, évitant de toucher le petit orifice brun dans l'échancrure du fin chandail couleur crème. Non, Pippa n'avait pas ses clés. Et n'en aurait plus jamais besoin.

Les larges paupières délicates, veinées de bleu,

comme de pâles campanules, n'étaient pas complètement closes. Une vague lueur réfléchie par les yeux légèrement entrouverts suivit Bunty jusqu'à la porte. Celle-ci se retourna pour jeter un dernier regard à la morte ; la frêle silhouette aussi immobile qu'un gisant de pierre impressionnait moins par l'absence de mouvement que par sa totale renonciation au mouvement. Le silence et les gestes furtifs que s'imposent les vivants en présence de la mort ne sont pas dus à la peur, mais à la magie de la compassion, qui fait office de protection. Si vous faites votre possible pour ne pas paraître trop vivant, trop différent, la mort, ne vous reconnaissant pas comme victime, se détournera de vous.

Bunty sortit sur la pointe des pieds et referma la porte à clé. Toujours sans bruit, elle descendit la remettre dans la poche de Luke. Pauvre fille ! Quel âge avait-elle ? Vingt-trois, vingt-quatre ans ? Elle ne les paraissait pas, mais elle était assez âgée pour être assistante du chef du service des achats dans une boutique de luxe. Elle excellait probablement dans son travail ; quel grand dommage qu'elle ne s'en soit pas contentée et qu'elle ait été mêlée à une affaire qui la dépassait !

La clé du garage pendait à son clou dans la cuisine ; Luke n'avait pas cherché à la cacher, après avoir amené Pippa et ses affaires dans la maison. Bunty la prit, sortit par la porte principale et traversa le terre-plein de gravier jusqu'à la construction de bois goudronné, assez grande pour héberger deux voitures. Elle ouvrit la porte : la vieille Rover était là, imposante silhouette noire éclairée par la lumière filtrant d'un fenestron poussiéreux ; indémodable, solide, puissante, datant d'une époque où les automobiles étaient conçues pour durer et pour rouler, sans remords, jusqu'à ce que toutes les pièces rendent l'âme en même temps. Au dernier moment, Bunty se demanda si Luke n'avait pas verrouillé le coffre et si elle n'aurait pas à remonter chercher d'autres clés. Mais le capot se souleva sans difficulté et s'ouvrit complètement avec un léger rebond. Il n'avait plus rien à cacher.

Pippa avait passé bon nombre d'heures dans ce sombre cercueil et le voyage n'avait pas été de tout repos !

L'étui à clés tyrolien avait très bien pu tomber d'une des poches étroites de son manteau dans un recoin du coffre et échapper à l'attention. Mais Bunty ne trouva qu'un jerrycan d'essence, la roue de secours fixée sur un côté et, tout au fond, une boîte à outils en bois et un cric. Elle déplaça les objets excepté la roue, passa la main sur toute la surface poussiéreuse, puis se redressa, satisfaite. Il n'y avait rien. Le trousseau de clés n'avait pas pu tomber tout seul dans le jerrycan ou dans la boîte à outils.

A tout hasard, elle ouvrit quand même le couvercle de la boîte. Celle-ci, qui devait avoir l'âge de la voiture, était simple mais solide, en bois brut. Le plateau supérieur était rempli de petits outils et d'un tas de ces choses inutiles que l'on accumule en se disant qu'elles finiront bien par vous servir, et que l'on finit par jeter un matin de grand nettoyage ; et deux jours plus tard on s'aperçoit alors qu'on en avait l'usage. Elle le souleva ; il tenait tout seul sur deux solides supports de bois ; dessous, il y avait un compartiment de rangement plus grand.

Elle tressaillit à la vue d'un paquet plat, propre et neuf, qui avait à peu près les dimensions de la boîte ; il était enveloppé d'un joli papier-cadeau et sa présence à cet endroit paraissait tout à fait incongrue. Il mesurait environ quarante centimètres sur vingt-cinq et aurait pu contenir l'un de ces luxueux livres d'art grand format qu'il est de bon ton de laisser traîner dans son salon, sur une table basse. Mais il ne s'agissait pas de cela. Elle tâta le pourtour du bout des doigts et ne sentit pas de reliure dure et cartonnée, seulement une grosse épaisseur de papier, lourde et mouvante. Ailleurs, elle ne l'aurait sans doute pas remarqué, mais ici il avait attiré son attention aussi sûrement que si on avait fait éclater un pétard sous ses pieds.

Prise d'une impulsion soudaine, elle tira sur le bout du ruban rose qui l'entourait et le défit d'un côté. Au toucher, on aurait dit du papier. C'en était, assurément : des paquets bien nets, souples et rectangulaires, imprimés de motifs brun sépia ou vert sourd sur fond blanc ; chacun étant retenu par une bande étroite de papier gommé marron. Il y en avait six dans le sens de la longueur et quatre dans celui dans la largeur, plus deux longueurs sur la tranche, le tout sur plusieurs épaisseurs.

Les yeux écarquillés, Bunty décompta rapidement les coupures entre ses doigts. Elle n'avait jamais vu autant de billets de dix livres de sa vie ! Elle avait approximativement entre les mains la coquette somme de douze mille livres...

Elle fut submergée d'horreur et de dégoût à l'idée que Luke ait pu lui mentir sur toute la ligne ; ainsi il était de mèche avec la fille ! Par la suite, il s'était débarrassé d'elle, à cause de l'argent qui l'attendait dans sa boîte à outils, dans sa voiture ; et il s'apprêtait à filer en bateau depuis les côtes écossaises, suffisamment riche pour refaire sa vie partout où il irait !

Ce fut un coup au cœur, mais l'idée l'abandonna aussi vite qu'elle était venue, comme à une violente bourrasque succède un calme profond. Elle avait une excellente raison de le croire innocent : s'il avait tué Pippa Gallier, elle, Bunty Felse, ne serait pas là à se poser des questions stupides. Elle serait déjà morte. Luke Tennant n'était pas un tueur et il ferait un piètre acolyte dans une entreprise criminelle. De plus, son instinct lui disait qu'il n'avait pas pu lui jouer la comédie tout ce temps. Et même s'il en avait été capable, dans quel but ? Non, elle ne se trompait pas à son sujet. Elle en aurait mis sa tête à couper.

L'argent, c'était Pippa qui l'avait caché.

Par deux fois, Luke n'avait-il pas dit que Pippa avait emprunté sa voiture pour aller faire des courses ? La jeune fille avait perdu la tête lorsque, désillusionné, il lui avait clairement fait comprendre qu'il n'irait nulle part avec elle. La Rover étant encore au garage, elle ne pouvait plus avoir accès à sa cachette. Et elle ne pouvait rien dire, évidemment, au sujet de l'argent. Pas étonnant qu'elle se soit affolée, au point de le menacer avec un pistolet.

Oui, quelqu'un avait été impliqué dans une affaire louche, mais ce n'était pas Luke. Pippa avait l'intention de s'enfuir avec de l'argent volé, mais ce n'était pas Luke qu'elle fuyait. Au contraire, elle était revenue s'insinuer dans ses bonnes grâces et se servir de lui pour prendre la poudre d'escampette. C'est pour cela qu'elle s'était montrée si charmante avec lui. La bague de fiançailles ? Un petit plus est toujours le bienvenu. Pourquoi la refuser ? Il serait plus enclin à faire ce qu'elle voulait si elle acceptait la bague. Et un solitaire, même minuscule, ça ne se refuse pas.

Au-delà des faits bruts, cette découverte impliquait tant d'éléments nouveaux que Bunty en avait le vertige ; elle avait l'impression de voir les pièces éparses d'un gigantesque puzzle se remettre en place toutes seules.

D'une minute à l'autre, Luke allait remonter du hangar. Elle lui laisserait découvrir le paquet — comme elle-même l'avait fait —, lui permettant ainsi de démontrer son intégrité. Puisse cette révélation lui permettre d'effacer à jamais l'horrible doute que, pendant une fraction de seconde, elle avait éprouvé à son égard ! Il avait le droit de savoir qu'elle avait douté de lui, du moment qu'il comprenait que ce doute était bel et bien le dernier.

Elle lissa en toute hâte les bords du papier d'emballage, refit le nœud à l'identique et replaça le paquet dans la boîte à outils. Puis elle referma le coffre et le garage à double tour et alla remettre la clé à sa place.

Justement, Luke revenait de la crique, ramenant dans son duffle-coat des effluves d'air marin. Elle attendit qu'il l'ait suspendu dans la penderie de l'entrée et qu'il ait remis son manteau, avant de lui lancer, de la cuisine :

— Vous ne pensez pas qu'elle aurait peut-être gardé les clés dans sa poche ?

Il secoua vigoureusement la tête.

— Non, lorsque je l'ai portée sur le lit, j'ai tout remis en ordre autour d'elle ; il n'y avait rien dans ses poches. D'ailleurs Pippa avait horreur d'avoir quelque chose dans les poches. Elle était plutôt du genre à porter d'énormes sacs à main.

— Elles ont pu glisser dans le coffre... Je veux seulement m'assurer que quelqu'un les a bien prises, vous comprenez.

— Franchement, je ne pense pas. Mais nous pouvons tout de suite aller vérifier. Cela ne prendra que deux minutes. Venez.

Il décrocha la clé et partit gaiement vers le garage, précédant Bunty.

Il finit par trouver le paquet, sans qu'elle eût besoin

de l'aider. Mais d'abord, il commença par une fouille méticuleuse du coffre ; il déplaça avec entrain le jerrycan, explora le logement de la roue de secours et souleva le couvercle de la boîte à outils.

— Rien, constata-t-il, puis, interrompu dans son geste par une mémoire fantasque, il ajouta : Savez-vous que cette boîte est la seule chose que j'aie fabriquée à l'atelier de menuiserie du lycée ? D'accord, elle est un peu rudimentaire, mais tout de même, admettez qu'elle m'a coûté beaucoup de travail !

Il était heureux, il attendait l'absolution, il croyait en la justice : il savait qu'il n'était pas un assassin. Bunty se demanda comment elle avait pu éprouver l'ombre d'une incertitude à son sujet. Peu de gens pouvaient se targuer de le connaître aussi bien qu'elle ; même sa mère, si elle était encore en vie, le connaissait moins bien.

— Un tour de force[1] ! Qu'est-ce que vous gardez là-dedans ? Une panoplie complète de Black et Decker ? Elle y rentrerait presque !

— De la camelote, des bouts de ferraille... Je ne jette jamais rien, j'accumule, comme les choucas, dit-il en soulevant le premier plateau avec curiosité.

— Hé ! qu'est-ce que c'est ? s'exclama-t-il d'une voix différente de celle qu'il avait eue pour évoquer ses souvenirs. Je n'ai jamais mis ça... Le père Noël est passé ?

A son ton soucieux, on devinait que sa surprise n'était pas feinte. Calme, mais perplexe, il souleva avec prudence le paquet qui était censé contenir un livre, examina le papier-cadeau bigarré, représentant des lecteurs de tous âges, le nez plongé dans leur lecture.

1. En français dans le texte.

— Je ne comprends pas. Je n'ai jamais mis cela dans cette boîte.

— Qu'est-ce que c'est? s'enquit Bunty, qui se tenait derrière lui, à hauteur de son épaule. Ouvrez-le !

En prenant appui sur le capot, il défit l'emballage avec la vitalité qui semblait l'habiter lorsqu'il était en possession de ses moyens. Bunty vit ses traits se figer, sa bouche s'ouvrir toute grande sous l'effet de l'étonnement et remarqua l'affolement qui passait dans son regard. Tout de suite, il comprit de quoi il retournait. Et sa stupéfaction était bien réelle. En revanche, Bunty ne s'attendait pas à ce qu'il se tournât aussi vite vers elle pour lui dire :

— Vous étiez au courant, n'est-ce pas? Vous l'aviez déjà découvert?

Il n'y avait aucune amertume, aucune accusation dans sa voix, simplement ce ton crispé, sur le qui-vive, de quelqu'un qui sent la glace craquer sous ses pieds. Elle avait le droit de lui faire subir ce test; sa peine venait de l'attente des résultats : quelle allait être la réponse?

— Oui, reconnut-elle, je l'ai trouvé pendant que vous étiez au hangar.

— Bunty, je vous jure que je n'étais pas au courant.

— Je sais. J'ai eu un doute, avoua-t-elle calmement, mais il n'a duré que quelques secondes. C'est Pippa qui l'a mis là, évidemment. Voilà pourquoi elle tenait absolument à aller à Londres avec vous. Voilà pourquoi elle est morte.

Il avait pâli, en découvrant à quel point leur relation toute nouvelle était fragile et difficile. Il lui fallait, pour la conserver, se donner autant de mal que s'ils avaient été mariés. Mais le plus surprenant fut la lucidité avec laquelle ils réalisèrent tous deux qu'ils n'auraient pas besoin d'une seconde expérience de ce type. Désormais, ils se connaissaient parfaitement.

Ils refermèrent le garage, ramenèrent leur trouvaille dans la maison et la déposèrent sur la table du salon. Ils n'en croyaient pas leurs yeux. Jamais ils n'avaient vu autant d'argent.

— Je comprends pourquoi Pippa s'est mise dans un tel état quand je lui ai dit de partir, dit Luke d'un air sombre en contemplant les liasses qu'il osait à peine toucher. Et c'est cela qu'*il* cherchait. Il a fouillé sa valise, puis a emporté ses clés pour aller fouiller son appartement, alors que l'argent était resté la où elle l'avait caché, dans ma voiture. D'après vous, d'où vient-il ?

— C'est de l'argent volé, naturellement. Je ne peux pas croire que Pippa agissait en franc-tireur. On a dû lui confier ce butin pour qu'elle le mette à l'abri en attendant de pouvoir le partager ou le faire sortir du pays. Mais avant même que l'affaire ne fût tassée, elle avait eu l'argent si longtemps en sa possession qu'elle s'était mis dans la tête qu'il lui appartenait. Il y avait là de quoi s'offrir vêtements, sorties, fêtes, voyages, tout ce qu'elle voulait ! Elle a dû se dire qu'il était vraiment inutile de le partager. Qui d'autre qu'elle aurait pu en faire meilleur usage ?

— Vous pensez vraiment que les choses se sont passées ainsi ? C'était une enfant gâtée, très dépensière, mais de là à... Oh, je ne sais plus que penser, conclut-il en tortillant nerveusement le ruban rose autour de ses doigts.

— Voyez-vous une autre explication ? Comment serait-elle entrée en possession d'une telle quantité d'argent liquide ? Et si elle l'avait gagné honnêtement, pourquoi le laisser traîner ? Pourquoi s'était-elle procuré un pistolet, si ce n'est parce qu'elle avait quelque chose à protéger ? Et elle connaissait quelqu'un disposé à lui fournir une arme pour protéger la chose en question. Qui peut transporter une telle somme emballée dans du papier-cadeau ? Certainement pas une personne honnête...

Bunty s'assit et se prit la tête entre les mains, sans quitter des yeux les liasses étalées sur la table.

— Voyons, depuis quand Pippa travaillait-elle à Comerbourne ?

— Depuis trois ans environ. Je l'ai rencontrée peu après avoir commencé à enseigner là-bas.

— Donc, l'argent vient d'un hold up commis dans la région, affirma-t-elle, en fermant les yeux pour essayer de rassembler ses souvenirs.

En effet, la vue des billets à l'effigie de la reine d'Angleterre, toujours aussi modeste et béate quelles que soient les mains qui la manipulent, l'empêchait de se concentrer.

— Vous m'avez dit que Pippa avait commencé à se montrer, disons, désinvolte à votre égard depuis deux mois. Cela doit correspondre à l'époque où elle a rencontré ces gens-là. Or, voici une semaine, elle revient chez vous pour vous faire un numéro de charme. Et elle travaille chez Pope Halsey...

Elle s'interrompit brusquement et ouvrit de grands yeux. Dans la lumière oblique de cette fin d'après-midi, ils brillaient d'un vert intense.

— Non ! ce ne serait tout de même pas... Mais oui, j'y suis ! Luke, rappelez-moi pour quel rayon elle travaillait...

— Je ne crois pas vous l'avoir dit. Pour celui des fourrures, répondit-il, intrigué par cette ardeur soudaine, qui lui faisait oublier les billets. Pourquoi ?

— Vous m'avez bien dit qu'elle secondait le chef du service des achats ?

— Oui, elle posait aussi pour des photos publicitaires de manteaux de fourrure. Elle était superbe. J'ai vu les clichés...

Devant le regard fixe de Bunty, qui faisait penser à celui d'une extra-lucide interrogeant sa boule de cristal, il fut parcouru d'un frisson prémonitoire.

— Pourquoi ? demanda-t-il avec force.

— Il y a environ six semaines, énonça-t-elle comme une voyante, un camion de fourrure est parti de Londres en direction de Comerbourne, où il devait livrer son chargement chez Pope Halsey. Peu après avoir quitté la M 1, le chauffeur a vu quelqu'un lui faire signe de se garer sur le bas-côté. L'homme prétendait qu'il y avait eu un accident. On a retrouvé le chauffeur gravement commotionné le lendemain et le camion abandonné sur une route secondaire. Naturellement, les fourrures ont disparu sans laisser de traces, probablement échangées contre de l'argent liquide au cours de la nuit. Quelqu'un avait donc été prévenu de ce transport. Supposez que Miss Gallier ait vendu la mèche ?

— Oh non ! dit-il, une fois de plus au supplice à cause de Pippa.

Il retira vivement ses mains de la table, comme s'il allait se brûler en touchant les billets.

— Croyez-vous qu'il puisse s'agir de cet argent ? Si longtemps après ?

— Certainement pas. Pas celui-ci. Les fourrures devant être expédiées à Comerbourne, c'est bien le dernier endroit où les voleurs auraient déchargé la marchandise pour l'échanger contre des espèces. Mais supposons que Pippa ait été leur contact cette fois-là ; si les gangsters avaient eu besoin de mettre de l'argent au frais à Comerbourne après un autre hold-up, ils savaient qu'ils disposaient d'une personne de confiance, au-dessus de tout soupçon et déjà impliquée dans une précédente affaire. Car, voyez-vous, il y a eu une seconde attaque à main armée dans la région, trois semaines plus tard. Vous n'en avez pas entendu parler ? Le fourgon qui transportait la paye du personnel de la blanchisserie Armitage a été dévalisé, entre la banque et l'usine. Le gang s'est volatilisé et l'argent aussi. La police a aussitôt mis en place des barrages routiers, mais ça n'a pas empêché l'argent de s'évanouir dans la nature. Mon petit doigt me dit que c'est dans Comerbourne... Le fourgon a été retrouvé plus tard dans un cimetière de voitures, en ville. Jusqu'à ce que l'affaire se tasse, l'argent devait être confié à un complice sur lequel ils pensaient pouvoir compter, à Comerbourne. La paye hebdomadaire de la société Armitage se monte à environ quinze mille livres. A vue de nez, il y a combien là-dedans ?

Luke, pendant ce temps, avait décompté le nombre de coupures par liasses, puis le nombre de liasses.

— Plus de quatorze mille livres... Je n'arrive pas à y croire ! Il devait y avoir de la monnaie aussi, puisque c'était la paye du personnel. Mais il n'est pas facile de transporter des pièces ; elle les a peut-être enterrées quelque part. Même les billets... Mais les banques ne gardent pas les numéros des billets usagés qu'elles émettent, n'est-ce pas ?

Les dates concordaient, le montant concordait. Où une employée de grand magasin aurait-elle pu trouver quinze mille livres en espèces ? Bunty regarda Luke, qui, encore médusé, continuait à feuilleter rapidement, du bout du majeur, les liasses bien nettes entourées de papier gommé. Soudain, alors qu'il en examinait les bords, il suspendit son geste et fronça les sourcils. Un morceau de carton noir — ou d'un bleu si foncé qu'il paraissait noir — dépassait de quelques millimètres à chaque bout de la liasse. Luke en avait senti la rigidité anormale avant même de l'avoir aperçu. Il glissa le pouce sous la bande et la déchira. Un petit livret noir tomba sur la table. Sa couverture était imprimée en caractères dorés ; un blason figurait entre deux fenêtres blanches et étroites.

— Regardez ! s'exclama-t-il. Un passeport !

Un passeport flambant neuf, vierge, dont la couverture cartonnée s'entrouvrit légèrement.

— Celui de Pippa, évidemment, dit-il à voix basse, en le saisissant à l'endroit où les pages bleu pâle s'ouvraient d'elles-mêmes.

Un papier plié en deux à l'intérieur commença à se déplier lui aussi. Luke poussa un profond soupir.

— Ah... Je comprends mieux, à présent...

C'était un billet d'avion de la compagnie B.E.A. Il en étudia le contenu, le visage fermé, impénétrable.

— Daté d'aujourd'hui. Un aller simple d'Heathrow au Bourget. Le vol de huit heures. Voilà pourquoi elle avait besoin de comprimés contre le mal des transports ! Elle devait être au terminal ouest à sept heures du matin. Je suppose que j'aurais encore été en train de dormir au moment du décollage de l'avion. Cela n'aurait pas été bien difficile puisque nous... nous n'avions pas prévu de partager la même chambre d'hôtel. Pour elle, le seul problème était de sortir ce paquet de la boîte à outils sans que je m'en aperçoive. Cela n'aurait pas présenté de difficulté non plus : il lui suffisait de me dire, pendant que je me rasais par exemple, qu'elle avait oublié quelque chose dans la voiture. Je me serais trouvé dans l'impossibilité d'aller le chercher à sa place. Elle était capable de faire bien pire ! Pour elle, j'avais toujours été facile à manipuler.

— En effet, acquiesça Bunty. Mais les événements ont pris une autre tournure. Les gangsters sont venus lui réclamer leur dû, juste au moment où elle se préparait à partir. Je ne vois pas d'autre explication. Ils l'ont suivie jusque chez vous. Quelqu'un l'avait peut-être filée, pendant tout ce temps. Ces gens-là font rarement longtemps confiance aux autres. Ils l'ont vue quitter son domicile avec une valise et l'ont suivie. Ils n'auront eu aucun mal à entrer chez vous, même si la porte était fermée, ce dont je doute.

— Nous ne la fermions pratiquement jamais à clé, reconnut-il tout en tripotant le billet d'avion d'un air sombre, même quand nous allions nous coucher. Il n'y avait rien à voler dans la maison.

— Donc ils sont entrés sans difficulté. Tout comme Pippa. Ils ont surpris une partie de votre dispute et vous ont vu chercher à arracher le pistolet des mains de Pippa. Dans ces conditions, il était facile de vous assommer, et de se débarrasser d'elle, vous imputant ainsi la responsabilité du meurtre. Si vous-même étiez persuadé de votre culpabilité, pourquoi la police iraitelle chercher plus loin ? Mais là, une surprise de taille les attendait : l'argent n'était pas dans la valise ! Il était trop tard pour lui faire avouer sa cachette, évidemment... puisqu'elle était morte. Ensuite, ils ont probablement fouillé la maison sans résultat et, ne soupçonnant pas que le butin se trouvait dans le coffre d'une voiture garée deux rues plus loin, ils ont emporté ses clés et sont retournés chez elle pour passer son appartement au peigne fin. A mon avis, ils avaient compris qu'elle avait déménagé le magot et devaient donc chercher un ticket de consigne ou la clé d'un coffre-fort, bref, un indice qui les mènerait à sa cachette.

Luke leva les yeux vers elle.

— Cela fait beaucoup de suppositions, remarqua-t-il avec un léger sourire.

— Je sais, mais tout se tient. En attendant, nous pouvons être certains d'une chose : l'auteur du coup de fil anonyme n'a pas attendu la police pour l'identification du corps. Les gangsters espéraient seulement occuper les enquêteurs et surtout éviter qu'un indice prématuré puisse les mener chez Pippa, parce qu'eux-mêmes devaient fouiller son appartement de fond en comble. Tiens, tiens... je viens de penser à quelque chose : aviez-vous remarqué qu'aucun des objets contenus dans son sac ne portait son nom, pas même le porte-monnaie ?

— Et moi, dit Luke en relevant brusquement la tête, comme un chien de meute qui dresse l'oreille aux bruits lointains de la chasse, je pense qu'ils devaient s'attendre à des informations sensationnelles ce matin à la radio, au moins à propos du meurtre, et à une activité policière débordante dans le secteur ! Or, rien ne se passe. Donc, ils comprennent que quelque chose est allé de travers, que d'une façon ou d'une autre je me suis débrouillé pour disparaître avec le corps.

Bunty étouffa un cri désolé. Elle bondit de sa chaise, rassembla fébrilement les liasses de billets et les remballa dans le papier-cadeau.

— Vous avez raison... balbutia-t-elle, je n'avais pas pensé à cela... je n'avais pas réalisé...

— Étant donné qu'ils n'auront rien trouvé chez Pippa, poursuivit Luke, pas même un ticket de consigne, ils ne tarderont pas à comprendre que non seulement je me suis enfui avec le corps et les bagages, *mais aussi avec leurs quinze mille livres.*

9

Debout de chaque côté de la table, ils s'observèrent, séparés par ces dérisoires billets de banque pour lesquels un crime avait été commis ; et pensant à ces petites trahisons mesquines et égoïstes qui dénaturent l'amour. Chacun d'eux calculait à toute vitesse le risque qu'encourait l'autre et cherchait les moyens de le protéger.

— Aujourd'hui les gangsters seront sur le qui-vive, grâce aux informations données hier par la police, observa Bunty. Le meurtre ne sera pas encore connu, mais ils ne manqueront pas d'établir une relation entre vous et une voiture noire qui, pressée de quitter Comerbourne, a brûlé un feu rouge et failli renverser un policier.

— En effet, reconnut Luke, l'air sombre. Si la police d'ici est en état d'alerte, les gangsters auront certainement été renseignés, même si la nouvelle n'est pas encore officielle. Ils sauront dans quel périmètre la chasse à l'homme a commencé et donc où me rechercher.

— *Nous* rechercher, rectifia-t-elle aussitôt.

— Non, *me* rechercher. Oh ! Bunty, comme je regrette de ne pas vous avoir renvoyée chez vous !

— Vous avez essayé. N'y pensez plus, ce n'est pas de votre faute. Même maintenant, je ne vous laisserai pas, ajouta-t-elle, entêtée.

— Alors prenons ça et filons, pendant que la voie est libre. Je vais vous amener à la police. Franchement, je n'ai jamais eu autant envie de voir un uniforme ! s'exclama-t-il avec un rire oppressé, tout en nouant rapidement le ruban rose autour du paquet. Enfilez votre manteau. Ne vous occupez pas du reste, nous reviendrons avec la police plus tard. Ou plutôt, *je* reviendrai. Vous, vous resterez en sécurité.

« Oui, songea-t-elle, si vous arrivez à nous amener sains et saufs au commissariat le plus proche, je crois que je me croiserai les bras et que je leur laisserai le soin de s'occuper de tout. A eux, et à vous aussi. »

— Mais nous devons éviter de nous faire remarquer, dit-elle à voix haute. La voiture...

— La voiture ? Quelle importance, à présent, fit-il d'un ton décidé. Si la police me recherche, tant mieux ! C'est avec joie que je me rendrai ! J'espère que les autres ne connaissent pas certains détails, comme le numéro de ma plaque minéralogique. A moins que...

Il s'interrompit tout net, en réalisant brusquement leur isolement complet. De toute la matinée, ils n'avaient pu prendre connaissance des bulletins d'information de la B.B.C.

— Seigneur ! Pourquoi les Alport n'installent-ils pas un poste de radio convenable ? Ils emportent à chaque fois leur maudit transistor ! Nous ne savons pas ce qui a été dit à la radio ; je parie que les gangsters, eux, ont passé la journée pendus à leur poste ou à l'écoute des fréquences de la police. J'ai souvent eu l'occasion d'écouter des échanges de renseignements entre voitures de police, à propos de véhicules volés.

Notre cas est précisément le genre d'affaire dont ils parleraient toute la journée.

— Les gangsters sont peut-être moins efficaces que vous le pensez, fit Bunty avec une pointe de mépris, tout en enfilant son manteau.

Elle s'interrompit pour débrancher le chauffage électrique.

— Luke, n'oubliez pas de couper l'électricité. Vous, vous savez où est le disjoncteur. Vraiment... quelle gaffe terrible ils ont faite en la tuant...

— Oui..., répondit-il d'un ton las, si chargé d'amertume qu'elle eut la révélation de l'amour qu'il avait porté à cette malheureuse et des liens profonds qui l'unissaient encore à elle.

— Tenez, prenez ça, dit-il en lui lançant le paquet. Je préfère que ce soit vous qui le gardiez. Après tout, c'est vous qui l'avez trouvé ! Vous n'imaginez pas le mauvais moment que peut passer un type comme moi, qui a toujours des fins de mois difficiles, lorsqu'il a entre les mains des milliers de billets de banque qui ne lui appartiennent pas !

— Ils me brûlent les doigts à moi aussi, avoua Bunty, stupéfaite de sa propre sincérité. Pauvre Pippa... ajouta-t-elle simplement, sans qu'il fût nécessaire d'en dire plus. Nous, nous avons plus de chance : ces quinze mille livres sont votre preuve à décharge.

Ils laissèrent le salon exactement dans l'état où ils l'avaient trouvé. Bientôt, il ne subsisterait de leur passage que des boîtes de conserve vides et des débris de porcelaine dans la poubelle. Luke parcourut rapidement la pièce d'un regard approbateur et glissa soigneusement le pistolet dans la poche droite de son manteau, le canon pointé vers l'avant, esprit du mal en sommeil. Restait bien sûr aussi, hors de leur vue, mais non de leur esprit, la pâle jeune fille blonde plongée dans un sommeil impénétrable, là-haut dans la chambre pâle.

De l'intérieur de la villa, on avait l'impression qu'il faisait déjà nuit ; en réalité ce n'était que le crépuscule. Lorsque l'électricité serait éteinte, la lumière du jour reparaîtrait à nouveau.

— Êtes-vous prête ? demanda Luke en se penchant dans le cagibi. Il nous faut sortir par la porte principale. Attention, au début, nous n'y verrons rien. Je préfère emporter une torche. Les Alport en laissent toujours une dans le placard.

Bunty ne bougea pas. Elle connaissait cette maison presque aussi bien que la sienne. Et elle n'irait nulle part sans lui. Son honneur était en jeu ! L'honnêteté nous interdit de renoncer à un choix que l'on a fait délibérément. Tant que le besoin s'en fait sentir, ce choix doit être suivi jusqu'au bout, sans jamais être remis en question.

Dès que la pièce fut plongée dans le noir, elle vit par la fenêtre la lumière du dehors prendre une chatoyante pâleur turquoise qui jeta une faible lueur sur les formes indistinctes du salon. Elle attendit, le paquet plat glissé sous son bras, bien serré contre son cœur ; au bout d'un moment, le pas léger et assuré de Luke se rapprocha d'elle. Une main chercha délicatement la sienne et l'étreignit.

A cet instant précis, ils entendirent le bruit du moteur d'une voiture qui avançait avec précaution le long du chemin creux, en direction de la maison. Un ronron lent, sournois et furtif qui se rapprochait méthodiquement, sûr de son fait. Ils l'entendirent s'arrêter, quelque part vers la pelouse, au-delà des arbres. Pendant ce bref silence, ils se raidirent, guettant le moment où le véhicule allait redémarrer ; ce qu'il fit, précisément. Le moteur se remit en marche en vibrant ; avec une lenteur délibérée, la voiture se rapprochait, encore séparée de la villa par les ondulations du terrain. Dans le silence du crépuscule, on aurait pu croire qu'il s'agissait du ronronnement d'un moteur innocent, qui passait simplement sur la route, sans s'intéresser à eux.

Bunty, folle d'espoir, crut un instant que la police était de retour. Comme si elle avait parlé à voix haute, Luke répondit dans un murmure : « Non ! » Il retint sa respiration, tendit l'oreille, puis chuchota : « Non, ce n'est pas le moteur d'une voiture de police. »

Il la tira par la main vers l'entrée, puis la lâcha pour grimper l'escalier quatre à quatre d'un pas léger. Bunty le suivit à l'aveuglette dans l'obscurité et le retrouva dans la grande chambre, accroupi devant la fenêtre. Ses yeux s'accoutumèrent à l'obscurité et bientôt elle put y voir clair.

La voiture prit en douceur le virage de l'allée, dans l'ombre des arbres, s'arrêta pour reprendre sa respiration et observer la maison plongée dans les ténèbres, puis, rassurée, accéléra silencieusement vers le portail. Rassurée ? ou galvanisée pour être prête à passer à l'action avant que la place ne soit vide et que les oiseaux aient déserté le nid... Sans chercher à se dissimuler, elle vint posément stopper devant la porte, en faisant crisser ses pneus sur le gravier.

Les portières s'ouvrirent avant même qu'elle se fût immobilisée. Deux hommes à l'allure décidée en sortirent discrètement ; le moteur s'éteignit avec un soupir suave.

Le chauffeur se glissa dehors à son tour, tout aussi furtivement. Trois silhouettes muettes et anonymes, coiffées de chapeaux à large bord, se déployèrent sur le terre-plein. Elles levèrent la tête pour examiner la façade aux volets fermés. Bunty et Luke s'aperçurent soudain que deux d'entre elles tenaient tout naturellement une arme à la main, comme si celles-ci étaient les seules fleurs capables de s'épanouir en ces lieux.

Luke s'écarta vivement de la fenêtre, prit Bunty par la taille, la poussa vers le palier et referma doucement la porte derrière eux. Il régnait un tel silence qu'ils n'osèrent échanger la moindre parole. Dieu merci, ils avaient pensé à éteindre les lumières avant que la voiture n'arrive en vue de la maison. Mais ils se souvenaient que le matin même, les policiers leur avaient dit avoir vu de la lumière à l'une des fenêtres, depuis la route qui longeait la côte. Donc ces hommes avaient également pu voir la villa éclairée, un quart d'heure plus tôt. Malheureusement, ni l'un ni l'autre n'avait songé à ce détail ; puisque Mrs. Chartley s'était signalée à la police, ils n'avaient pas jugé utile de se dissimuler. De toute façon, il était trop tard pour s'en inquiéter. Il ne leur restait qu'une solution : s'échapper par la seule issue possible, le sentier qui menait à la mer, en priant pour que leurs assaillants, ne suivant qu'une seule piste, en concluent que la maison était vide et aillent poursuivre leur chasse à l'homme plus loin.

Mais les armes qui avaient fleuri comme par enchantement dans des mains de prestidigitateurs n'avaient pas paru douter du lieu de leur refuge.

Dans leur fuite précipitée, Luke et Bunty réussirent à ne pas trébucher dans l'escalier ni à se cogner aux divers objets qui décoraient le vestibule. Ils entendaient le léger crissement du gravier sous les pas circonspects des intrus qui s'approchaient des fenêtres. Heureusement, à l'intérieur de la maison la pénombre était suffisante pour masquer leurs mouvements ; le vitrage en verre cathédrale de la porte d'entrée restait opaque, puisque les lumières étaient éteintes. Luke chercha son chemin à tâtons jusqu'à la porte du salon et la referma précautionneusement derrière eux, au moment précis où une main faisait jouer la poignée de la porte d'entrée, qui émit un petit grincement métallique. Mais celle-ci était fermée à double tour. Désormais plus libres de leurs mouvements, les deux fugitifs purent prendre un peu d'avance sur l'ennemi. Il s'agissait avant tout de gagner du temps. C'était vital. Ils devaient atteindre la crique par l'escalier d'ardoise avant que leurs poursuivants ne découvrent lc chemin qui passait sur le côté de la maison et rejoignait la terrasse de derrière, puis, au-delà, l'immensité chatoyante de la mer.

Le voilier était leur dernière carte. Bunty enrageait. Pourquoi, mais pourquoi, en bonne maîtresse de maison obsédée par le rangement, avait-elle conseillé à Luke d'aller le remiser dans le hangar ? S'il avait été encore au mouillage, ils auraient gagné de précieuses minutes.

Ils traversèrent la cuisine et sortirent par la porte de service, que Luke prit le temps de fermer à double tour. Ce geste ralentissait leur retraite, mais aurait pour effet de persuader les assaillants que la villa était déserte, à condition qu'eux-mêmes puissent s'éloigner suffisamment vite pour ne pas être entendus. La lune n'était pas encore levée. La lueur des étoiles éclairait faiblement les dalles de la petite terrasse et celles du sentier qui zigzaguait capricieusement jusqu'à la mer. Bientôt, ils seraient hors de vue de leurs poursuivants mais le bruit de leurs pas risquerait, hélas, de les trahir. Luke s'élança du bord de la terrasse, ouvrant le chemin dans l'obscurité. Il connaissait très bien le sentier et se sentait capable de le dévaler très rapidement ; malheureusement l'éboulis rocheux qui les entourait risquait de répercuter l'écho du moindre frottement de chaussures. Là-haut, leurs traqueurs n'allaient pas tarder à pénétrer dans la maison vide. A défaut de clé, un coup de feu a vite fait de faire sauter une serrure.

Le sentier était aussi étroit qu'escarpé. Pour maintenir le rythme effréné de leur descente, Luke décida de ne plus penser à rien, mais n'oublia pas de tendre le bras gauche en arrière, offrant à sa compagne une barrière solide pour l'empêcher de tomber tandis qu'elle sautait, glissait et bondissait derrière lui, se raccrochant à son bras chaque fois qu'elle dérapait sur une dalle. Même si elle perdait l'équilibre, le corps de Luke l'empêcherait de chuter du côté de la mer. Dès qu'ils atteignaient un endroit à peu près plat, il lui prenait la main, mais sur les parties caillouteuses couvertes de plaques d'ardoise branlantes en guise de marches, elle se serrait contre lui et s'agrippait à son épaule. A ce contact, Luke frissonnait de bonheur et aussi de souffrance, car, à cette minute, il aurait voulu la savoir loin, très loin de l'horrible aventure dans laquelle il l'avait entraînée. D'un autre côté, l'idée de la savoir loin lui était intolérable.

Ils se trouvaient environ à mi-pente lorsqu'ils entendirent, au-dessus d'eux, la porte de service s'ouvrir avec fracas et, au même moment, un bruit de pas précipités qui contournaient la villa en direction de la mer. Un homme avait dû partir en éclaireur, tandis que les deux autres entraient dans la maison. Il était impossible d'en faire le tour par la droite, car, de ce côté, elle donnait sur le vide. Si l'on avait le cœur bien accroché, on pouvait descendre par là en s'aidant des pieds et des mains. Mais certainement pas de nuit. Luke plongea la main dans sa poche pour saisir la clé du hangar à bateau ; au passage ses phalanges effleurèrent la crosse rassurante du pistolet.

Soudain, un rai de lumière provenant d'une lampe

électrique fouilla les anfractuosités des rochers. Heureusement protégés par les lacets du sentier, Luke et Bunty se rapprochaient de l'appontement ; mais, dans le faisceau de leur torche, les hommes lancés à leurs trousses ne manqueraient pas d'apercevoir le chemin et l'éclat gris du toit du hangar. Grâce à leurs lampes de poche, ils pouvaient dégringoler le sentier rapidement. Trop rapidement, hélas !

Luke était si occupé à suivre la progression de ses poursuivants qu'il eut un coup au cœur en apercevant soudain une ombre en mouvement. Une quatrième silhouette, massive et imposante, se dressait devant lui : un hercule aux larges épaules, dépourvu de cou, tout en muscles, leur barrait fermement le passage. D'une voix sèche et plate, il lança :

— Arrête-toi, mon gars ! Tiens-toi tranquille, et les mains en l'air !

Complètement pris au dépourvu et stoppé en plein élan au moment où il descendait une marche plus haute que les précédentes, Luke se figea avec une telle soudaineté qu'il en ressentit une secousse des pieds à la tête, faisant perdre son équilibre à Bunty. Celle-ci glissa sur une énorme plaque d'ardoise instable qui bascula en avant au moment où elle y posait le pied. Elle se retrouva à genoux, agrippée au rocher, l'ardoise déplacée pesant de tout son poids sur elle. Quelques-unes des pierres qui supportaient encore son bord antérieur se mirent à rouler, rendant cette plaque plus dangereusement instable. Pour se libérer de ce poids, Bunty la redressa avec une épaule jusqu'à ce que la dalle retrouve un plan horizontal.

L'instant de confusion et de panique passé, son sens des réalités reprit le dessus ; elle comprit qu'ils ne réussiraient pas à s'échapper par la mer. Ils avaient sous-estimé leurs adversaires : les alentours de la villa avaient été surveillés depuis la crique, bien avant que la voiture ne se fût engagée dans l'allée. Toutes les issues étaient coupées.

Elle parvint péniblement à se remettre sur ses pieds, toujours protégée par la haute stature de Luke.

— T'as entendu, mon gars ? fit la voix dure, impatiemment. Je veux voir tes mains.

Sur ce dernier mot, Luke fit feu, de l'intérieur de la poche de son manteau. Il n'avait pas prémédité ce geste. Il n'avait même pas réalisé que son pouce avait déjà levé la sécurité de l'arme. Plus inconsciemment encore, il avait calculé son angle de tir de façon à ce que le coup partît vers le bas, pour surprendre ou blesser l'adversaire et non le tuer. A cette distance, il ne pouvait pas le manquer, car l'énorme silhouette qui se découpait avec netteté sur le chatoiement argenté de l'eau semblait boucher la faille entre les rochers. Derrière eux, l'énorme masse noire de la roche leur interdisait toute fuite ; pourtant, tout en faisant feu de la main droite, Luke avait pensé à rattraper sa compagne et à la placer derrière lui pour la protéger.

La déflagration se répercuta de rocher en rocher, bientôt suivie d'un grognement de surprise, puis d'un gémissement étonné et rageur. La forme sombre bascula brusquement sur le côté en se tenant le genou et dégringola le chemin, glissant et trébuchant sur les pierres avant de s'immobiliser sur une dalle plate. Luke ne comprenait pas pourquoi son adversaire n'avait pas tiré, mais il ne s'attarda pas à en chercher l'explication ; sans un mot, il fit passer Bunty devant lui.

Ils se lancèrent dans la descente, passant juste à côté de l'homme qui rampait sur le sol en grognant et en jurant. Brusquement, celui-ci se redressa, comme soulevé par le rocher, et tendit un bras vers Luke, en cherchant à l'attraper ; ce dernier sauta par-dessus le bras, à l'aveuglette. Il sentit des doigts essayer d'agripper sa cheville et manquer leur prise. Par malchance, il fit un faux pas sur des pierres branlantes qui roulèrent sous ses pieds. Il tomba brutalement à la renverse ; le choc lui coupa le souffle et lui fit perdre un instant ses esprits. La main qui n'avait pas réussi à attraper sa cheville cherchait avidement à le saisir et finalement parvint à l'empoigner par les cheveux. Une lourde masse roula sur lui, le maintenant cloué au sol. Une main glissa vers sa bouche ; pas vers sa gorge, vers sa bouche, pour le bâillonner. Tout en se débattant pour libérer ses bras, Luke comprit pourquoi l'homme n'avait pas tiré : leurs adversaires voulaient éviter qu'un coup de feu, répercuté à des kilomètres à la ronde par le miroir lisse de la mer, fût entendu de la route qui longeait la côte. La sentinelle placée en bas du sentier avait pour mission de menacer, non de tuer. Dans ce cas, Luke avait de bonnes raisons d'être content d'avoir fait feu ; quelqu'un, quelque part, pouvait l'avoir entendu.

« Bunty, supplia-t-il intérieurement de toutes ses forces, en libérant son bras d'une violente torsion pour décocher un uppercut en direction d'une épaisse mâchoire, pour l'amour du ciel, criez, hurlez, pendant qu'il en est encore temps ! Cela pourrait peut-être les faire fuir ! »

Mais sa prière demeura vaine. Bunty n'était pas femme à hurler. Pas un son ne sortit de sa bouche.

Il vit un poing arriver sur lui et roula sur le côté pour l'éviter ; un objet dur et froid effleura sa tempe et heurta le rocher avec un bruit métallique. Des doigts longs et osseux lui broyèrent les joues, enfonçant ses lèvres contre ses dents. Il se débattit pour reprendre sa respiration ; de son côté, son agresseur inspirait l'air en haletant, comme s'il sanglotait, et l'expirait en prononçant des jurons monotones et incohérents, sifflant de douleur entre ce qui ressemblait vaguement à des mots. Il tenta à nouveau d'assommer Luke avec la crosse de son revolver. Ce dernier projeta un genou en avant pour essayer de repousser cette masse démoniaque, mais elle était trop lourde pour être soulevée ou déséquilibrée aussi facilement. Et pour ajouter encore à cette scène démentielle, lui parvint d'en haut le bruit confus d'un piétinement précipité descendant vers eux, comme une file de malades mentaux trottinant le long d'un interminable corridor pour aller accueillir un nouvel arrivant à l'asile psychiatrique.

Ce fut Bunty, cependant, qui les rejoignit la première, tenant à deux mains une pierre de bonne taille, une Bunty poussée par une fureur ancestrale et primitive qui faisait passer sa frayeur au second plan. La forme de la pierre n'était pas particulièrement bien adaptée, car elle avait dû la chercher à tâtons dans le noir ; de plus elle ne savait pas trop comment s'en servir. Sa théorie trouvait là l'occasion d'être vérifiée : tout comme Luke, elle était naturellement programmée contre l'idée de tuer, ce qui était un handicap dans une telle situation ! Mais elle fit de son mieux. Avec un bruit sourd, la pierre frappa l'arrière du crâne monstrueux, à l'endroit où il aurait dû être pourvu d'une nuque, puis roula sur les épaules voûtées avant d'aller rebondir plus loin sur le sentier. La main qui étouffait Luke relâcha sa pression ; l'homme s'affaissa de tout son poids sur lui, avec un grognement.

Bunty, cherchant à saisir ce qu'elle pouvait, se pencha sur les larges épaules de leur agresseur, saisit les revers de son imperméable et le tira vers l'arrière, ce qui eut pour effet de bloquer ses bras. Luke se libéra avec un sursaut convulsif qui les projeta tous trois en avant, glissant et titubant dans la descente ; finalement, elle parvint à rattraper Luke par la main et l'aida à se redresser.

Ils atteignaient le bord de l'appontement, main dans la main, suivis par l'homme estropié qui se traînait derrière eux en geignant, à moitié assommé, quand leurs trois autres poursuivants les rattrapèrent et fondirent sur eux. Luke fit volte-face pour les affronter, une fraction de seconde trop tard. Sous le choc, il tomba lourdement sur le sol entre les deux premiers. Bunty, qui arrivait au bord de l'eau, se retourna et vit l'œil noir et meurtrier d'un revolver s'avancer vers elle, jusqu'à toucher sa poitrine.

— Tout doux, ma jolie, fit le petit homme brun au visage sombre et cruel qui tenait le revolver, d'une voix aussi lisse, métallique et indifférente que son arme. On remonte là-haut, gentiment. Tâchez de bien vous comporter. Pas de bêtises, hein ? Votre petit ami a déjà assez d'ennuis comme ça. En route !

Bunty se mit en marche, d'un pas égal et posé, ouvrant la voie à la procession qui s'étirait le long du sentier de la falaise jusqu'à la maison, le canon du revolver pointé à un mètre de son dos ; de temps en temps, le faisceau d'une torche lui rappelait que le moindre de ses pas était surveillé. Elle marchait très droite, la tête haute — comme elle le faisait toujours —, gravissant le chemin de plus en plus raide à longues enjambées régulières sans jamais ralentir le rythme. Elle ne pouvait rien faire, excepté leur montrer qu'elle n'avait pas l'intention de leur jouer un vilain tour. Luke marchait à quelques mètres derrière elle.

L'ennemi, bien que réduit au nombre de trois hommes, disposait maintenant de quatre revolvers, avec celui de Luke. Il aurait donc été absurde de risquer sa vie en les provoquant.

Loin derrière eux, dans les rochers, le blessé se hissait péniblement d'une marche à l'autre, tirant la jambe et laissant derrière lui une longue traînée de sang. L'un de ses comparses irait peut-être lui porter secours, une fois les prisonniers enfermés sous bonne garde dans la maison ; mais, en attendant, il ne paraissait avoir aucune importance à leurs yeux. Le son de ses maigres imprécations les accompagna jusqu'à la terrasse ; au-delà, en fond sonore, on percevait le mugissement paisible et étouffé de la mer.

« C'est curieux, songeait Bunty, je ne sais toujours pas où nous nous trouvons. Quelque part sur la côte est de l'Écosse, au nord de Muirdrum, en tout cas. Ce matin le policier m'a dit qu'on avait vu la voiture de Luke traverser la ville. Et Luke avait parlé de m'emmener à la gare de Forfar. »

Elle tenta de se représenter mentalement le contour de la côte d'Angus : se trouvaient-ils entre Arbroath et Montrose ? Un peu plus loin, il devait y avoir la baie de Lunnan et plus au nord le récif de Buchan et son chaudron rocheux que le Docteur Johnson[1] avait voulu traverser sur un petit voilier. On ne pouvait effectuer cette traversée que par mer calme, comme ce soir. Ils auraient donc pu prendre le large, ce soir...

Luke progressait derrière elle avec deux revolvers pointés sur lui. On avait retiré de sa poche la clé du hangar à bateaux et le pistolet. Toutes leurs pièces à conviction étaient donc perdues. Il était couvert d'ecchymoses et surtout malade de contrariété : il enrageait de ne pas avoir renvoyé Bunty chez elle, ou du moins de ne pas l'avoir conduite, pendant qu'il en

1. Samuel Johnson, connu sous le nom de Docteur Johnson, écrivain anglais du XVIIIe siècle, qui a écrit entre autres un récit de voyage en Écosse. *(N.d.T.)*

était encore temps, au poste de police le plus proche, où elle aurait été en sûreté. Au lieu de cela, ils avaient gaspillé leur énergie à s'imaginer qu'ils n'allaient avoir affaire qu'à la police. A présent ils savaient à quoi s'en tenir, mais il était trop tard.

Tout en marchant, il se disait qu'il y avait quelque chose d'anormal dans le comportement de Bunty, qui ne réagissait pas comme il s'y attendait. Mais dans l'état d'extrême confusion où il se trouvait, il ne parvenait pas à deviner ce qui clochait dans son attitude.

Une fois arrivés devant la maison, on les poussa sans ménagement dans la cuisine, où ils restèrent parqués dans un coin jusqu'à ce que quelqu'un trouvât le disjoncteur.

Dehors, dans les ténèbres, l'homme blessé continuait sa lente ascension vers la terrasse, toujours en gémissant, sans que quiconque s'en préoccupât. Un homme invalide ne vaut plus rien. On le jette à la poubelle et on le remplace. C'était apparemment la nouvelle tendance de l'humanité... Luke frissonna. Mais même au milieu de toute cette horreur, un sentiment réconfortant lui réchauffait le cœur : la différence qu'il y avait entre lui et ces gens-là, auxquels il s'était comparé lorsqu'il avait cru être un assassin. Cette découverte valait la peine d'être faite, même si c'était la dernière de son existence.

— Fermez les rideaux, ordonna une voix étrangement joyeuse qui venait du fond du réduit. On veut pas embarrasser nos visiteurs, pas vrai ? Les voisins sont déjà assez curieux comme ça, sans qu'on les y encourage.

Un rire claironnant, bizarre et haut perché résonna à l'intérieur du placard.

— Ils sont déjà tirés, rétorqua son acolyte, le petit brun au visage cruel. Toi, occupe-toi de ton boulot.

— O.K., c'est bon, le courant est remis.

Le troisième larron abaissa le commutateur d'une pichenette. Le tube fluorescent du plafonnier commença par clignoter avant de briller normalement, éclairant les cinq personnes présentes dans la pièce, trois geôliers et leurs deux prisonniers. Non, six en tout, car l'éclopé cherchait désespérément à ouvrir la porte, en pesant de tout son poids sur le loquet. Les autres l'aidèrent à entrer, non par bonté d'âme, mais parce qu'ils avaient besoin de refermer la porte, afin que l'on ne voie pas la lumière, de l'extérieur.

A cet instant, Luke comprit enfin ce qui le tracassait tant dans le comportement de Bunty. Comment s'était-elle débrouillée pour soulever une grosse pierre à deux mains et l'assener sur la tête de ce misérable alors qu'elle portait quelque chose lorsqu'ils s'étaient enfuis ? Elle ne portait plus rien à présent, hormis le sac qui pendait à son poignet. Les mains enfoncées dans les poches de son manteau gris clair, elle toisait son monde d'un air froid et circonspect. Leurs regards se croisèrent, sans que son expression changeât ; au contraire, elle s'appliqua à ce qu'elle ne changeât point.

Donc, à un moment donné — que dans sa fiévreuse récapitulation des événements il ne pouvait déterminer —, elle avait réussi à se débarrasser du butin. Les quinze mille livres, le passeport de Pippa et le billet d'avion s'étaient évanouis sans laisser de trace.

10

— Ils ont rien d'autre sur eux, annonça le rigolard après les avoir fouillés.

Il poussa Luke dans un coin du canapé avec une belle vigueur et si peu de précaution que le cadre de rotin en craqua d'indignation.

— J'étais sûr qu'ils l'auraient pas sur eux. J'vous l'ai dit, ces minus sont plus futés qu'il le croit.

« Il ? » Ils avaient donc un comparse qui ne s'était pas encore montré. Telle était la conclusion à laquelle étaient parvenus Luke et Bunty. Sinon pourquoi ces quatre individus les auraient-ils traités avec autant d'indifférence ? L'homme qui dirigeait les opérations n'était pas arrivé. Les autres ne faisaient qu'attendre et tuaient le temps en accomplissant les préliminaires nécessaires.

Les prisonniers étaient assis côte à côte sur le canapé que les hommes avaient traîné jusqu'à la baie vitrée, aussi loin que possible de la porte du salon. Il était donc aisé pour un seul d'entre eux de contrôler la situation. Le troisième compère, le plus jeune et le plus stupide, peut-être le plus vicieux, avait pris place sur une chaise en face d'eux, hors de leur portée, mais suffisamment près pour les tenir tous deux en joue. Il jouait amoureusement avec son arme comme l'aurait fait une call-girl avec des diamants ; son regard, morne et impassible, un peu fou, avait l'éclat bleuâtre des yeux des scribes de pierre de l'ancienne Égypte, savamment incrustés de morceaux de lapis-lazuli, d'onyx et de nacre, pour donner l'impression qu'ils sont vivants. Il était vêtu d'un costume voyant que les jeunes de sa génération qualifiaient de chic. Il ne devait pas avoir plus de vingt ans. Bunty, en le regardant, préférait se tenir tranquille. Le petit brun, lui, n'hésiterait pas à tuer pour ce qui, à ses yeux, passerait pour une raison valable, sans le moindre problème de conscience, excepté celui de sa future sécurité. Les deux autres n'hésiteraient pas à tirer non plus, si on leur en donnait l'ordre. Mais le plus jeune était du genre à exploser sans prévenir, comme une grenade défectueuse, et à tuer pour calmer sa tension ou remédier à son ennui ; ou simplement parce que sur le moment, il trouverait cela amusant, sans penser à sa sauvegarde, car la réflexion n'entre pas dans ce type de réaction.

Le rigolard aurait pu passer pour un être normal, s'il l'avait voulu. Il était costaud, un peu rougeaud, comme un boucher de campagne, bien en chair, pas encore gras. Il n'y avait extérieurement rien de suspect dans son comportement, excepté un rire suraigu.

Quant à celui qu'on avait posté en bas du sentier pour les intercepter, il était assis, tout voûté, dans l'un des fauteuils, la jambe gauche de son pantalon remontée au-dessus du genou ; il tentait d'arrêter le sang qui coulait de son mollet, à l'endroit où la balle avait pénétré la chair avant d'aller ricocher sur les rochers. Il avait beaucoup saigné ; la bassine à ses pieds était pleine d'eau rougie. Il tapotait sa chair blanche et épaisse en s'apitoyant sur lui-même et ne prêtait aucune attention à ce que faisaient les autres. Le rigolard était allé lui chercher de la gaze, des bandages et du sparadrap dans le placard de la salle de bains ; le blessé était totalement occupé à panser sa plaie. Bunty lorgna dans sa direction et se dit qu'il avait dû beaucoup souffrir. Lorsqu'il eut terminé son pansement, il se leva avec précaution, pour voir si sa jambe supportait son poids, mais ne réussit qu'à faire deux pas en clopinant, en se tenant aux meubles.

C'était le plus grand et le plus âgé de tous ; un homme massif, tout en muscles, au visage lourd, blême et triste, à l'expression inquiète, sur la défensive. Il commençait à perdre ses cheveux. Le petit brun l'avait appelé Quilley. Les deux autres avaient une attitude plutôt bizarre à son égard : ils le tenaient à l'écart de leurs discussions ou l'y incluaient après coup. Peut-être était-il normal, dans ce milieu, qu'un homme perdît brutalement sa valeur parce qu'il est invalide ou qu'il a eu le dessous dans une bagarre. Dorénavant, il constituait pour eux un atout douteux, un handicap potentiel. Après tout, certains animaux sauvages, ceux qui chassent en meute, n'hésitent pas à tuer leurs congénères malades ou blessés, par mesure d'hygiène sociale en quelque sorte.

— Pourtant, j'suis sûr que c'est là, quelque part, affirma le petit brun. Ou bien nous trouvons, ou bien il va nous dire où c'est. T'es certain de bien avoir regardé dans la voiture, Skinner ?

— Certain, dit joyeusement le rigolard tout en faisant tourner la clé du garage autour de son doigt avec dextérité, d'un air distrait. Sûr et certain, c'est clair.

— T'as vraiment fouillé partout ? Sous le siège arrière, sous les garnitures ?

— J'te dis que oui. Y a rien dedans.

— Pourquoi vous perdez votre temps ? bougonna le

garçon qui tenait son revolver braqué sur les prisonniers, sans les quitter des yeux. Moi, j'peux lui faire dire quand je veux, à lui. A elle aussi, d'ailleurs.

La nuance d'excitation qui passa dans sa voix sur ces derniers mots montrait clairement qu'il préférerait cette deuxième solution; Bunty supposa, que, bien qu'obscène, c'était dans sa bouche un compliment; si tel était le cas, elle s'en serait volontiers passée. Elle sentit les muscles de Luke se contracter et son corps se raidir. Elle lui jeta un regard de côté et vit son profil figé, trop figé, sa joue sale et contusionnée, ses lèvres crispées dans un rictus de souffrance. Il avait peur pour elle.

— Ouais, je sais, fit le brun d'un ton sardonique. Ça nous fera une belle jambe. On n'aura plus d'indice, plus de témoin. Si quelqu'un doit lui clouer définitivement le bec, ça sera pas pendant que j'en ai la responsabilité. Tu crois que le patron accepterait ça? C'est lui qui prend ce genre de décision, t'as pas remarqué? A tes risques et périls, mon gars. Mais en attendant qu'il arrive, c'est moi qui commande, ici, et moi je te dis de laisser tomber. Vu?

— O.K. Blackie, pour moi, c'est tout bon. Je disais seulement...

— Toi, tu parles trop. Arrête de bavasser et tiens-les à l'œil, pendant qu'on fouille la pièce.

Il jeta un regard circulaire autour de lui et finit par croiser celui de Luke. Il n'espérait pas vraiment que celui-ci lui révélerait la cachette, mais il prit la peine de lui poser la question.

— Tu faciliterais les choses à tout le monde, petit. On va t'obliger à cracher le morceau, tu le sais bien. Alors, dis-nous plutôt ce que t'as fait de l'argent.

— Quel argent? demanda Luke.

Skinner, qui était en train de sortir les tiroirs du

secrétaire un par un, se mit à glousser de son rire haut perché.

— T'entends ça ? Y sait rien du tout ! *Quel argent ?*

— Bon, d'accord, soupira Blackie, tu veux jouer au dur. Tu l'auras voulu. On a le temps. Mais ne dis pas que je ne te l'ai pas demandé gentiment. Si tu changes d'avis, dis-le, quand tu veux. Le fric, on finira bien par le trouver, de toute façon.

Ils s'attelèrent au travail, vidant les étagères de leurs livres, le secrétaire de ses papiers, roulant les tapis pour vérifier qu'aucune latte de parquet n'était disjointe ; ils mirent le salon sens dessus dessous, puis le remirent en ordre avec précision et rapidité, mais sans précipitation, avec la minutie liée à une longue pratique. Mais ils ne trouvèrent rien d'intéressant.

Bunty et Luke étaient assis si près l'un de l'autre que leurs bras se touchaient au moindre de leurs mouvements ; ils observaient la fouille en silence. Dans ces circonstances, ils n'avaient rien à dire, ni même à se dire. Ils osaient à peine se regarder tant ils craignaient de se trahir. Cependant, un accord tacite et définitif était passé entre eux : ils ne s'avoueraient pas vaincus tant qu'il leur resterait une once d'espoir. Et peut-être à ce moment-là refuseraient-ils encore de parler : ils étaient aussi têtus l'un que l'autre. Luke ne savait pas ce que Bunty avait fait du paquet contenant l'argent ; mais si elle avait eu la présence d'esprit de le cacher, là-bas, parmi les rochers, dans la nuit noire, alors qu'ils étaient poursuivis par des tueurs en embuscade, elle ne révélerait rien sans livrer une bataille acharnée. Quant à lui, il ignorait tout de la cachette.

— Rien à signaler ici, conclut Blackie en jetant un dernier coup d'œil à la pièce. Allons voir dans la cuisine.

Cette dernière avait beau être minuscule, elle contenait tout de même un certain nombre de meubles encastrés dont la fouille prendrait beaucoup de temps. Blackie s'en rendit compte aussitôt et fronça les sourcils. Il fit un signe de tête en direction du jeune qui gardait les prisonniers.

— Hé, Connie ! Fais-toi remplacer par Quilley et viens nous donner un coup de main.

— Quoi ? Pour qu'il n'y ait personne d'autre que lui entre ces deux-là et la porte ? s'exclama ce dernier, sans la moindre considération pour son comparse blessé. T'as oublié qu'on a fait sauter la serrure ?

Impassibles, mais très attentifs, Bunty et Luke enregistrèrent cette bribe d'information qui pourrait, avec un peu de chance, s'avérer utile par la suite. Pour entrer dans la maison, les malfrats avaient fait sauter la serrure ; en supposant que l'occasion de s'échapper se présente, restait donc le problème des verrous. Mais il était peu probable que les tueurs aient pensé à reverrouiller la porte. Leur patron devait arriver et, s'il fallait les en croire, le patron en question s'attendait à ce que toutes les portes s'ouvrent devant lui.

— Attention, fit Blackie, sans véritable animosité. En ce moment, tu fais un peu trop le mariolle. Quilley peut peut-être pas piquer un sprint mais il est encore capable de tenir un revolver, non ?

— Ouais, avec la consigne de pas leur faire de mal...

Connie était trop bavard. Cette petite faiblesse n'aurait peut-être pas été remarquée dans d'autres circonstances, mais ici, elle n'était pas passée inaperçue. Pour obtenir l'information détenue par leurs prisonniers, ces hommes de main avaient ordre de les garder en vie, à tout prix — jusqu'à ce qu'ils aient avoué, évidemment. Ensuite ils ne leur seraient plus d'aucune utilité.

— Suppose qu'ils lui sautent dessus ? Si Quilley vise l'un des deux au genou, l'autre pourra toujours s'échapper par la porte d'entrée, puisque pendant ce temps, nous serons tous les trois dans la cuisine. T'auras l'air fin quand tu f'ras ton rapport, mon vieux Blackie.

— Bon, bon, d'accord. Pour plus de sûreté, amène-les avec nous et enferme-les dans le cagibi. Y'a pas de fenêtres là-dedans, et une seule porte, qui donne sur la cuisine. Comme ça, on sera quatre entre eux et la porte. Ça te va ?

— Comme tu voudras.

Connie se leva en dépliant les articulations raidies de ses longs bras et de ses longues jambes, qui le faisaient ressembler à une sauterelle. Avec son arme, il fit signe aux prisonniers de se lever.

— Allez, vous deux. Vous avez entendu le monsieur ? Montrez-nous le chemin du placard. Hé, Blackie, y'aurait pas des trucs qui pourraient leur servir là-dedans ? Des cisailles, des sécateurs, des trucs comme ça ?

— Non... On a déjà regardé. Allez, amène-les !

— Après vous, madââme, fit Connie avec un rire chevalin, tout en enfonçant joyeusement le canon de son revolver dans les côtes de Luke.

De sa chaise, Quilley, harassé, les regarda s'éloigner d'un air apathique, comme s'il se sentait obligé, par la force des choses, de se retirer de l'affaire et qu'il attendait avec appréhension que quelqu'un décidât de son sort.

Tous les meubles de cuisine peints en jaune primevère de Louise Alport étaient grands ouverts ; le rigolard fouinait sous l'évier le long des tuyauteries. Le réduit vers lequel on poussa les prisonniers mesurait environ un mètre sur cinquante centimètres. Dans le fond, une partie de l'espace était occupée par d'étroites étagères sur lesquelles Reggie Alport rangeait son petit outillage électrique, ampoules, fusibles et prises diverses. Luke dut se baisser pour y entrer. Les cheveux de Bunty frôlèrent le plafond.

Connie les regarda prendre place dans ce cercueil vertical et inconfortable, puis referma la porte à double tour avec un rire qui ressemblait à un hennissement.

— C'est ce qu'on appelle un p'tit nid d'amour... Hé, Blackie ! j'espère que tu sais ce que tu fais. J'vois pas comment ils pourraient sortir de là. Amusez-vous bien, là-dedans ! dit-il en tapant sur la porte du plat de la main, avant d'aller mettre à sac les placards de Louise Alport.

Dans la pénombre qui sentait le bois et la poussière, Luke se poussa doucement pour faire un peu de place à sa compagne, tout en l'attirant dans ses bras ; il n'y avait pas d'autre moyen de trouver assez d'espace pour eux deux. Bunty nicha sa tête au creux de son épaule et sentit la pression de sa joue contre sa chevelure.

— Bunty... chuchota-t-il à son oreille, surexcité, avez-vous entendu ? Ils ne peuvent pas fermer la porte d'entrée à clé ; ils ont fait sauter la serrure. Je vais essayer de saisir l'occasion, par exemple lorsqu'ils nous feront sortir de ce trou...

— Non ! Je vous en prie ! répondit-elle dans un murmure précipité. Il ne faut pas. Ils vont vous tuer.

— Pas avant qu'ils n'aient découvert ce qu'ils cherchent. Tant qu'*il* ne sera pas là, ils n'iront pas jusqu'à cette extrémité. D'ailleurs ils ont laissé entendre qu'*il* avait liquidé quelqu'un trop tôt, sans avoir obtenu de renseignement. Bunty, laissez-moi essayer. Nous n'avons pas d'autre issue. J'essaierai de vous donner le signal. Et quand je ferai diversion, vous partirez en courant...

— Non ! protesta-t-elle silencieusement.

— *Si*. Je vous couvrirai. D'une façon ou d'une autre, mais j'y arriverai. Vous foncerez droit sur la porte et vous vous enfuirez. Ah, surtout, ne restez pas sur la route, mettez-vous à couvert. Ces types-là ne se déplacent qu'en voiture ; en filant à travers champs, vous pouvez les semer.

— Non, je ne m'en irai pas.

— Si, Bunty. Il le faut. Vous irez tout raconter à la police. Et moi, je tiendrai le coup jusqu'à son arrivée.

— Dans quel état ? murmura-t-elle avec amertume.

— Vivant... et innocent ! En tout cas, en meilleur état qu'hier soir.

— Écoutez, Luke, depuis ce matin, les policiers ont eu le temps de vérifier le nom et l'adresse que je leur ai donnés. Supposons qu'ils aient découvert que les Alport n'ont jamais entendu parler de Rosamund Chartley et que le 17, Hampton Close à Hereford n'existe pas. Que vont-ils faire ? Revenir ici pour voir ce que je mijote. C'est le premier endroit où ils penseront venir. D'ailleurs, ils pourraient arriver d'une minute à l'autre, se crut-elle obligée d'ajouter.

Son souffle frôlait sa joue de si près qu'il crut qu'il allait défaillir, éperdu d'amour.

— Oui, c'est possible, dit-il d'un ton qui se voulait convaincu, mais sa voix tremblait.

Bunty comprit qu'il n'y croyait guère.

Elle non plus d'ailleurs, mais il ne fallait pas négliger cette hypothèse. Surtout si, avec un peu de chance, quelqu'un ayant retrouvé un porte-monnaie au nom de Bunty Felse l'avait rapporté dans un commissariat ; toutes les polices du Midshire se lanceraient à la recherche d'une femme portée disparue dont le signalement correspondrait exactement à celui d'une dame anglaise apparue comme par enchantement dans une villa de la côte d'Angus, à l'est de l'Écosse. Cela faisait beaucoup de suppositions ; mais qui est capable de rassembler patiemment les morceaux d'un puzzle, si ce n'est la police, dont, après tout, c'est le métier et qui possède les meilleurs moyens de communication ?

— Je veux que vous soyez loin d'ici, avant la fusillade. Même si la police arrive, l'issue est incertaine. Il vaut mieux que vous ne soyez plus là. Si je peux tenter une sortie, promettez-moi d'essayer, Bunty, promettez-le-moi.

Elle lui caressa la joue avec douceur, pour s'excuser ; mais ce geste s'éternisa car elle pensait à autre chose. Le moment venu, elle improviserait au mieux, selon les chances de Luke, durant la brève seconde dont elle disposerait.

Il aurait tant voulu tourner la tête pour presser ses lèvres contre cette paume, mais il n'osa pas, parce qu'il n'avait d'autres droits sur elle que ceux qu'elle lui avait octroyés, et ce geste n'en faisait pas partie. Tant qu'ils ne seraient pas sortis de ce guêpier — si jamais ils arrivaient à en sortir vivants —, il ne pouvait rien lui avouer, bien que son cœur fût sur le point d'exploser. Par la suite, s'ils pouvaient régler cette affaire et toutes les dettes qu'elle impliquait, puis repartir de zéro, les choses pourraient tourner différemment. Mais la pénombre dans laquelle ils se trouvaient lui paraissait aussi symbolique que réelle : dans les deux cas, il ne voyait pas plus loin que le bout de son nez. Et il n'aurait peut-être plus jamais l'occasion de lui parler, ce soir ou plus tard.

— Bunty, je suis désolé ! laissa-t-il échapper.

Il n'avait plus rien à dire. Jamais les mots ne lui avaient manqué à ce point. De toute manière, à quoi auraient-ils servi ?

— Désolé ? Mais pourquoi ? Pour vous être involontairement fourré dans une vilaine affaire ?

— Pour tout le mal que je vous ai fait. Pour vous avoir entraînée dans cette histoire. Si seulement je pouvais tout réparer ! Pardonnez-moi !

— Il n'y a rien à pardonner. Vous n'auriez pas pu m'entraîner sans mon consentement ! Nous sommes quittes. C'est arrivé, simplement.

— C'est faux ! D'abord... j'ai voulu vous... tuer.

Le dernier mot, perdu dans la chevelure de Bunty, fut presque inaudible.

— Ne me laissez pas finir comme ça. Si je peux faire diversion, vous, vous partirez. Je pourrai tout supporter si je vous sais en sécurité. A ce moment-là, je serai heureux.

Devant tant de sincérité, Bunty songea que si elle était partie, comme un pèlerin, à la recherche d'elle-même, elle s'était enfin trouvée ; et que si elle avait cherché une justification à son existence qu'elle pût présenter aux gardiens des portes du ciel et aux dieux lorsque son heure aurait sonné, elle l'avait trouvée. Pour tout voyage, même le dernier, vous avez besoin d'un billet.

Du fond de leur étroite prison, ils n'avaient pas remarqué que le brouhaha des voix de leurs geôliers s'était interrompu, puis avait repris sur un autre ton. Isolés par plusieurs épaisseurs de cloisons, ils n'avaient pas davantage entendu le bruit d'un moteur de voiture qui se rapprochait. Ils comprirent que le patron était arrivé lorsque, ouvrant la porte du placard à la volée, Skinner leur fit signe de sortir. Ils s'exécutèrent, un peu hébétés, les yeux grands ouverts, éblouis par la lumière. Luke tint Bunty fermement par le bras, tandis qu'on les poussait sans ménagement vers le salon qui semblait entièrement occupé par un homme à la carrure trop large pour le reste de son corps, vêtu d'un imperméable clair et d'un costume gris ; il se tenait les jambes écartées de part et d'autre du tapis orange. La nuit était paisible, et pourtant, il paraissait avoir traversé une tempête et l'avoir ramenée dans les plis de ses vêtements à l'élégance désordonnée : la pièce parut frissonner sous l'effet d'un vent soudain, puis s'agiter violemment sous l'excès d'énergie qui émanait de lui.

Il avait environ une demi-tête de plus que Luke et il était deux fois plus large d'épaules ; son torse en forme de barrique allait s'amenuisant vers des hanches longues et étroites. Malgré sa masse, il se déplaçait avec élégance et impétuosité, signes à la fois d'une belle santé et d'une confiance en soi narcissique et quasi psychotique. Il dominait son monde de l'air d'un propriétaire examinant une nouvelle acquisition ne payant pas de mine, mais dont il pense rapidement tirer quelque profit.

Émergeant d'un costume si immaculé qu'on eût dit un déguisement, apparaissait une tête énorme aux contours grossiers et puissants, un visage taillé à la serpe que la lourde ossature faisait paraître luisant sous le hâle. Des protubérances semblables à des cornes naissantes ornaient son front ; ses cheveux roux foncé descendaient en pointe vers les sourcils. Une fente verticale divisait son menton épais. Ses yeux, entourés d'une peau tannée semblable à de la corne polie, étaient profondément enfoncés dans leurs orbites — un boxeur doté d'arcades sourcilières aussi proéminentes eût été invulnérable —, des yeux dont les prunelles rougeâtres scintillaient en permanence d'une lueur amusée, des plus inquiétantes.

... des cheveux roux descendant très bas sur le front,

un menton fendu, des yeux profondément enfoncés dans leurs orbites...

Les doigts de Luke se refermèrent de manière significative sur le bras de Bunty. Il ne pouvait rien dire, mais parler eût été inutile, car il lui avait si bien décrit le personnage qu'elle l'avait aussitôt reconnu. C'était là le fameux « cousin » au bras duquel Pippa Gallier était sortie de son appartement, le vendredi précédent; l'homme dont la voiture était restée garée toute la nuit non loin de chez elle, attendant de ramener une mère mythique à Birmingham. Comment Pippa avait-elle pu s'imaginer, ne fût-ce qu'un instant, qu'elle pourrait berner Luke avec un tel mensonge? Aux yeux de Bunty, la jeune fille parut soudain bien innocente et inexpérimentée. Cet homme n'était le cousin de personne. On ne lui imaginait pas de parents. Il aurait pu naître d'une roche primaire, engendré par sa propre énergie.

Elle donna un léger coup de coude dans les côtes de Luke pour lui indiquer qu'elle avait compris. Mais elle n'avait aucun moyen de lui faire savoir qu'elle possédait d'autres éléments d'information : elle avait déjà vu cet homme, oh, très brièvement et de trop loin pour se souvenir des détails de son apparence, mais avec assez de netteté pour reconnaître, le moment venu, la démarche, les longues enjambées d'un homme qui a de l'énergie en réserve, cette façon d'incliner son énorme tête et le balancement de ses larges épaules.

Elle l'avait aperçu l'avant-veille, alors qu'il ne représentait encore rien pour elle, avant qu'il ne revêtît le smoking que Luke avait trouvé si voyant, dans Queen Street. Luke avait bien sûr reconnu l'homme, mais Bunty, elle, connaissait son activité, son origine et même son nom, le bien le plus précieux que tout individu, aussi primaire soit-il, devrait préserver comme il préserve sa vie, car, dans un sens, c'est sa vie.

Cet homme-là n'avait pas protégé son nom. Au contraire, il l'avait fait imprimer sur des autocollants pour pare-brise, blasonner sur des posters fluorescents ; son nom se découpait, en lettres de néon, sur toute la longueur des façades décorées de drapeaux de trente-sept stations-service, afin que le monde entier le remarque et s'en souvienne.

Il s'appelait FLEET.

11

Le nouveau venu pivota sur ses talons, dévoilant au passage ses superbes chaussures cousues main. Il enveloppa du regard tous les habitants de son petit royaume, avant de s'attarder sur chacun d'entre eux.

— Ha ! ha ! aboya-t-il avec une satisfaction amusée, tandis que ses cruels yeux de fauve examinaient Luke des pieds à la tête. Je vois que vous avez trouvé celui que nous cherchions, les gars. C'est déjà un bon point !

Son regard s'arrêta ensuite quelques instants sur Bunty. Il la jaugea avec une désinvolture mêlée d'intérêt, puis revint à Luke.

— Voyez-vous cela ! Il en a déjà trouvé une autre. Qui l'eût cru !

Il lança la clé qu'il balançait au bout de son doigt à Skinner en disant :

— Va déplacer la Jag, veux-tu ? et amène-la jusqu'au portail, en position de départ. On ne sait jamais, nous pourrions avoir besoin de décamper en vitesse.

Les pans de son imperméable de Tergal gris clair tournoyèrent tandis qu'il se tournait vers Quilley.

— Alors, qu'est-ce qui t'arrive ?

Le ton n'était pas compatissant, mais plutôt exaspéré et exprimait une nette réserve. Ses employés n'avaient pas le droit d'être blessés en service.

— J'en ai arrêté un, patron. Mais il était armé.

— Tu pouvais pas te douter qu'il avait une arme ? Bunty eut l'impression qu'il avait failli dire « qu'il avait l'arme » et s'était repris au dernier moment.

— Bon, qu'est-ce qui se passe ? C'est grave ?

Sans attendre de réponse, il tourna le buste pour s'adresser à Blackie.

— S'il n'est plus bon à rien en bas, il peut encore servir en haut. Pourquoi n'as-tu pas posté un homme à l'étage pour faire le guet ? La moitié de la flicaille du pays doit être sur nos talons et vous, vous restez là à jouer à cache-cache.

— J'allais envoyer quelqu'un, patron, expliqua Blackie, sans se laisser démonter.

De fait, l'intonation de Fleet était vibrante, pleine, et sa voix agréablement posée ne révélait aucun mécontentement ; il s'était simplement emporté par excès d'énergie. Visiblement, il prenait plaisir à s'exprimer de cette façon.

— Ouais, j'ai compris, vous avez commencé par fouiller le rez-de-chaussée. Bon, Quilley, monte là-haut et surveille bien les deux côtés de la maison. Tu peux te la couler douce, du moment que tu ouvres l'œil.

— Il peut commencer à fouiller en haut, ajouta Blackie. Parce que le fric n'est ni ici, ni dans la cuisine. Ces deux-là veulent jouer au plus malin.

— Il doit bien être quelque part ; ça tombe sous le sens. Skinner, va d'abord faire la petite pièce de devant. Ensuite tu monteras rejoindre Quilley. Le temps qu'il arrive en haut...

Tout en disant cela, il suivait d'un air songeur la

douloureuse progression de Quilley qui se traînait vers l'escalier.

— Eh oui, ils vieillissent... constata-t-il avec une sorte de regret tolérant, comme un éleveur pragmatique envisage d'abattre un cheval blessé.

Puis il ôta ses coûteux gants de conduite gris tourterelle et les laissa tomber sur la table, à côté des objets éparpillés que ses hommes avaient sortis des poches de Luke. Il les manipula un par un, tout en réfléchissant.

— Vous avez trouvé tout ça sur lui ? Voyons voir : son trousseau de clés... maison... voiture... valise... Tiens, tiens... une valise ? Elle doit être en haut... à moins qu'il ne l'ait planquée ailleurs ?

— Elle est en haut, dit Blackie. Ils n'ont pas eu le temps d'emporter leurs affaires, ils se sont enfuis dès qu'ils nous ont entendus arriver. Il y a un sentier qui descend à la mer et, au bout, un hangar à bateaux fermé. J'imagine que celle-ci est la clé du hangar. Elle était dans la poche de son manteau, avec le pistolet. Là, c'est celle de la porte de service. Nous l'avons ouverte facilement, elle a cédé tout de suite. Ça a été plus dur pour la porte d'entrée.

— Et celle-là, qu'est-ce que c'est ?

En écho à cette question, venant du haut de l'escalier, la voix de Quilley, très empressée, rapporta :

— Patron, l'une des deux chambres est fermée.

Il espérait que sa découverte serait prometteuse. Une pièce fermée à clé recèle toujours des choses intéressantes.

— Nous y sommes ! s'exclama Fleet, ravi. Cette clé doit l'ouvrir. Skinner, prends-la et va voir ce qu'il y a là-haut. N'oublie pas de jeter un coup d'œil à sa valise.

Skinner s'approcha sans se presser, toujours guilleret ; mais à bien l'observer, cette gaieté s'apparentait plutôt à de la folie.

— Bien, vous deux, fit Fleet en s'époussetant les mains, allez vous asseoir gentiment là-bas. Nous pourrons mieux vous surveiller. Ensuite nous discuterons tranquillement.

Il saisit une chaise par le dossier et la retourna face au canapé dans lequel Connie avait de nouveau poussé ses prisonniers. Les pans de l'imperméable gris clair se soulevèrent comme des ailes. Il s'assit à califourchon sur la chaise et appuya ses bras repliés sur le dossier.

— Bon, moi, je vais droit au but. *Où est l'argent ?*

— Quel argent ? dit Luke, le visage inexpressif. Je n'ai jamais entendu parler d'argent.

— Pippa Gallier n'a pas amené l'argent chez moi samedi matin. Voyez-vous, j'essaie gentiment de vous aider à retrouver la mémoire.

— Pippa Gallier n'a pas amené d'argent chez moi samedi soir, répliqua Luke. Vous faites fausse route.

— Mon gars, c'est sûr qu'elle ne te l'a pas apporté vendredi soir, mais ne chipotons pas sur les dates. Elle te l'a apporté. Elle avait l'intention de le faire disparaître et toi, tu devais servir de passeur. Alors, tu ferais mieux de me dire ce que tu en as fait, puisque d'une façon ou d'une autre je vais finir par le savoir.

— Je vous répète qu'elle ne m'a pas apporté d'argent.

— Tu me racontes des histoires, mon garçon, mais vas-y, continue. J'ai tout mon temps.

Sans y avoir été invitée, Bunty intervint et déclara, d'un ton froid et détaché :

— Ça, c'est ce que vous croyez. Vous ignorez que des policiers sont déjà venus ici ce matin. Je me suis débarrassée d'eux, mais l'histoire que j'ai inventée ne tiendra pas longtemps. Je parie qu'ils ne vont pas tarder à revenir. D'ailleurs je pensais qu'ils arriveraient avant vous. Vous n'imaginez tout de même pas que cette maison lui appartient?

Fleet détourna légèrement la tête, juste ce qui était nécessaire, et pour la première fois lui accorda toute son attention. Elle se tenait assise, les traits fixes et inexpressifs, occupée à lisser un ongle qui accrochait; mais sentant que Fleet continuait à l'observer, elle leva vers lui ses grands yeux noisette et soutint son regard sans broncher.

— A la réflexion, vous n'êtes pas désagréable à regarder, ma jolie! En revanche vous ne savez pas mentir.

— Le plus drôle, riposta Bunty, imperturbable, c'est que je ne mens pas. Maintenant vous savez tout. Vous ne direz pas que je ne vous ai pas prévenu.

L'essentiel était que ces hommes ignorent à quel point il serait facile de lui extorquer des confessions, s'ils s'en prenaient à Luke — ou inversement. Elle avait même songé à jouer la femme aux mœurs faciles, désillusionnée, en transformant sa voix et en forçant son accent, mais elle se dit que ce rôle serait difficile à soutenir longtemps. A présent, elle savait que Fleet ne se serait pas laissé duper, tandis que sa présence inattendue aux côtés de Luke le désarçonnait quelque peu. En même temps, elle s'efforçait d'écouter ce qui se passait à l'étage. Dans le meilleur des cas, Skinner et Connie commenceraient par fouiller la valise de Luke. Mais la découverte du cadavre ne tarderait pas. L'attente lui mettait les nerfs à vif.

— Et où vous a-t-il trouvée? s'enquit Fleet avec curiosité. Ça ne lui a pas pris longtemps, dites donc! Je ne pensais pas qu'il se remettrait aussi vite.

— Je l'ai rencontrée dans un pub, dit Luke d'une voix dure. J'aurais mieux fait de l'y laisser.

Cette dernière phrase prouvait qu'il avait compris l'attitude à adopter et qu'elle correspondait tout à fait à une image d'indifférence tournant peu à peu au ressentiment vis-à-vis d'elle. Par bonheur, il n'avait pas eu besoin de mentir ! Bunty doutait en effet sérieusement de ses capacités d'affabulation...

Ce fut à ce moment que Skinner et Quilley firent leur macabre découverte dans la chambre d'amis.

Un bref cri de stupéfaction horrifiée, alarmant, presque un hurlement, résonna de l'étage jusqu'au rez-de-chaussée. Aussitôt en alerte, Fleet bondit sur ses pieds comme un chat. Sa chaise voltigea à l'autre bout de la pièce. Blackie pivota pour faire face à la porte, le revolver pointé. Connie garda son arme braquée sur ses prisonniers, tout en promenant sur la pièce son regard froid et minéral.

Hélas, il était inutile de chercher à profiter de cet instant de confusion. Il y avait trois hommes entre eux et la porte et deux autres qui dégringolaient l'escalier en toute hâte, ce qui n'arrangeait rien. Ses muscles douloureusement tendus, prêt à l'action, Luke abandonna l'idée d'intervenir. Ils ne réussiraient qu'à se faire tuer tous deux.

— Bon sang ! explosa Fleet, exaspéré. Qu'est-ce qui vous prend ?

Skinner apparut dans l'embrasure de la porte, les yeux écarquillés, bouche ouverte. Quilley, tout tremblant, le suivait en boitant.

— Dans la chambre... celle qui était fermée à clé... Vous savez ce qu'on a trouvé, patron ? La fille... Pippa Gallier ! Il l'a amenée ici avec lui ! Elle est allongée sur le lit !

Fleet fit claquer ses grosses mains manucurées l'une contre l'autre avec un bruit sec qui faisait penser à un coup de feu et poussa un bref croassement amusé, étonné et triomphal.

— Et ses affaires ? La valise est là ?

— Elle est là.

Blackie indiqua le coin de la pièce où se trouvait la valise, contre le mur.

— Son sac aussi, sur l'étagère là-bas. On a commencé par les fouiller en arrivant. Il n'y a rien dedans. Nous *savions* que...

Il ravala sa phrase in extremis.

— Mais je n'aurais pas cru qu'il la ramènerait jusqu'ici. Je pensais qu'il l'avait enterrée quelque part...

Fleet traversa la pièce à grandes enjambées indolentes, comme un chat repu, satisfait et dédaigneux, et vint se camper devant ses prisonniers.

— Alors comme ça vous ne savez rien au sujet de l'argent, hein ? dit-il en se penchant sur eux avec un sourire affable. Je suppose que vous ne saviez pas non plus que la fille était là-haut ? Elle est arrivée en tapis volant ? J'imagine que la police, ce matin, vous a gentiment aidés à la mettre sur le lit, c'est ça ? Bon, maintenant, trêve de plaisanterie, nous savons où nous en sommes.

Il récupéra sa chaise, la fit pivoter d'une seule main et reprit sa position à califourchon, visiblement de très bonne humeur. Bunty n'arrivait malheureusement pas à deviner où il voulait en venir... Des calculs obscurs et compliqués roulaient sous ce crâne monstrueux, calculs dont il serait le seul bénéficiaire et qui tenaient compte de l'existence du cadavre, tout en lui conservant la liberté. Il n'avait rien dit de précis, excepté qu'il cherchait l'argent. Les quelques indiscrétions de ses hommes se réduisaient à peu de chose, finalement. Bunty eut un pincement au cœur en réalisant qu'il ne savait rien de leurs allusions et que ses plans n'en tenaient donc aucun compte. Fleet était content que

Pippa soit là, comme si la présence de la morte l'inspirait, lui ouvrait une porte de sortie très pratique. Elle aurait donné cher pour savoir ce qu'il manigançait.

— Donc, reprit-il, tu as amené le corps ici avec toutes ses affaires, en laissant place nette chez toi. Personne ne pourrait t'en tenir rigueur, mon garçon, pas plus que d'avoir emporté l'argent. A propos, où était-il ? Pas dans sa valise, en tout cas. Je l'ai fouillée, pendant que tu étais encore dans les vaps... *juste après que tu l'as tuée.*

Tout au long de ces phrases insinuatrices, sa voix ondulait, suave et douce, pour bondir soudain comme un chat attrapant un oiseau ; mais le méchant coup de patte fit plus de mal qu'il ne l'aurait parié. Jusqu'à cet instant, ni l'un ni l'autre ne s'étaient rendu compte en l'écoutant qu'il pouvait bien ne pas être sûr de ce que Luke savait des événements de la veille, ni dans quelle mesure ce dernier se sentait coupable du meurtre. Une petite phrase assassine comme celle-ci pouvait amener la réponse qui lui manquait ; Bunty songea que c'était une chance à saisir au vol ; une bonne réaction de leur part leur donnerait peut-être un mince avantage — quoique fort précaire.

Luke ferma les yeux et se prit la tête à deux mains, sans tenter de nier. Bunty retint sa respiration, en tâchant de suivre son raisonnement.

— J'imagine que l'argent se trouvait dans le seul endroit auquel je n'ai pas eu accès... *la voiture !*

— Y'a rien dans la voiture, intervint Blackie. Skinner l'a complètement désossée.

— *Maintenant,* oui. Mais avant, le fric devait y être. On l'avait cherché partout. Alors tu l'as trouvé, mon coco, et tu t'apprêtais à te faire la malle avec, c'est ça ? De toute façon, il fallait que tu t'enfuies, puisque la police aurait bientôt été à tes trousses, pour le meurtre. Mieux vaut partir avec un bas de laine bien garni que les mains vides, hein? Sais-tu que j'ai un faible pour toi? Pippa était une petite catin intéressée, la pire de son espèce. Elle t'a trompé avec moi et moi, elle m'a possédé, à cause de cet argent que j'avais eu le malheur de lui confier. Finalement, elle a eu ce qu'elle méritait. Si tu ne l'avais pas tuée, quelqu'un d'autre aurait fini par le faire. Tu m'aurais vu, quand j'ai compris qu'elle allait filer avec mon argent! Franchement, je crois que je l'aurais tuée, si tu ne l'avais pas fait avant moi.

— J'avais bu, protesta Luke, le visage toujours caché derrière ses mains.

Ses cheveux noirs, qui retombaient sur ses yeux, l'aidaient à se voiler la face. Sa voix aiguë, mal assurée suffisait à le faire passer pour un jeune homme ordinaire, incapable de faire du mal à une mouche, qui, toute la journée, avait tenté de se convaincre qu'il n'était pas un assassin et que le cauchemar était fini.

— Je ne savais même pas... commença-t-il en frissonnant, elle me menaçait avec son arme... elle m'a rendu fou...

— Je sais. Elle l'a bien cherché. Je n'ai pas l'intention de te dénoncer à la police pour ça.

« Plus maintenant, songea Bunty, puisque vous avez trouvé une meilleure solution. Si seulement je la connaissais! Si seulement Luke pouvait savoir exactement ce que vous avez entendu de la dispute! »

Ce dernier releva la tête et lança à Fleet un regard méfiant, sous ses cheveux en désordre. Le colosse se dressait au-dessus de lui, intimidant, le visage dans la pénombre.

— Qu'est-ce que vous aviez l'intention de faire tous les deux, hein? Toi et la p'tite dame? J'ai entendu dire qu'il y avait un bateau... T'avais l'intention de partir en voyage?

— Oui, je pourrais... enfin, j'aurais pu, corrigea Luke avec amertume, si vos hommes ne m'étaient pas tombés dessus.

— Et Pippa ? Elle aurait fait la moitié de la traversée avec vous, je présume ?

Luke laissa retomber sa tête et frotta ses joues maigres avec lassitude.

— Oui..., répondit-il d'une voix inaudible.

— Écoute, reprit Fleet, conciliant, je ne suis pas un flic. Je n'ai rien contre toi. Pour quelle raison aurais-je quelque chose contre toi ? Elle nous a eus tous les deux. C'est un peu comme si on était frères. Il n'y a pas de raison qu'on ne parvienne pas à un arrangement.

Dans son genre, c'était un acteur de premier ordre. A le voir assis là, placide et bienveillant, on aurait presque pu croire à sa sincérité. Par la force de sa volonté, il était capable de créer l'illusion, même si l'on savait pertinemment qu'il mentait. Et pourtant, il avait en même temps produit sur Bunty un effet auquel elle n'était pas préparée. Jusque-là, elle avait intuitivement conclu qu'il était l'assassin de Pippa ; maintenant, par un curieux effet pervers, elle en était absolument certaine : c'était bien Fleet l'assassin, et non l'un de ses sbires, pas même Connie, le jeune homme au regard glacial et impénétrable.

Luke releva la tête et réfléchit, les yeux plissés, tout en scrutant l'affreux visage qui lui faisait face. Au fond de ses pupilles une étincelle d'espoir se mit à scintiller.

— Où voulez-vous en venir? demanda-t-il, prudent.

— Pour ma part, si tu as envie de disparaître dans la nature avec cette dame, en Hollande ou ailleurs, je m'en moque. Je ne m'y opposerai pas. *Du moment que vous n'emportez pas mon argent...* Votre liberté, vous l'aurez. Grand bien vous fasse ! Mais mon fric, vous ne l'aurez pas. Alors dis-moi où tu l'as mis, et dès que je l'aurai récupéré, nous viderons les lieux en vous laissant libres de prendre le large en vitesse.

Il se pencha en peu plus en avant, avec un sourire vorace. Sa bouche avançait, agressive, comme poussée par des dents de carnassier.

— Si tu ne te décides pas à te comporter raisonnablement et à me rendre mon argent, je te garantis que je te dénonce à la police. Mieux vaut la liberté sans le fric que ni l'un ni l'autre. Réfléchis bien !

— Comment saurai-je, demanda Luke, qui reprenait confiance en lui, que vous tiendrez votre promesse ? Comment saurai-je si, une fois que vous aurez l'argent, vous n'appellerez pas la police ?

— Pourquoi ferais-je une chose pareille ? Je n'aurais rien à y gagner. Moi, ce qui m'intéresse, c'est mon fric. Inutile de te dire que je n'ai pas particulièrement envie d'attirer l'attention des flics sur moi, à moins d'y être obligé. Pour prendre ce risque, il faudrait que je sois très, très en colère. Une fois que j'aurai récupéré l'argent, je n'aurai plus de raison de me montrer méchant. Mais attention... si tu me joues un sale tour, je suis capable d'être vraiment très méchant.

Il se leva brusquement, avec légèreté, comme savent le faire certains hommes corpulents, fit valser sa chaise jusqu'à la table et traversa la pièce d'une démarche nonchalante.

— A toi de choisir, mon garçon. La balle est dans ton camp.

Il y eut un silence. Skinner, qui venait de terminer sa fouille, descendit l'escalier. Il haussa les épaules, les mains tendues en avant.

— Y a rien là-haut. J'ai laissé Quilley pour faire le guet, mais tout a l'air tranquille. On se croirait dans un cimetière ; dehors, il fait noir comme dans un four... Qu'est-ce qui se passe ici ?

Il dévisagea tour à tour Fleet puis Blackie, qui, les sourcils froncés, tentait désespérément de suivre les méandres du raisonnement compliqué de son patron. Mais il était à cent lieues derrière lui ; le regard de Skinner passa ensuite de Blackie à Connie, qui, lui, avait depuis longtemps cessé de chercher à comprendre et qui n'était plus qu'un robot bon à pointer un revolver pour donner des ordres. Perplexes, ils semblaient tous se poser la même question : pourquoi le patron avait-il mis tant de temps avant de commencer un véritable interrogatoire ? Il devait y avoir une raison.

Il *devait* y avoir une raison, en effet, et cette raison ne devait rien à une délicatesse exagérée, ni à un excès de scrupules de la part de Fleet. Il paraissait peu plausible qu'il eût vraiment l'intention de quitter simplement la maison après avoir récupéré son argent et qu'il jugeât préférable et moins compliqué de miser sur le sentiment de culpabilité de Luke plutôt que sur la force, pour obtenir l'information dont il avait besoin. Bunty refusait de croire à cette hypothèse. Fleet était trop sournois. Et il adorait la sournoiserie. Sous cette modération apparente devait être enfoui un projet machiavélique. Pour des raisons obscures que lui seul connaissait, il tenait à ce que Luke ne gardât aucune trace de violences physiques. *Mais dans quel but ?*

— Chut, taisez-vous ! fit Fleet. Notre ami est en train de réfléchir. J'espère qu'il va se montrer raisonnable.

— Je n'ai guère le choix, n'est-ce pas ? répondit ce dernier d'une voix forte.

Son comportement, que Bunty devinait sans pouvoir le définir, était une réponse directe à celui de Fleet, un équilibre entre nervosité, doute et assurance grandissante. Pendant tout ce temps, il ne lui avait pas accordé un seul regard ; elle comprit qu'il n'osait pas, de peur que ses yeux ne le trahissent ; l'ennemi ne croirait plus à son attitude de fugitif mal à l'aise et dévoré de culpabilité.

— Voilà l'alternative, dit Fleet, avec, pour la première fois, une vague lueur de mépris dans le regard : tu me rends l'argent et tu es libre, ou tu vas pourrir quinze ans en prison. Là, tu auras tout le temps de penser au fric dont tu ne verras jamais la couleur. Pour un million de livres, le jeu en vaudrait peut-être la chandelle, à mon avis, mais pour si peu... Enfin, à ta guise.

— A mon avis non plus, ça ne vaut pas le coup, répondit Luke.

Il humecta ses lèvres sèches, avala péniblement sa salive et répondit, la gorge nouée, contraint et forcé :

— Bon, très bien, vous l'aurez, votre satané fric !

— Ah, voilà qui est mieux ! s'exclama Fleet avec chaleur. Je savais que tu te montrerais raisonnable. Où est-il ?

Bunty n'avait pas la moindre idée de ce que Luke allait répondre. Tout comme les acolytes de Fleet, elle était perdue et ne pouvait qu'attendre, prête à s'adapter à la tournure que prendraient les événements.

— Si vous aviez un tant soit peu réfléchi, vous auriez dû le deviner vous-même, dit Luke, avec la mauvaise humeur d'un homme vaincu qui cherche à sauver quelques miettes de dignité. Pensez-vous que dans notre précipitation, nous nous étions enfuis sans l'argent ? Nous l'avions déjà caché en bas, en attendant de pouvoir partir discrètement à la nuit tombée.

Fleet laissa échapper une exclamation, puis considéra la question un long moment, les yeux plissés, sans quitter son prisonnier du regard. L'hypothèse était pertinente, fondée et méritait d'être vérifiée.

— Vas-y, on aimerait en savoir plus. Pourquoi n'êtes-vous pas partis plus tôt ?

— Il faisait presque jour lorsque nous sommes arrivés. N'importe qui aurait reconnu le bateau. Même si les gens ne s'étaient pas montrés curieux, ils auraient logiquement pensé que les Alport étaient là ; l'épicerie du village aurait envoyé un commis pour voir s'ils avaient besoin de provisions. Il n'y a pas de téléphone ici, les gens se déplacent. Les Alport sont très connus. Ce sont de bons clients. Nous ne voulions pas que quelqu'un vienne fureter autour de la maison et découvre notre présence — et surtout la voiture dans le garage. Nous avons jugé préférable de nous faire tout petits et d'attendre pour partir que la nuit soit tombée.

— Mais vous aviez pensé à planquer l'argent dans le bateau ! Pourquoi pas vos bagages ? demanda Fleet, rusé.

— C'était notre intention. Mais nous n'avions pas dormi de la nuit, nous avions besoin d'un bain. Je voulais me raser. Nous ne nous attendions pas à avoir des ennuis. J'étais déjà venu ici avec les propriétaires. Je pouvais donc justifier de ma présence, si besoin était — sauf pour l'argent et Pippa...

Il s'essuya fiévreusement le front ; il n'avait pas à faire semblant : des gouttelettes de sueur amère perlaient à son front et au-dessus de ses lèvres.

— Il faisait trop jour pour risquer de la transporter jusqu'au bateau et, de toute façon, il n'y avait pas de meilleur endroit qu'ici pour la cacher. Il était inutile de faire couler le corps si près de la côte. Il fallait absolument attendre la nuit. Mais cacher l'argent, un paquet tout plat, ne nous prenait que quelques minutes, aussi nous l'avons fait, pour plus de sûreté.

— A propos de bagages, fit Fleet d'un air songeur, vous parlez beaucoup de vos bagages, mais votre chère amie ne paraît pas avoir emporté beaucoup d'effets personnels, hormis son sac... Je suppose que ce sac gris, là-bas, lui appartient. C'est plutôt malcommode, non, de ne pas avoir de valise ? Êtes-vous toujours aussi imprévoyante ?

— Je n'ai que mon sac à main, expliqua Bunty de manière très posée, parce que, hier soir, je suis partie de chez moi avec mon sac à main. Pourquoi ? Cela me regarde ! *Il* en ignore la raison et cela ne vous regarde pas non plus. Il vous l'a dit, nous nous sommes rencontrés dans un pub. D'ailleurs, quelle importance ? Si vous connaissez un peu cette pauvre gosse là-haut, vous devez savoir que sa grosse valise est pleine de vêtements neufs. Je n'ai pas la même corpulence, mais nous sommes à peu près de la même taille. Je me serais débrouillée avec ses affaires.

Tout en parlant, elle regardait avec ébahissement surgir et parader l'image qu'elle donnait d'elle-même : non pas celle, trop classique, d'une femme à la dérive ayant sombré dans l'alcool, mais celle d'une femme d'une bonne quarantaine d'années, qui, après avoir jeté un coup d'œil sur son passé, se rebelle brusquement et décide de sauver les meubles. Cette image était-elle si loin de la vérité ? Il y avait eu une époque — seulement vingt-quatre heures plus tôt — où elle aurait eu l'impression de se regarder dans un miroir. Aujourd'hui, il était clair qu'elle et cette créature imaginaire étaient à des pôles opposés et ne pourraient jamais, au grand jamais, se rejoindre. Le regard de Fleet se posa sur elle, avec un semblant de curiosité, puis se détourna. Le portrait qu'elle avait dressé d'elle-même était-il suffisamment convaincant ? Il n'avait peut-être pas envie d'aller chercher plus loin.

— Donc, l'argent vous attendait dans le bateau, dit-il en s'adressant à Luke.

— Je n'ai pas dit qu'il était dans le bateau...

C'eût été trop facile. En dix minutes, un homme aurait eu le temps d'aller fouiller le voilier de fond en comble ; or Luke voulait éloigner au moins deux hommes de la maison.

— Il commençait à faire jour, nous ne voulions pas trop traîner autour du hangar. Nous avons enveloppé le paquet dans une toile plastique imperméable, entourée d'un fil de pêche, et nous l'avons immergé. Au bout de la jetée, côté mer, il y a un ancien anneau d'amarrage, à l'aplomb du revêtement en pierre ; à présent il doit être sous l'eau. Mais on peut l'atteindre en s'allongeant et en tendant le bras. L'extrémité du fil y est attachée.

Blackie avait pâli en imaginant quinze mille livres en train de faire des bulles dans la marée montante, accrochées à un fil de pêche ! Même Fleet avait haussé ses épais sourcils, autant que le permettaient ses arcades proéminentes.

— J'espère pour vous que vous avez bien ficelé le paquet, maugréa-t-il. Vous l'avez lesté ?

Luke hocha la tête.

— Oui, afin qu'il reste sous l'eau, hors de vue.

Il se leva avec précaution pour ne pas provoquer de réaction de la part de Connie, qui avait la gâchette facile, mais suffisamment vite pour manifester sa bonne volonté.

— Je vais descendre avec l'un de vos hommes et lui montrer l'endroit, dit-il d'une voix douce, en faisant de son mieux pour ne pas montrer trop d'empressement.

— Tout doux, tout doux, pas de précipitation...

Fleet lui fit signe de se rasseoir ; Luke, immobile, resta debout.

— Tu es peut-être champion de natation... tu pourrais profiter de l'occasion pour faire un joli petit plongeon pendant qu'un de mes gars pêche à la ligne au bout de la jetée... ou lui faire un vilain croche-pied pour l'aider à aller se baigner. Et nous, pendant ce temps, on pourrait toujours attendre ! L'argent nous passerait sous le nez. Non, non, mon garçon, tu n'iras pas là-bas. Tu nous feras un plan sur un bout de papier. Nous pourrions ne plus jamais te revoir...

Luke fit un signe de la tête en direction de Bunty.

— Vous la garderiez en otage, de toute façon, dit-il d'un ton chagrin.

Mais l'étincelle qui brillait dans ses yeux n'échappa pas à Bunty.

— Vous me croyez capable de lui jouer un pareil tour ?

— Pour être franc, oui. Je ne suis pas sûr que tu lui attaches tant d'importance. Non, toi, tu restes là.

— Un homme seul aura du mal à le trouver, fit valoir Luke avec sérieux. Il fait nuit noire en bas, il faudra que quelqu'un l'éclaire et le retienne pendant qu'il se penche par-dessus l'appontement. L'anneau se trouve à environ cinquante centimètres sous l'eau. A marée haute, il y a un fort courant entre les rochers. Vous risquez de perdre un homme, et l'argent.

Fleet hésita.

— Tu sais, mon gars, j'ai l'impression que tu mijotes quelque chose. Apparemment, tu n'as pas eu de problème pour accrocher le paquet.

— Je n'en ai eu aucun ! Il faisait presque jour, la marée était basse et je connais bien l'endroit. A cette heure-ci, c'est différent, surtout pour quelqu'un qui ne connaît pas les lieux. Il vaut mieux me laisser y aller. C'est moi qui irai à la pêche, si cela peut vous faire plaisir.

Il fit cette proposition avec une insistance pressante, les yeux fiévreux, certain qu'elle serait refusée, mais persuadé que deux de leurs adversaires allaient sortir de la maison pour accomplir cette mission stupide. Il risqua un bref coup d'œil en direction de Bunty : elle avait compris, elle était prête à le suivre.

Fleet se décida. L'homme ne mentait peut-être pas. Dans tous les cas, un quart d'heure suffirait pour aller vérifier.

— Amène-toi au bureau et dessine-moi un plan. Correct, hein ? Indique la direction et la distance à partir du bas du sentier dont tu as parlé. Je veux tous les détails.

Sous l'œil de Fleet, Luke se pencha pour fouiller le tiroir du haut à la recherche d'un stylo et d'un bloc de papier ; il déchira une feuille et, sans hésitation, commença à faire le croquis de l'appontement et l'angle d'approche par le sentier de la falaise. Satisfait, Fleet se tourna vers Skinner, paresseusement appuyé de côté contre le mur.

— Tu descends récupérer le paquet. Prends Connie avec toi. Et laissez-moi le colt, on ne sait jamais.

Il tourna un instant le dos à Luke. Sa masse volumineuse cachait en partie le secrétaire à ses acolytes. Pour la première fois, Luke put bouger la main dans l'ombre, sans être observé. Le superbe galet de granit veiné et poli que ses amis utilisaient comme presse-papiers était juste à côté de sa manche droite. Il s'en empara et le glissa prestement dans la poche de son manteau. Lorsque Fleet se tourna de nouveau vers lui, il s'était remis à gribouiller des mesures sur son croquis ; puis il lui tendit le morceau de papier d'une main innocente.

— Tenez. La croix indique l'endroit où le trésor est caché.

Tandis qu'ils examinaient le plan, il resta debout, immobile, le dos tourné au secrétaire. S'il pouvait y rester, c'était un endroit stratégique ; en effet, le moment venu, il pourrait attirer vers lui dans cette partie-ci de la pièce les deux hommes qui restaient armés — Blackie et Fleet — et ainsi permettre à Bunty de s'échapper. Seul à l'étage, Quilley, que l'on entendait aller et venir bruyamment entre les différentes fenêtres de la maison, ne pourrait descendre l'escalier suffisamment vite pour l'intercepter.

— Bon, ça m'a pas l'air trop compliqué, dit Skinner, en tâchant de mémoriser le plan. Il vaut mieux aller chercher la grosse torche dans la voiture, Connie. La mienne donne des signes de faiblesse.

Sans son jouet favori, Connie paraissait mécontent et ne savait que faire de ses dix doigts. Seuls le poids et la solidité de son arme les faisaient tenir tranquilles. Ses mains ne tenaient plus en place, comme si elles le démangeaient. Il était peut-être accroché à des drogues dures ou encore sous l'emprise du L.S.D. Même Fleet le regarda s'éloigner d'un œil froid et dubitatif. Connie ne resterait peut-être plus très longtemps à son service ; mais pour l'instant, il lui était encore utile.

Luke tendit l'oreille, attentif au grincement de la porte d'entrée qui s'ouvrit et se ferma derrière Connie, puis se rouvrit et se referma lorsqu'il revint avec la torche, un gros modèle gainé de caoutchouc. On entendit le cliquetis léger du loquet ; Connie revint très vite dans le salon, Luke en conclut qu'il n'avait pas verrouillé la porte ; quant à la serrure, elle ne fonctionnait plus. La voie était donc libre.

Fleet retourna s'asseoir, puis demanda brusquement :

— Qui a le pistolet, *son* pistolet ?

Skinner, qui se tenait dans l'embrasure de la porte de la cuisine, se retourna.

— C'est moi. Vous le voulez, patron ?

— Oui, envoie-le.

Fleet posa le colt à côté de lui, sur le bord de la table, et prit le 6.35 de Pippa entre ses mains. C'était certainement lui qui avait fourni l'arme à la jeune fille, à l'époque où il avait encore un peu confiance en elle.

— Bon, ce sera tout. Allez-y, les gars. Au travail !

Il restait donc quatre personnes dans le salon. Ils perçurent les pas qui traversaient la cuisine, puis entendirent la porte principale s'ouvrir, se fermer et, pendant quelques instants encore, le bruit assourdi des pas qui descendaient les premières marches du sentier. Bunty, droite et raide, gardait les yeux fixés sur Fleet. Luke retourna la chaise qui se trouvait devant le secrétaire et s'assit ; personne ne lui demanda d'aller reprendre place aux côtés de Bunty sur le canapé. C'était toujours ça de gagné. Les gangsters devraient viser et tirer dans deux directions différentes.

Fleet avait sorti une poignée de mouchoirs en papier de sa poche et nettoyait négligemment le 6.35 ; ses mains travaillaient distraitement, tuant le temps en préparant leur prochaine mission. D'un air pensif, il observait Luke assis à l'autre bout de la pièce, avec l'assurance détachée d'un mathématicien chevronné en train de résoudre une équation du premier degré.

Ou celle d'un croque-mort en train de prendre mentalement les mesures d'un futur client ?

Bunty avait suivi le va-et-vient de ses doigts sur le pistolet pendant plusieurs secondes avant que le déclic ne se fasse dans son cerveau. En un éclair, elle comprit tout. Le choc lui fit un coup au cœur. Elle sut ce qui se tramait dans cet esprit tortueux, sous les manœuvres de surface ; elle sut quel genre de marché Fleet avait conclu avec eux et pourquoi il tenait à ce que Luke sortît physiquement intact de l'interrogatoire : une fois qu'il aurait fait main basse sur l'argent, le gang prendrait ses cliques et ses claques, mais non sans avoir monté une seconde et infaillible mise en scène destinée à la police quand celle-ci arriverait. A l'étage, une jeune fille assassinée, dont on finirait par remonter la piste jusqu'à Comerbourne ; dans le garage, la voiture, pour laquelle la police des Midlands avait lancé des appels à témoins toute la journée. Dans le salon, une autre victime, une femme que le fugitif avait rencontrée dans sa fuite et qu'il avait peut-être l'intention d'emmener avec lui à l'étranger, mais que, dans un geste désespéré, il avait également assassinée, avant de mettre fin à ses jours en se tirant une balle dans la tête, comme le montreraient leurs deux corps allongés côte à côte. Les experts n'auraient aucun mal à démontrer que la même arme avait tué ces trois personnes, arme que la police trouverait en arrivant, dans la main de feu Luke Tennant. Dessus, il n'y aurait d'autres empreintes que les siennes ; les doigts qui, sous ses yeux, faisaient briller le pistolet s'y employaient activement. Elle les regardait, fascinée. Ils avaient déjà nettoyé le canon, la crosse et le pontet ; maintenant, ils s'attaquaient consciencieusement à la semelle du chargeur à l'aide d'un Kleenex chiffonné.

Il ne restait plus que la détente. Cela ne servait à rien de la nettoyer. Du moins, pour l'instant.

12

Pour Bunty la situation était claire ; malheureusement il lui était impossible de communiquer avec Luke, pour savoir s'il en était arrivé à la même conclusion qu'elle. Ils n'avaient plus rien à perdre. Il lui restait à peu près deux minutes pour se décider.

« Quand Luke passera à l'action, se demanda-t-elle, dois-je m'enfuir en courant ? Les enjeux ont changé. Quoi que je fasse, c'est une question de vie ou de mort. Avons-nous une chance de sortir d'ici tous les deux ? »

Après avoir examiné les faits avec le détachement lucide de quelqu'un qui a déjà frôlé la mort et qui n'est plus troublé par son imminence, elle arriva à la conclusion que la réponse à sa question devait être *non*.

« Si je pars seule, aurai-je la force physique de courir chercher de l'aide ? Je crois que oui. Mais ai-je une chance de trouver la police ou toute autre forme de secours efficace et de la ramener ici à temps pour sauver Luke ? » C'était un pari risqué. Elle hésita... Puis finalement, décida de tenter le tout pour le tout. Avec un témoin en liberté capable de les identifier, peut-être les gangsters abandonneraient-ils leur plan en se disant qu'il était plus sage de s'en aller en laissant leur prisonnier en vie ?

« Dois-je partir en courant ? » La réponse était oui. Tout bien pesé, c'était la solution la plus sensée. Il y avait des lacunes bien sûr, dans le raisonnement de Fleet — il ne pouvait pas avoir tout prévu —, mais dans tous les cas, il prendrait le petit risque nécessaire, comme on le fait naturellement dans un jeu de hasard. La serrure brisée de la porte d'entrée, par exemple. Selon toute vraisemblancc, Fleet envisageait d'en faire retomber la responsabilité sur Luke. Or, il ignorait que la clé avait une cachette, connue de Luke, et que par conséquent ce dernier n'avait pas eu à faire sauter la serrure pour pénétrer dans la maison. Les Alport pourraient l'attester ; cet élément pourrait rester en travers de la gorge de certains policiers écossais. Bunty savait qu'en tout cas un tel détail aurait mis la puce à l'oreille de son mari. Par ailleurs, certaines traces seraient là pour prouver qu'une deuxième personne avait séjourné dans la villa. Il est très difficile de faire totalement disparaître d'un endroit l'empreinte de votre présence et de vos actes. Elle demeure, comme une esquisse, une impression en creux, jamais complètement effacée.

Un instant, elle se demanda si cela valait la peine d'attirer l'attention de Fleet sur toutes les contradictions qui ne manqueraient pas de surgir dans son plan. Non, c'était inutile. Il ne cherchait pas à atteindre la perfection. Peut-être même n'aurait-il pas été satisfait s'il n'avait pas encouru un petit risque. Et il ne changerait pas d'avis pour autant. Non, il n'y avait rien à tenter de ce côté-là. Il ne lui restait qu'à attendre le moment propice, foncer droit sur la porte d'entrée et s'échapper à travers bois.

Il n'y en avait plus pour longtemps. Bunty avait

mis approximativement vingt secondes pour réfléchir à tout cela, bien que ce court laps de temps lui eût paru un siècle. Elle décida subitement de rompre le silence. Son entreprise ne pouvait réussir dans une ambiance aussi chargée. Un peu d'animation détendrait peut-être l'atmosphère et leur apporterait une lueur d'espoir.

— Puis-je avoir mon sac ? demanda-t-elle d'un ton acide, en fixant sur Fleet un regard dur et brillant. Vous aviez bien deviné, le sac gris m'appartient. Vos hommes l'ont déjà fouillé, excepté la doublure ; n'ayez crainte, il n'y a pas de bombe dedans.

Votre langue se délie lorsque vous savez que, quoi que vous disiez, cela ne fera aucune différence pour votre adversaire ; passer de la pommade au diable ne vous mènera nulle part, mais le maudire ne peut que vous détruire. Une sensation nouvelle montait des profondeurs de son être, une sensation qu'elle n'avait jamais eu l'occasion d'extérioriser dans la sérénité de sa vie familiale : une véritable fureur à l'état pur provoquée par l'attitude insultante de cet homme et de ses sbires, qui considéraient comme allant de soi le fait que personne ne pouvait rien contre eux, que leurs armes faisaient la loi, que les autres n'étaient que des pions interchangeables, partant comme des agneaux vers l'abattoir, simplement parce que la chance était contre eux.

Elle jeta un coup d'œil à Luke et s'aperçut qu'il guettait avidement cet instant, les yeux étincelants, grands ouverts. Ils échangèrent un regard entendu, à l'unisson. Aucun des deux ne savait ce qui allait précipiter la suite des événements ; tous deux jouaient leur partition à l'oreille. Ils ne possédaient qu'une seule arme : leur parfaite entente. Quoi qu'il arrive, l'autre répondrait, sans la moindre hésitation. Ils avaient l'un dans l'autre une confiance absolue. Cela valait presque la peine de risquer sa vie.

— Tu l'as fouillé ? demanda paresseusement Fleet, sans condescendre à regarder Bunty, qui s'était adressée à lui, non plus que Blackie, à qui il s'adressait à présent.

— Ouais, y a rien, que des trucs de femme.

— J'ai besoin d'un mouchoir, dit Bunty. Oh, pas pour pleurer, si c'est ça que vous croyez. Non, pour me moucher. Il y a une drôle d'odeur ici. C'est curieux, ça ne sentait pas, avant votre arrivée.

— Donne-lui son sac, dit Fleet, mi-ennuyé, mi-amusé.

Il était posé sur un rayonnage de la bibliothèque, à côté du somptueux sac à main couleur crème qu'avait affectionné Pippa ; Blackie était affalé sur une chaise à dossier haut, juste à côté des étagères, à la diagonale de Bunty sur sa gauche et à celle de Luke sur sa droite. Il tenait son revolver de la main droite ; de la gauche, il attrapa le sac et le lança en direction de Bunty, d'un mouvement paresseux et inefficace, pour manifester sa désapprobation.

Le geste était volontairement méprisant, même insultant. Le sac était censé manquer sa destinataire et tomber devant elle, l'obligeant à se baisser pour le ramasser. Bunty aurait pu l'attraper au vol, si elle avait voulu ; mais elle aurait dû se pencher et tendre le bras. Au contraire, elle s'efforça de rester bien droite, l'air hautain, la bouche dédaigneuse, sans lever le petit doigt ; il tomba à un mètre de ses pieds avec un bruit mou, et un petit cliquetis d'objets féminins. Il resta à l'extrémité du plus beau tapis de Louise Alport, un tapis scandinave à motifs abstraits dont les couleurs sourdes contrastaient avec la tonalité orange de la pièce ; l'autre bout se trouvait placé sous la semelle d'une des chaussures de Fleet qui, lui, se balançait nonchalamment sur une chaise d'osier à côté de la table.

Elle considéra le sac avec un léger sourire et mesura mentalement la longueur du tapis et la distance qui la séparait de la porte. A deux mètres d'elle environ, il y avait un petit meuble qui supportait l'électrophone, et sur lequel étaient posés un chandelier de laiton et un cendrier indien. Elle leva un sourcil amusé et lâcha d'un ton dédaigneux :

— Je constate que je suis en compagnie de gentlemen. Ça fait toujours plaisir.

Elle se pencha en avant, sans se presser, et tendit une main alanguie vers le sac. Elle bougea très lentement, car leurs regards étaient rivés sur elle ; elle devait donner à Luke le temps de faire diversion. Comme si elle lui avait parlé à l'oreille, il lui fournit le prétexte dont elle avait besoin. Il se leva brusquement, repoussa sa chaise d'un mouvement tournant pour la rentrer sous le secrétaire puis fit rapidement deux pas en avant, avec l'intention manifeste de ramasser le sac et de le lui tendre, exaspéré par son impuissance et leur manque de savoir-vivre.

L'attention des deux autres se reporta donc aussitôt sur lui. Fleet posa le revolver de Pippa sur la table, près de son coude, et s'empara du colt avec la silencieuse rapidité d'un serpent qui déroule ses anneaux. Blackie tourna son profil aigu vers Bunty, le revolver pointé en direction du cœur de Luke.

— Ne vous dérangez pas. « Je m'abaisse pour triompher[1] ! » déclara-t-elle d'une voix forte et claire.

1. Allusion au titre d'une célèbre pièce de l'écrivain irlandais du XVIIIe siècle, Oliver Goldsmith, dont le titre est : « Elle s'abaisse pour triompher ». (*She stoops to conquer.*) *(N.d.T.)*

Elle tendit les mains vers le sac mais ce qu'elle empoigna en réalité fut le bord providentiel de l'épais tapis. Elle tira dessus de tout son cœur, avec toute la rage et l'amour qu'elle avait en elle. Le tapis se souleva, comme un être vivant, et glissa sur le parquet ciré de Louise Alport, emportant irrésistiblement avec lui les pieds arrière de la chaise sur laquelle Fleet se balançait, à la manière d'un terrier gallois enthousiaste entortillant sa laisse autour des jambes de son maître qui finit par s'y empêtrer et tombe à la renverse. Le rotin de la chaise émit un criaillement strident. Fleet exécuta un plongeon en arrière qui le fit brutalement retomber sur les épaules ; sa tête heurta le parquet avec un bruit sourd tout à fait réjouissant pour Bunty. L'attention générale se reporta sur elle comme par enchantement. Blackie bondit sur ses pieds, se demandant s'il devait lui sauter dessus, tirer ou porter secours à son patron. La fraction de seconde pendant laquelle personne ne s'occupa de Luke fut suffisante pour qu'il sortît le presse-papiers de sa poche et le lançât de toutes ses forces dans le plafonnier. A l'époque où il jouait au cricket, au lycée et à l'université, il avait la réputation d'un lanceur d'une rapidité inégale mais d'une extrême précision.

Bunty exultait. Toute frayeur balayée, elle se trouvait sur la crête d'une vague de folie guerrière venue de ses lointains ancêtres. La succession des événements lui apparut très clairement, bien qu'ils se fussent déroulés à une vitesse qui frisait la simultanéité : Fleet sur le dos, mais tenant toujours le colt à la main, toutes ses facultés restantes concentrées dans son index ; elle-même debout, bras tendus, brandissant le tapis qui s'interposa un bref instant entre elle et les tueurs. Cachée derrière cet abri de fortune, elle se jeta sur le côté, s'attendant à ce que Fleet tirât sur elle. Mais ce fut Blackie qui fit feu dans sa direction. Fleet la surprendrait toujours. Même à terre, désorienté et déséquilibré, il prit la décision immédiate de tirer sur Luke. Les deux détonations retentirent presque en même temps, mais, entre les deux, Bunty, sans se préoccuper de savoir si elle était touchée ou non, eut le réflexe magnifique de se débarrasser du tapis en le jetant de toutes ses forces sur Fleet. Le coup de feu, étouffé par l'épaisseur de laine, brûla le tapis en y laissant un petit trou ; la balle, déviée de sa trajectoire, alla s'écraser dans le mur, sans faire de mal à personne.

Ce fut à ce moment que le galet lancé par Luke heurta l'anneau fluorescent qui brillait au plafond, à l'endroit précis où le verre s'encastre dans sa monture de plastique. Une longue note de musique, trop aiguë pour un registre humain, vibra au-dessus de leurs têtes. Il y eut une explosion crachotante qui produisit une vive lumière bleutée, comme un éclair très proche ; puis ce fut la nuit, l'obscurité absolue, peuplée du crépitement d'une chute de grêlons microscopiques. De fines particules de verre tombèrent en pluie scintillante, dans un chuchotis cristallin, sur leurs cheveux, leurs paupières et les plis de leurs vêtements. Au même instant, toutes les lumières de la maison s'éteignirent.

Dans la pénombre où il naviguait de mémoire, Luke prit son élan et sauta à pieds joints sur la toile épaisse qui renforçait l'envers du tapis scandinave. Il avait visé ce qu'il croyait être l'estomac de Fleet, mais décidément aucune partie du corps de ce diable d'homme ne se trouvait à l'endroit où l'on s'y attendait. Jamais rien d'aussi gros n'avait été aussi insaisissable. Prévoyant l'attaque de Luke, il avait roulé sous la table, se débarrassant en même temps d'une partie du tapis dont les longs brins de laine si joliment teinte avaient failli l'étouffer. Il se retourna d'un violent coup de reins, saisit la cheville gauche de Luke et s'y agrippa comme une pieuvre. Luke leva le pied droit et, de tout son poids, écrasa le poignet de la main tentaculaire qui le retenait.

Il n'y avait pas de règles. Luke ignorait s'il était capable de se battre. Il ne s'était battu avec personne depuis l'âge de dix ans. Il voulut crier à Bunty de s'enfuir, mais n'osa pas, de peur d'attirer l'attention de l'un des hommes sur elle. Elle allait certainement tenter sa chance, maintenant, comme il l'avait suppliée de le faire.

Bunty en avait réellement eu l'intention; mais le principe de la fuite ne devait pas correspondre à sa vraie personnalité, car la situation prit une tout autre tournure. Bunty se précipita vers la porte, balayant le mur de sa main gauche jusqu'à ce que ses doigts rencontrent le pied du chandelier de laiton posé sur l'électrophone. Il s'adaptait parfaitement à sa main. Elle l'empoigna fermement, avec la sensation d'accomplir ce geste avec aisance, au ralenti; la rage qui l'animait semblait s'adapter au rythme des événements, facilitant ses actes, comme si elle dominait le déroulement des opérations — et non l'inverse. Elle franchit sans difficulté les quelques mètres qui la séparaient de la porte, saisit la poignée et l'ouvrit à toute volée; le panneau de bois alla violemment cogner le butoir de caoutchouc. L'obscurité devenant pour elle moins profonde, elle se mit à courir et s'aperçut qu'en fait elle était revenue sur ses pas sans s'en rendre compte et qu'elle se dirigeait vers les silhouettes emmêlées luttant dans la pénombre. Sans réfléchir, elle s'était jetée à corps perdu dans la bataille, totalement déchaînée, libérant des instincts qu'elle n'avait jamais révélés et ne révélerait probablement jamais plus.

D'une violente convulsion, Fleet dégagea son bras écrasé par le pied de Luke, en lâchant un juron, étouffé par le bord du tapis. Sa main droite, qui tenait le colt, crocheta les genoux de Luke, qui, déséquilibré, s'écroula de tout son poids sur son adversaire. Pour Fleet, l'alerte était déjà passée : il voulait son prisonnier vivant et si possible indemne. Des traces de blessures ou de contusions sur le corps d'un homme qui s'était apparemment suicidé ne manqueraient pas de surprendre le coroner et de compliquer l'enquête.

Bunty avait agrippé Luke par la manche de son manteau dans l'espoir de le guider vers la porte, mais la prise était précaire et, dans la chute, la manche lui échappa. Elle tourna autour des deux corps enchevêtrés, incapable de distinguer le bon du méchant. Ses yeux s'étant accoutumés à la pénombre, elle finit par distinguer une troisième silhouette : c'était Blackie encore debout, qui tournait lui aussi autour des adversaires, l'arme au poing, essayant de s'interposer à tâtons dans ce combat désordonné. Manifestement, il n'était pas au courant des intentions de son patron ; à sa façon de marcher et de respirer, Bunty devina qu'il n'hésiterait pas à tirer, dès que l'occasion se présenterait.

Au cours de la lutte, une tête et des épaules se redressèrent enfin. Quelqu'un mit un pied au sol, cherchant à se dégager de l'adversaire et à se mettre debout. A la minceur et à la forme de la silhouette émergeant des autres ombres, elle reconnut Luke. Mais Blackie le reconnut aussi et fit un rapide pas de côté pour viser la bonne cible, en évitant d'atteindre Fleet ; ce geste le rapprocha de Bunty, qui, l'espace d'une seconde, se demanda s'il fallait saisir Luke par le bras pour l'aider à se dégager, ou se jeter sur le nabot gesticulant qui la menaçait.

Elle choisit ce dernier. De toutes ses forces, elle balança le chandelier de bas en haut. Celui-ci atteignit Blackie sur la pointe du coude droit. Le coup avait été porté pour faire dévier la main qui tenait l'arme, mais, par chance, il fit beaucoup mieux : il vint frapper en plein sur l'articulation du coude, ce qui eut pour effet de paralyser momentanément Blackie de l'épaule jusqu'au bout des doigts. Le revolver lui échappa des mains et glissa avec un crissement sur le parquet. Blackie poussa un étrange petit cri de douleur qui se termina en jurons incohérents ; il partit sur trois pattes à la recherche de son arme, un bras ballant, comme une araignée estropiée.

Stupéfaite, revigorée par sa victoire, Bunty brandit à nouveau le chandelier et frappa Fleet, aveuglément. Mais le choc fut amorti par l'épaisseur de l'épaule du colosse, qui roula sur le côté et para facilement le coup ; d'une main, il saisit la base de cette arme de fortune, puis tira Bunty d'un geste vif et précis pour lui faire perdre l'équilibre. Instinctivement, elle lâcha le chandelier et fit un bond en arrière pour éviter d'être attrapée. Luke, lui, s'était remis tant bien que mal sur ses pieds et l'avait prise par la main.

— Vite, Bunty ! *Courez !*

Dans la confusion générale, personne n'avait entendu les pas fatigués qui descendaient lourdement l'escalier. Ils avaient oublié Quilley. Fleet, maintenant à genoux, tira un coup de feu en direction de la porte, mais la balle alla se ficher dans le linteau. Un second coup de feu les stoppa net dans leur course effrénée vers la sortie. La balle vint ricocher sur les lames du parquet, juste à leurs pieds, les obligeant à un repli précipité contre la balustrade de l'escalier. Le coup était parti d'un des angles sombres de la porte d'entrée, alors que les fugitifs, eux, étaient éclairés par-dessus et par-derrière par de faibles lueurs venant de l'imposte de celle-ci et de la porte ouverte du salon.

— Ne bougeons plus ! fit Quilley, animé d'un zèle consciencieux, car c'était lui à présent le maître de la situation. Vous ne pouvez pas me voir, mais moi, je vous vois. Un pas de plus et je vous descends.

Luke reprit rapidement ses esprits, mais une seconde trop tard. S'ils ne pouvaient s'enfuir ensemble, du moins était-il encore temps pour lui d'ouvrir la voie à Bunty ; cette fois, elle serait bien obligée de lui obéir. Elle n'avait plus rien à faire ici, plus personne à sauver. Il la repoussa par l'épaule contre le pilier de l'escalier, puis plongea en avant dans les ténèbres menaçantes, encerclant les genoux de Quilley, dont le bras armé fut projeté vers le plafond. Ensemble, ils chutèrent lourdement dans le recoin de la porte. Leurs deux têtes heurtèrent le mur avec un bruit discordant.

— *Courez,* Bunty ! haleta Luke.

Sa main remonta le long du bras de Quilley pour le forcer à baisser le poignet et à pointer son arme vers l'intérieur de la maison. Pour Bunty, la voie était libre ; elle pouvait atteindre la porte.

Mais il était trop tard. Le petit vestibule était déjà plein de monde. Blackie l'immobilisa par une prise autour du cou et de son bras valide lui enfonça son revolver dans le dos. Fleet passa devant eux pour aller séparer Luke et Quilley. Soudain, un pinceau de lumière balaya la pièce en tout sens, éclairant la scène d'une lueur blafarde. Tout de suite après surgit un cône de lumière stable, provenant de la longue torche de Connie. Les deux hommes étaient remontés de la crique, les mains vides, trop tôt hélas, et juste à temps pour réduire à néant le dernier espoir de fuite de Luke et Bunty.

Le faisceau jaune de la torche remonta jusqu'au plafond, redescendit en dansant sur l'imposte de la porte d'entrée. Son enveloppe caoutchoutée alla frapper Luke à la base de la nuque avec un horrible bruit mat. Ses épaules eurent un étrange sursaut, puis son corps se figea et il s'effondra sur Quilley, les bras en croix, la tête ballante, comme une poupée de chiffon, complètement inconscient.

La voix de Fleet résonna dans l'obscurité, doucereuse, féroce, terrifiante.

— Très bien. Ramenez-les dans le salon. J'ai d'autres moyens de les faire parler.

Irrité, contusionné, le souffle court, il examina tour à tour le corps de Luke recroquevillé, ses lieutenants intimidés et silencieux et enfin Bunty. Le faisceau de la torche créait des jeux d'ombre et de lumière sur son visage, et soulignait les méplats livides d'obliques d'un noir cendré. Cette fois, il avait jeté le masque : l'aisance débonnaire, la vigoureuse bonhomie avaient disparu de ses traits accusés. Ils avaient devant eux le vrai Fleet, l'homme tel qu'il s'était créé, de toutes pièces. A ses yeux, la vie de ses prisonniers n'avait plus qu'une seule valeur : lui permettre de savoir où était l'argent. Luke n'était pas en état de répondre à ses questions, maigre répit pour lui. Pauvre Luke, il avait eu plus que son compte. A présent, Bunty restait seule face à Fleet dont les yeux de fauve dardaient sur elle un regard sanguinaire.

Sans tourner la tête, il s'adressa à Quilley qui s'était péniblement remis sur ses pieds et s'appuyait au mur.

— Remonte là-haut faire le guet. Et ouvre l'œil ! Quelqu'un a pu entendre les coups de feu.

— Oui, patron, j'y vais... J'ai dû descendre, vous comprenez... à cause de la porte d'entrée... ils se seraient enfuis si je n'étais pas descendu...

Il chercha son chemin à tâtons, le long du mur, inquiet et désireux de bien faire, jusqu'à ce que sa main rencontrât la rampe d'escalier ; il commença à gravir les marches et se retourna une dernière fois vers Fleet. Dans le faisceau de la torche on vit le blanc de ses yeux, effarés et pleins d'espoir.

— D'accord, tu as bien fait de descendre ! Eh bien, remonte, maintenant ! Et vite !

Quilley, apeuré, reprit son ascension en poussant des grognements.

— Alors, vous autres ? Qu'est-ce que vous avez trouvé ? aboya Fleet, qui connaissait déjà la réponse. Rien, évidemment.

— Rien du tout, patron. Même pas l'anneau. Il nous a menti sur toute la ligne, fit Connie, outré.

— On a dû faire vite, ajouta Skinner. Il y a un bateau qui remonte la côte, pas très loin. On ne voulait pas être vus. Mais on a bien regardé partout. C'est sûr qu'il a menti.

— Amenez-le ici, ordonna Fleet, en les précédant dans le salon.

Blackie poussa Bunty sans ménagement dans la pièce dévastée et la fit asseoir sur le canapé. Les deux autres prirent Luke par les bras et le traînèrent jusqu'à ses pieds sur le parquet. Il ressemblait toujours à un maigre pantin désarticulé. En guise d'éclairage, ils n'avaient que la lumière de deux lampes électriques, une bougie à la flamme vacillante et la grosse torche ayant servi à matraquer Luke. De minuscules éclats de verre brisés craquaient sous leurs pieds, traçant un pointillé argenté sur la main pendante de l'homme inconscient.

A la lueur de cet éclairage théâtral, Bunty examina le salon saccagé, du plafonnier brisé au linteau de la porte où la seconde balle de Fleet était venue se ficher. Plus moyen de maquiller la scène finale en double meurtre suivi du suicide d'un désespéré. Cela rendait-il un marché possible ? Non, évidemment. La mer était profonde et Fleet avait intérêt à se débarrasser de témoins gênants.

— Il va vous falloir trouver un autre scénario, n'est-ce pas ? s'entendit elle dire avec un calme stupéfiant. Comment justifierez-vous quatre impacts de balles et une maison sens dessus dessous ? Dire que vous aviez soigneusement nettoyé l'arme du crime ! Je meurs d'impatience de voir comment vous allez vous y prendre pour effacer toutes vos empreintes.

— Bien vu, dit Fleet d'une voix douce et perverse. A propos, vous avez employé la bonne expression : « Je meurs d'impatience. » Vous êtes trop intelligente, ma chère, beaucoup trop intelligente pour rester en vie. Ne croyez-vous pas que vous feriez mieux de coopérer et de me dire où est l'argent ?

— Non, répondit Bunty avec un sourire las et tendu, il n'en est pas question. C'est bien la dernière chose que je ferais, même si je savais où il était. Vous êtes persuadé qu'il ne me reste plus de temps. Mais j'en ai. Tant que nous ne vous dirons pas où est l'argent, vous nous laisserez en vie. Ensuite, évidemment, nous n'aurons plus que quelques minutes à vivre. Croyez-vous que je ne sais pas reconnaître un assassin lorsque j'en vois un ? Vous dire ce que vous voulez savoir reviendrait à signer mon arrêt de mort. Ne serais-je pas stupide de parler ? *Même en supposant que je sache où est l'argent ?*

Fleet la gifla, un geste soigneusement calculé pour ne pas faire trop mal. Visiblement, il avait pris plaisir à contrôler sa force afin de voir sa tête partir en arrière, provoquant une violente secousse dans les vertèbres cervicales sans toutefois causer de dommage. Bunty se mit à rire.

— Pensez-vous arriver à me faire avouer de cette façon ? Il faudrait que je trouve la vie plus désagréable que la mort, pour accepter de parler. Or j'aime la vie et je suis prête à souffrir pour la conserver. Et si vous parvenez à vos fins, je ne serai plus en état de vous dire quoi que ce soit. Je ne suis pas du genre à me laisser mourir facilement. Donc, d'une façon ou d'une autre, vous ne saurez rien.

Luke, recroquevillé à ses pieds, fut soulevé par une sorte de profonde inspiration et se mit à geindre. Ignorant les armes pointées sur elle, Bunty se laissa glisser au sol et s'accroupit sur le parquet à ses côtés. Elle souleva sa tête, la posa sur ses genoux et repoussa tendrement les cheveux qui tombaient sur son front. Une contraction nerveuse déforma quelques instants le visage du jeune homme, qui reprit aussitôt l'indifférence de l'inconscience.

— Patron, dit Blackie à voix basse, je crois que vous perdez votre temps avec elle. Elle ne doit pas savoir où est l'argent. Il n'a pas pu lui faire confiance à ce point. Bon sang, il l'a seulement rencontrée hier soir ! C'est *lui* que nous voulons.

Courbée sur le corps inanimé, Bunty le serra un peu plus fort contre elle. Autant leur laisser croire qu'ils avaient raison, du moins jusqu'à ce que Luke revienne à lui. Évanoui, il ne craignait rien. Et qu'auraient-ils pu lui faire, à elle ? Garder le silence était signer son arrêt de mort à court terme, mais parler signifiait une mort immédiate. Le choix était donc évident : le temps travaillait pour eux. Les choses deviennent très simples quand vous n'avez plus à choisir : il ne vous reste plus qu'à endurer la situation le plus longtemps possible et survivre, si vous le pouvez.

— Ranimez-le, cracha Fleet, méchamment. Jetez-lui de l'eau froide sur la figure, trouvez quelque chose, vite, mais qu'il revienne à lui !

Bunty posa une main apaisante sur le front de Luke, priant pour qu'il demeure inconscient.

— Allez au diable ! siffla Fleet entre ses dents, pris d'une fureur soudaine.

Et il lança un violent coup de pied dans le corps inanimé.

Bunty poussa un cri de rage et recouvrit le corps inerte de son propre corps, bras écartés, pour le protéger. Le visage qu'elle leva vers Fleet, à cet instant, les yeux étincelants, les dents serrées, était celui de son ancêtre celte, l'amazone à la rousse chevelure, respectée des Romains, et qui les avait combattus aux côtés de ses hommes, noble, magnifique et provocante. La lignée de ses ancêtres gallois remontait bien plus loin que celle de ses ennemis.

Fleet eut un mouvement de recul, stupéfait, presque effrayé, peu habitué qu'il était à rencontrer des gens qui ne le craignaient pas. Bunty vit le revolver qu'il tenait à la main se dresser tel un serpent, la menaçant de son œil froid pour qu'elle s'écartât. Elle éclata de rire et le fixa avec défi, sans cesser de protéger Luke.

— Allez-y, tirez ! Mais tirez donc ! Ensuite vous pourrez chercher votre argent jusqu'à ce que votre cœur éclate ! Grand bien vous fasse, *monsieur Fleet* !

Il resta bouche bée, mâchoire pendante, et eut un mouvement de recul quasi superstitieux ; dans le silence qui s'ensuivit, tous entendirent Quilley, très agité, leur crier du premier étage :

— Patron, patron ! Un bateau se dirige vers la crique ! Il y a plein d'hommes à bord !

Chacun de ses mots était répercuté en écho par la cage d'escalier.

— Ils ont allumé leurs projecteurs. Ils s'apprêtent à débarquer!

Fleet fit volte-face, se précipita à la fenêtre, écarta les rideaux, l'ouvrit et se pencha en avant pour essayer d'apercevoir la crique : la surface miroitante de la mer reflétait une lueur phosphorescente qui palpitait imperceptiblement. Skinner, qui était le plus près de la porte, courut vers l'escalier et monta les marches quatre à quatre. Toujours accroupie, avec Luke inerte dans les bras, Bunty entendit le bruit de leurs pas sur le plancher de l'étage; celui de Skinner, rapide et brutal, et celui de Quilley qui se traînait comme un animal blessé. Ils passaient d'une chambre à l'autre, faisant le va-et-vient entre les fenêtres. Connie et Blackie, debout derrière les larges épaules de Fleet, scrutaient l'obscurité, les yeux plissés, retenant leur respiration.

Ils l'avaient oubliée; en quelques secondes, la situation s'était inversée. Bunty aurait pu se lever et partir tranquillement, personne ne s'en serait aperçu. Peur, colère et tension la quittèrent, mais restèrent cantonnées dans la pièce obscure, présentes comme dans un rêve, sans pouvoir atteindre l'îlot où elle s'était réfugiée, avec la tête de Luke qui pesait si lourd sur ses genoux. Elle ne fit pas un geste, ne proféra pas un son; elle ne parvenait plus à réfléchir, car elle n'avait pas besoin de réfléchir davantage. Son pouvoir sur le cours des événements lui échappait.

A distance, comme dans un souvenir lointain, elle entendit la voix de Skinner qui disait d'un ton pressant, penché sur la rambarde :

— Patron... il en arrive aussi de l'autre côté... dans les arbres, j'en vois cinq ou six...

Personne n'avait entendu le moteur des bateaux, ni

aperçu la lumière des gyrophares. Ils s'étaient approchés sans bruit, dans le silence de la nuit. Ils savaient à qui ils avaient affaire et ce qu'ils allaient trouver dans la maison après avoir donné l'assaut. Ce miracle était-il dû à Rosamund Chartley et son adresse mythique d'Hereford ?

A l'étage, l'un des deux hommes poussa un cri rauque, voilé. Skinner dégringola l'escalier en trois enjambées trébuchantes, zigzagua entre les meubles en battant l'air de ses bras.

— Patron, patron, c'est la police ! Nous ferions mieux de sortir d'ici, ils nous encerclent !

Un rond de lumière diffuse, estompée par les rideaux, vint frapper le bas du mur, explora silencieusement la surface de la baie vitrée, passa à travers la porte ouverte du salon, reproduisant sur le parquet du vestibule la dentelle pâle dessinée par le verre cathédrale de l'imposte de la porte d'entrée. Quand la lumière du projecteur quitterait la façade, l'obscurité serait totale, du terre-plein de gravier jusqu'à l'endroit où la Jaguar était garée, à l'abri des arbres, prête à démarrer.

— Bon, ça y est, fit Fleet d'une voix à peine audible, qui ne s'adressait qu'à lui-même.

Toutefois Bunty l'entendit, avec la netteté exacerbée que prennent les voix dans les rêves. Il savait reconnaître que le jeu était terminé. Il savait quand déclarer forfait.

A un moment donné, le cercle de lumière quitta le vestibule, laissant la porte d'entrée dans l'ombre.

— Maintenant ! siffla Fleet, *tout le monde à la voiture, vite !*

Ils se précipitèrent hors de la maison, trébuchant, jouant des coudes, se poussant, se bousculant, mais dans un tel silence que leur fuite parut plus irréelle encore que leur arrivée. Fleet, le bien nommé[1], fut le premier dehors, étonnamment rapide et léger. Derrière lui, Blackie, galopant comme un fox-terrier, puis Connie dont la silhouette dégingandée se découpa un instant dans l'embrasure de la porte d'entrée, et enfin le gros Skinner qui courait pesamment en titubant comme une barrique à moitié pleine. Tout le gang se fondit dans la nuit, fuyant ventre à terre sur le terre-plein devant la villa, comme des charognards dérangés au cours d'un festin nocturne.

Bunty, les yeux grands ouverts, immobile, brisée par la fatigue accumulée des dernières vingt-quatre heures, écoutait les bruits de la débandade.

Il y avait un retardataire. Quilley, s'appuyant lourdement à la rampe d'escalier, descendait les marches en gémissant.

— Patron... attendez... !

Toujours en boitant, il traversa le vestibule.

— Hé, ne partez pas sans moi... Attendez !

Bunty écouta la voix geignarde s'éloigner vers la porte d'entrée. Puis ce fut le silence. Ils étaient seuls dans la maison. Elle se redressa, tout engourdie, allongea Luke délicatement sur le sol et sortit sous le porche. Les bruits de cette course précipitée sur le gravier avaient réveillé tout le jardin qui se mit en mouvement, comme la forêt de Birnam arrivant à Dunsinane[2]. Des faisceaux lumineux fusèrent simultanément de trois points différents, deux venant des arbres d'un côté du portail, un autre des hautes herbes, et se concentrèrent sur les silhouettes en fuite ; soudain les taillis parurent s'animer, un essaim

1. *Fleet* : en anglais signifie rapide. *(N.d.T.)*

2. Référence à la célèbre scène de *Macbeth* (acte V, scène v). *(N.d.T.)*

d'hommes sortit en courant des taillis et convergea vers la Jaguar. Ils se trouvaient déjà entre les fugitifs et la Riley. Une petite flamme troua l'obscurité, un coup de feu qui visait les pneus et non les hommes. Fleet garda sa trajectoire sans riposter ; il n'hésita pas une seconde, fila comme une flèche vers la voiture grise qui lui servit de protection et sauta au volant ; le moteur rugit et la Jaguar commença à prendre de la vitesse comme un lévrier lâché de sa cage au départ de la course. Elle accéléra sur le gravier, tandis que le reste de l'équipe s'accrochait tant bien que mal aux trois portières grandes ouvertes, vibrantes comme des ailes, pour s'engouffrer à l'intérieur. La scène ne dura que quelques secondes. Le policier le plus proche se trouvait à moins de dix mètres.

Quilley, arrivé bon dernier en clopinant, poussait des gémissements de souffrance indignée.

— Patron, attendez-moi, attendez-moi... Vous n'allez pas m'abandonner...

Il sautillait le long de la voiture, alors que celle-ci prenait de la vitesse. Il finit par saisir la poignée de la portière avant, côté passager, et s'y agrippa désespérément.

— Aidez-moi... Connie, aide-moi...

Malheureusement pour lui, ce fut Fleet qui l'aida ! Ils étaient déjà quatre dans une voiture qui n'avait pas besoin d'être ralentie dans sa course. Fleet se pencha devant Connie, vers la portière ouverte, posa sa large paume sur la poitrine de Quilley, le repoussa de toutes ses forces, rattrapa la portière au vol et la claqua. Le véhicule bondit en avant, échappant de quelques mètres à ses poursuivants. Quilley, obligé de lâcher prise, fut projeté à terre. La roue arrière lui passa sur le pied ; un instant déséquilibrée, la Jaguar dérapa puis passa le portail comme une fusée et prit la courbe de l'allée en rugissant.

Le hurlement de Quilley et le ronronnement félin du moteur allèrent decrescendo et s'éteignirent dans l'air calme de la nuit. Des silhouettes sombres entourèrent l'homme qui se tordait de douleur sur le sol. Pendant ce temps, la Jaguar gris clair dévalait le chemin creux, bien décidée à gagner la grand-route.

Tout était anormalement calme.

Tout était fini.

13

Luke revint à lui, les tempes bourdonnantes et la bouche sèche. Il sentit aussitôt le bras de Bunty glissé sous sa tête et la paume de sa main sur sa joue. Une lumière violente troua l'obscurité, l'obligeant à cligner des yeux. L'extrémité du faisceau lumineux laissa apparaître le revers d'une manche sombre et une main armée d'un revolver.

Cette fois, il ne voyait plus d'issue. Il prit fébrilement appui sur le sol et se mit à genoux en chancelant, pour s'interposer entre Bunty et le danger qui les menaçait, bien que l'intense lumière lui brûlât les yeux et qu'un bruit de cloche fêlée, causé par ce brusque mouvement, résonnât dans son cerveau. Bunty le reprit doucement dans ses bras et le berça, la joue appuyée contre son front.

— Tout va bien, mon chéri, tout va bien. La police est là. Tout est fini, nous sommes sains et saufs.

— Sains et saufs ? répéta-t-il, éberlué.

Il leva une main tremblante et effleura la joue de sa compagne.

— Ils ne vous ont pas fait de mal ? Où sont-ils ?

— Ils se sont tous enfuis dans la Jaguar, sauf celui qui est blessé.

— Ils n'iront pas bien loin... fit une voix satisfaite sortant de l'obscurité.

C'était celle du sergent aux cheveux poivre et sel, venu le matin même à la villa. Il fit disparaître son arme dans la poche de sa veste. La lumière de sa torche s'attarda une seconde sur le visage pâle et défait de Bunty, puis s'écarta pour ne pas l'éblouir.

— Nous avons dressé un barrage sur le chemin. Ils ne pourront pas le forcer. Tout va bien, m'dame ?

Bunty se contenta de hocher la tête ; à présent que la tension était retombée, elle était trop fatiguée pour parler.

— J'aimerais connaître votre nom, demanda-t-il, prudent. Ce ne serait pas Felse, par hasard ?

— Si. Je m'appelle Bunty Felse.

— Dieu soit loué ! s'exclama le sergent, visiblement soulagé. Votre mari est fou d'inquiétude.

Une petite phrase prononcée en toute innocence, qui fit s'écrouler le monde que Luke venait à peine de retrouver. C'était étrange... Pas une seconde il ne s'était imaginé que Bunty pouvait avoir un homme dans sa vie ; comme si pareille créature avait pu traverser l'existence sans avoir été reconnue, désirée, aimée ! Il lui avait semblé que cette femme exceptionnelle, miraculeusement créée pour sa rédemption, ne pouvait que lui appartenir. Or, elle était faite de chair et de sang, comme toutes les femmes. A ses yeux, elle n'avait pas d'âge, pas de classe sociale, pas de famille : elle n'avait pas de réalité propre avant leur rencontre. Mais elle avait vécu toutes ces années sans lui, bien avant qu'il existât pour elle. Elle était mariée et son mari se faisait du souci à son sujet.

Luke resta allongé, immobile, anéanti par le désespoir à l'idée de la perdre, alors même qu'il était dans ses bras, lié à elle par une expérience qu'elle n'avait certainement jamais vécue avec un autre homme et qu'elle ne vivrait jamais plus. Quel paradoxe ! En même temps, il la possédait et l'avait perdue.

Un peu plus tard, trois hommes arrivèrent par la mer et un autre par la terre, ce dernier n'étant rien de moins que l'inspecteur en personne.

On finit par trouver des bougies dans l'un des placards de la cuisine ; le jeune policier taciturne qui était aussi venu le matin, fouilla dans l'outillage électrique de Reggie Alport et fit des miracles avec les fusibles. Bientôt, le courant arriva dans la cuisine, ce qui leur permit de porter les premiers secours à Quilley, en attendant l'arrivée de l'ambulance. On laissa la porte du salon ouverte, afin qu'un peu de lumière y pénétrât.

— Je regrette, dit l'inspecteur, que nous n'ayons pas immédiatement pensé à vérifier l'identité et l'adresse de cette Mrs. Chartley. Nous serions arrivés ici beaucoup plus tôt. Mais pour le sergent McCabe, vous sembliez vraiment au-dessus de tout soupçon ! De plus, nous n'avions aucune raison particulière de rechercher une femme. En fait, ce qui nous a mis la puce à l'oreille et permis de retrouver votre piste, c'est un avis lancé par la police de votre comté. Entre nous, vous devez une fière chandelle à votre fils ! Apparemment, il est arrivé chez vous à l'improviste samedi soir et a trouvé la maison vide. A onze heures du soir, ne voyant venir personne, il a téléphoné au supérieur de votre mari, qui lui a appris que Mr. Felse était parti en mission dans le sud. Tout naturellement, votre fils en a conclu que vous aviez décidé de l'accompagner. Mais le lendemain matin, lorsqu'un gamin s'est présenté à votre domicile en disant qu'il avait retrouvé votre porte-monnaie, il a commencé à s'inquiéter.

Dans l'esprit de Bunty, la trame des événements se

reconstituait petit à petit, alors que certains des fils échappaient toujours à la police. Elle comprenait à présent pourquoi aucune lettre de Dominic n'était au courrier ce jour-là : son fils voulait la surprendre à la maison pour lui souhaiter son anniversaire ! S'il était arrivé deux heures plus tôt, elle ne serait pas sortie pour conjurer ses démons intérieurs ; jamais elle n'aurait franchi le seuil de *La Constellation d'Orion* ; jamais elle n'aurait rencontré Luke Tennant. Peut-être celui-ci aurait-il fini par abandonner l'idée de gagner la Norvège en bateau et, à bout de forces, aurait retourné son arme contre lui, comme il avait été si près de le faire le matin même, lorsque la police avait frappé à la porte.

— Votre fils, poursuivit l'inspecteur, a donc prévenu le chef du C.I.D. qui, de son côté, a contacté votre mari. Personne ne savait où vous étiez. On ne comprenait pas le motif de votre disparition. C'est à partir de là qu'ils ont commencé à vous chercher. Par chance, un vieil homme vous avait aperçue en compagnie d'un individu qu'il ne connaissait pas. Sa curiosité l'a poussé à noter la marque du véhicule et le numéro de la plaque d'immatriculation.

— Cher vieux Lennie ! dit-elle en souriant. Nous nous étions arrêtés pour lui acheter du café et des hot-dogs. Sa curiosité nous a sauvé la vie... Je comprends tout ! En plus de l'avis de recherche de la voiture, on a fait circuler mon signalement. L'existence de cette prétendue Mrs. Chartley justifiait le lancement d'une enquête. Vous avez découvert que les Alport n'avaient jamais entendu parler d'elle et que son adresse était fictive.

— Tout juste. Nous avons pensé qu'il convenait de revenir ici discrètement, car une seule hypothèse pouvait expliquer votre comportement : vous aviez ouvert la porte sous la contrainte. Un pistolet chargé, discrètement pointé sur quelqu'un suffit à le transformer en acteur de première classe !

— Je me doute en effet que mon attitude était loin de correspondre à celle que l'on s'attend à trouver chez l'épouse d'un policier ! Savez-vous, inspecteur, que cette affaire ne se limite pas à quelques infractions au code de la route ? La police du Midshire ne vous a-t-elle pas signalé un meurtre ?

L'inspecteur n'était pas au courant. Pas plus que de sa relation avec l'attaque de la fourgonnette transportant la paye du personnel du pressing Armitage. Apparemment, personne n'avait remarqué la disparition de Pippa Gallier. La police n'avait donc pas fait le lien entre ces deux événements, qui s'étaient produits à plus de deux mois d'intervalle et quatre cents kilomètres de distance. Bunty et Luke allaient donc avoir de nombreuses explications à fournir : d'abord le cadavre au premier étage, puis les quinze mille livres...

L'argent ! Bunty l'avait presque oublié. Il était temps d'aller le chercher, c'était après tout la principale pièce à conviction qu'ils pouvaient offrir comme preuve de leur intégrité — et aussi l'enjeu pour lequel ils avaient défié Fleet et ses sbires.

— Avant de commencer, dit-elle, pouvez-vous envoyer un de vos hommes chercher quelque chose sur le sentier qui descend à la mer ? Un paquet plat, enveloppé d'un papier-cadeau...

Elle tourna la tête vers Luke, assis, pâle et triste, à côté d'elle.

— Il se trouve sous l'une de ces dalles d'ardoise qui tiennent lieu de marches, trois mètres environ avant l'appontement, expliqua-t-elle, davantage à l'adresse de son compagnon qu'à celle de l'inspecteur.

Je l'ai mis là lorsque j'ai glissé et que je suis tombée. Je n'aurais jamais pu m'en débarrasser, même dans le noir, si votre haute taille ne m'avait pas protégée.

Le regard de l'inspecteur croisa celui du jeune policier au visage osseux — le spécialiste des fusibles. Ce dernier, dont les yeux et les oreilles ne laissaient rien échapper, prit une torche sans un mot et sortit de la maison par la porte de la cuisine.

— Puis-je savoir ce que contient ce paquet, exactement ? s'enquit l'inspecteur, curieux. Quel rapport a-t-il avec l'affaire ?

— Un rapport essentiel, répondit Bunty avec simplicité. C'est lui que les gangsters cherchaient, c'est à cause de lui qu'ils ont tué cette pauvre fille — sans parler du conducteur de la fourgonnette. Il s'agit de la paye des ouvriers d'une usine des environs de Comerbourne. Il y a là environ quinze mille livres en espèces.

— Je crois, dit l'inspecteur, après s'être raclé la gorge, que vous feriez bien de reprendre cette histoire depuis le début...

A deux, ils lui narrèrent toute l'affaire. Leur récit fut bientôt ponctué par les gémissements de Quilley qui revenait à lui, dans la cuisine. De son côté, l'inspecteur ouvrait le paquet et étalait les billets de banque sur la table. Soudain, des voitures de police firent halte devant la porte, mettant un point final à l'affaire : Fleet et ses hommes étaient de retour, sous bonne garde.

Un sergent costaud, rouquin, le visage couvert de taches de rousseur entra le premier, des armes plein les bras, affichant un large sourire, satisfait du devoir accompli.

— Un véritable arsenal, monsieur... Regardez, il y en a quatre ! s'exclama-t-il en déposant fièrement ses trophées sur la table.

Il aperçut alors les billets de banque et resta un instant bouche bée, avant d'annoncer :

— Deux revolvers, un colt Agent flambant neuf et un Pickert allemand .32. Un Webley et Scott .25 automatique, et ce petit joujou, là, encore un pistolet allemand, un Menz Liliput. A le voir, on ne croirait pas que ça peut faire mal, hein ?

L'inspecteur examina l'arsenal sans enthousiasme particulier. Les armes n'avaient jamais été utilisées dans les affaires qui étaient d'ordinaire de son ressort et, tout comme George Felse à Comerbourne, il vit là un sombre présage, annonçant que les temps avaient changé. Il s'adressa à Luke, par-dessus cette mortelle panoplie :

— Lequel est-ce ?

— Celui que vous tenez.

Le Webley avait presque la même taille, mais Luke aurait reconnu le Liliput entre mille, du fait des souvenirs qui y étaient associés : sa vue lui rappelait leur triste équipée, à laquelle il avait peine à croire à présent. Dire que cet horrible petit objet avait contraint à l'immobilité et à la soumission cette femme qui s'était ralliée à sa cause de son plein gré, sans autre motif que sa générosité et sa loyauté ! Chaque fois qu'il entendait l'inspecteur mentionner les noms de George et Dominic Felse, les deux seuls hommes qui avaient des droits sur elle, son cœur se serrait un peu plus. Pourtant Bunty continuait de temps à autre à parler pour eux deux en disant « nous » ; dès qu'il entendait ce « nous », sa tension se relâchait : il savait qu'il ne l'avait pas complètement perdue et qu'elle était, dans une certaine mesure, sienne, et sienne à jamais.

— Vous rendez-vous compte, dit doucement l'inspecteur, un homme intuitif et intelligent qui avait déjà choisi son camp, que cet individu aura des alibis pour tout ?

— Oui, je sais, répondit Luke, mais je m'en moque. Vous pouvez me retenir en garde à vue, cela m'est égal. Je suis satisfait.

L'inspecteur se tourna vers le sergent, tout en recouvrant l'indécent étalage d'argent avec le papier d'emballage.

— Que s'est-il passé ?

— Ils ont tenté de forcer le barrage. Dommage pour la belle peinture grise de la Jaguar ! Tout l'avant est enfoncé. Lorsqu'elle a calé, ils se sont éparpillés dans la nature mais nous les avons très vite rattrapés. Ils n'ont pas tiré. Dès que nous les avons épinglés, ils ont changé d'attitude et commencé à parler de leurs droits. Ces messieurs n'avaient rien fait, ils vaquaient tout bonnement à leurs occupations ! D'ailleurs, seul le grand a pris la parole.

— Évidemment, fit l'inspecteur avec une moue résignée, c'est normal. Amenez-les tous ici, jusqu'à l'arrivée du fourgon.

Fleet entra avec son assurance habituelle, solide comme un roc, les mains dans les poches. Ses acolytes se tenaient derrière lui, muets, impassibles. Bien sûr, une dizaine de témoins seraient là pour jurer qu'ils se trouvaient avec eux à des dizaines de kilomètres du lieu du braquage de la fourgonnette et qu'ils n'étaient pas dans la maison au moment du meurtre de Pippa Gallier. Ils exhiberaient la licence de leurs armes — excepté celle de Pippa, qu'ils nieraient avoir vue jusqu'à la veille. Et pour justifier les quinze mille livres, ainsi que leur présence dans ces lieux et leur débandade à l'arrivée de la police, Fleet raconterait toujours la même histoire, à savoir que Miss Gallier lui avait volé son argent ; que par conséquent, il l'avait suivie jusque chez ce jeune homme pour récupérer son bien et, qu'à son arrivée, la fille était déjà morte et

Luke allongé, inconscient ; enfin, qu'il avait poursuivi ce dernier jusqu'ici pour remettre la main sur l'argent. L'origine des quinze mille livres ? Pas très légale, bien sûr, mais rien de très grave, juste assez pour justifier une certaine réticence de sa part envers les représentants de la loi.

Oui, tout ceci était implicite dans l'attitude flegmatique de Fleet lorsqu'il entra dans le salon.

— Les clés de Miss Gallier ? fit-il en souriant. Je ne vois pas de quoi vous parlez, inspecteur.

Au fond de ses yeux fauve profondément enfoncés dans leurs orbites, brillait une lueur vaguement indignée, sans plus ; sous la peau bronzée et luisante, ses traits lourds avaient une expression affable. tolérante. celle d'un honnête homme jugé à tort.

— Pourquoi devrais-je savoir où sont ses clés ? Je n'ai jamais vu cet étui en forme de brodequin. Fouillez-moi, si vous le voulez.

Ils auraient pu fouiller toutes ses poches et même sa maison, ils n'auraient jamais rien trouvé ; il n'était pas assez idiot pour laisser traîner un objet aussi aisément identifiable.

— Écoutez, je vous répète que cet argent nous appartient. Il n'a rien à voir avec votre affaire de paye volée, ce sont des gains de paris sur des chevaux de course. Nous avons monté une association. Nous avons nos méthodes, que vous autres policiers n'approuvez pas forcément... Mais vous auriez du mal à nous coincer pour si peu ! Naturellement, nous sommes venus récupérer notre argent ! Qu'auriez-vous fait à ma place ? Tirer un trait sur quinze mille livres ? J'ai été stupide de les confier à cette petite garce, mais elle avait une manière bien à elle de... Tenez, demandez-le-lui, dit-il en désignant Luke, il sait de quoi je parle ! Lui aussi, elle l'a doublé. Il lui a rendu la monnaie de sa pièce, et je lui souhaite bonne chance ! Mais n'allez pas m'accuser, moi. Je peux prouver où j'étais samedi après-midi. Lorsque je suis arrivé là-bas, la fille était morte. Voilà, messieurs, c'est tout ce que j'avais à dire, conclut-il avec un sourire toujours aussi amène. Désormais je n'ouvrirai plus la bouche avant d'avoir vu mon avocat.

— Vous avez tous vos licences pour cet arsenal, j'imagine ? demanda l'inspecteur, tout en feuilletant négligemment le passeport et le billet d'avion de Pippa.

Sous leurs épaisses arcades sourcilières, les yeux de Fleet s'attardèrent sur les documents, mais ne laissèrent rien transparaître. Il y avait là un papier blanc, pris en sandwich entre le passeport et le billet, que Bunty et Luke n'avaient pas remarqué, car il était si mince et si étroit qu'il tenait entre les billets de banque : une petite enveloppe cachetée, timbrée, prête à être postée.

— L'un de ces pistolets ne m'appartient pas, répondit Fleet. Demandez plutôt à ce monsieur. Pour le mien, j'ai une licence. Peut-être que le Pickert n'en a pas. Je me l'étais procuré pendant la guerre. Il est difficile de toujours respecter scrupuleusement la loi, n'est-ce pas ?

— Vous niez donc toute participation au meurtre de Pippa Gallier, ainsi qu'au vol de la paye du pressing Armitage ?

L'inspecteur glissa distraitement la pointe de son stylo sous le rabat de l'enveloppe et commença à la déchirer. Il était visible qu'il ne touchait pas à l'enveloppe elle-même, mais qu'il la tenait coincée entre le passeport et le billet d'avion ; apparemment, l'adresse écrite au recto avait davantage retenu son attention que la réponse de Fleet.

— Oh, ça ne me dérange pas de répéter... fit ce dernier. Je vous disais que j'ai suivi la fille jusque chez ce type. J'ai d'abord attendu devant chez lui, puis je me suis impatienté et finalement, je suis entré pour voir ce qui se passait. Elle était allongée par terre, morte ; et ce jeune homme était couché sur elle, le pistolet dans la main. Alors, si ce n'est pas lui l'assassin, continuez votre enquête, inspecteur, parce que vous n'aboutirez à rien si vous vous imaginez que c'est moi ! Deux de mes gars étaient avec moi, ils ont bien vu qu'elle était morte quand nous sommes entrés. C'est tout ! conclut-il avec le claquement de mâchoire d'un requin sectionnant la jambe d'un baigneur infortuné. J'ai fini, messieurs.

— Eh bien, pas moi ! gronda une voix haineuse qui venait de la cuisine, je viens juste de commencer !

Tous se tournèrent vers la porte. Cette voix leur semblait inconnue alors que presque tous l'avaient déjà entendue. Fleet en connaissait les accents voilés, angoissés et obséquieux ; Luke, le ton geignard de l'homme blessé qui sait qu'il n'a plus d'avenir. Les policiers, eux, avaient entendu un cri sauvage lorsque la Jaguar en fuite, insensible à ses protestations désespérées, avait roulé sur le pied de Quilley.

Ce dernier, soutenu par le bras d'un policier, prit appui sur la carpette de la cuisine ; la jambe de son pantalon était déchirée à partir du genou et son pied écrasé formait un angle droit avec sa cheville. En se redressant jusqu'à la limite de ses forces, il parvenait à fixer Fleet droit dans les yeux. Son regard était d'une froideur mortelle. Il ne le craignait plus, il n'avait rien à perdre, il avait de quoi envoyer derrière les barreaux l'homme qui l'avait tyrannisé et, s'il devait aller en prison lui aussi, parler serait tout de même une délivrance. Fleet l'avait donné en pâture à la police, comme on jette un os à des chiens, pour protéger sa fuite. Et ça, il allait le payer.

— Regardez-moi, fit-il d'une voix stridente. Moi, Quilley, j'ai envie de parler et j'ai beaucoup de choses à dire. Bien sûr, c'est l'argent du pressing Armitage ; j'étais là au moment de l'attaque de la fourgonnette. Je vous dirai tout ce que vous voulez savoir, *même* le nom de l'assassin du chauffeur. Cette fois-là ce n'était pas lui. Il n'a pas le courage de faire le sale boulot lui-même, il n'est bon qu'à donner des ordres, bien planqué. Mais la fille... il l'a tuée de ses propres mains... J'étais là. J'ai tout vu.

Durant une fraction de seconde, tout le monde crut que Fleet allait bondir de son siège, se débarrasser des policiers qui l'entouraient pour se jeter sur Quilley et l'étrangler. Mais il n'en fit rien. Au contraire, il se cala imperceptiblement sur sa chaise, signifiant par là le peu de cas qu'il faisait de cette attaque en règle ; son visage, si osseux qu'on eût dit une tête de mort, continuait à sourire.

— Après qu'elle lui eut réclamé le pistolet, poursuivit Quilley d'une voix forte, il a commencé à se méfier. Elle se prenait vraiment pour quelqu'un et il n'aime pas ça, chez une femme. Mais malgré tout, elle lui plaisait, alors il lui a offert le 6.35, le petit truc que vous avez là sur la table, celui qui ne lui appartient pas, soi-disant. Mais il se moque de vous.

— Celui-là ? s'étonna Fleet, en ouvrant de grands yeux innocents. Je ne l'avais jamais vu de ma vie, jusqu'à hier.

— Ben voyons, il ne l'avait jamais vu ! Il le lui a donné, j'vous le dis. Après ça, il avait nettement moins confiance... La preuve, avant de passer la nuit avec elle, vendredi soir, il a jeté un coup d'œil à la valise qu'il lui avait confiée pour vérifier si l'argent y était toujours. Tout avait l'air normal. Mais comme son petit doigt lui disait que quelque chose ne tournait pas rond, il nous a demandé de surveiller la fille. Samedi après-midi, après son départ — elle croyait qu'il était retourné à Londres —, elle est sortie de chez elle, l'air affairé, avec une valise. Elle a fermé son appartement à clé et s'est engouffrée dans un taxi. Nous l'avons prévenu aussitôt. Pendant que Connie et Blackie suivaient la fille avec la Riley, moi je l'attendais, lui, devant chez elle. Nous sommes entrés dans appartement pour vérifier si l'argent y était encore Elle ne savait pas qu'il avait un double des clés depuis longtemps. Vous croyez qu'il laisserait son fric derrière une porte qu'il ne peut pas ouvrir ? Tenez-vous bien, elle avait rempli la valise de coupures de vieux journaux ! Seuls les billets du dessus étaient vrais ! Là, il a compris qu'elle avait filé avec le magot.

« Les autres avaient l'ordre d'intercepter la fille et de la ramener chez elle si elle essayait de s'enfuir en train ou en avion ; mais elle est allée directement chez ce gars. Ils ont rappelé Fleet chez elle, pour le prévenir. Nous avons foncé chez ce type. La porte n'était pas fermée à clé. Nous sommes entrés au moment où elle était en train de lui agiter le 6.35 sous le nez. Elle était déchaînée et lui criait qu'il devait tenir sa promesse ; il s'est avancé vers elle, croyant certainement qu'il s'agissait d'un pistolet d'alarme ou d'un jouet d'enfant. On voyait bien qu'il avait trop bu.

« Lui, reprit-il en désignant Fleet, il était debout à la porte et les regardait se battre, en se demandant quel bénéfice il pouvait en tirer. "Qu'est-ce qu'il y a de bon pour moi là-dedans ?", il devait se dire, comme d'habitude. Moi, j'étais là, juste derrière lui. Je l'ai vu matraquer ce gars. Il est champion, à ce petit jeu. Je l'ai vu lui prendre le pistolet des mains. La fille s'est précipitée vers lui en disant : “Dieu soit loué, tu es là ! J’ai cru qu’il allait me tuer !” et elle lui a sauté au cou pour l’embrasser — elle croyait peut-être qu’il venait seulement d’arriver. Lui, il a pointé le revolver sur son cœur et il a tiré. Comme ça...

— Pauvre diable ! dit Fleet, sans même feindre la sincérité. Il est hystérique. Il a tout inventé, j’ai toujours su qu’il me détestait. Il est capable de dire n’importe quoi pour avoir ma peau.

— Non, pas n’importe quoi, Fleet. Seulement la vérité. J’vous dis qu’il l’a tuée ! Après, il a nettoyé l’arme et l’a glissée dans la main du gamin ; il l’a traîné sur elle, pour qu’on les découvre comme ça et qu’on lui mette le crime sur le dos. Ensuite, on a appelé les flics d’une cabine, pour qu’ils viennent le cueillir. Mais le gars a dû revenir à lui plus tôt que prévu et débarrasser le plancher vite fait. Ah, j’oubliais ! La fille s’apprêtait à nous dénoncer tous, et surtout lui : chez elle on a retrouvé les brouillons d’une lettre anonyme qu’elle destinait à la police. Elle les avait fabriqués en découpant dans des journaux des mots imprimés en caractères différents. Elle était sur le point de partir et tenait à s’assurer que nous n’aurions pas suffisamment de temps pour la rattraper.

« Lorsqu’on s’est rendu compte que l’argent n’était ni dans la valise, ni dans son sac, qu’elle n’avait même pas de ticket de consigne, on a pris ses clés et on est retournés chez elle. On a eu beau fouiller tout l’appartement, on n’a retrouvé que les bouts de brouillons qui parlaient de l’attaque de la fourgonnette et aussi du camion de fourrures de chez Pope Halsey. C’est elle qui nous avait donné le tuyau...

« Bref, on n’a rien trouvé. On a brûlé tous les papiers. Si vous voulez d’autres détails, je suis prêt à vous les donner, conclut Quilley, assoiffé de vengeance. Je ne l’ai pas quitté une minute, je sais tout.

— Il ne sait rien, dit Fleet, en croisant négligemment ses jambes l'une sur l'autre, montrant l'ourlet d'un pantalon de laine peignée.

Il eut un sourire en direction de la porte de la cuisine d'où Quilley le regardait, les yeux étincelants de haine.

— Il ne vous apprendra rien, de vrai ou de faux. Vous voyez bien qu'il cherche à me poignarder dans le dos. Mais j'ai des témoins qui prouveront le contraire... des témoins qui n'ont rien à gagner, eux.

— *Sauf de l'argent!* hurla Quilley. Les alibis, il les achète en gros!

— Vous voyez? soupira Fleet. Le pauvre garçon! Un vrai psychopathe!

— Donc, vous soutenez que vous n'êtes pas retourné chez Miss Gallier? demanda l'inspecteur, toujours avec douceur.

— Je n'ai jamais dit cela. Elle était partie avec mon argent — enfin *notre* argent. Nous ne savions pas ce qu'elle en avait fait.

— Évidemment, il était trop tard pour le lui demander! intervint Quilley, méchamment. Il était tellement persuadé que le fric était dans la valise, qu'il a tiré avant de vérifier.

— Nous sommes retournés chez elle, naturellement, puisque l'argent était supposé être là-bas. Mais nous n'avons pas trouvé d'ébauches de lettre anonyme destinée à la police, comme il le prétend. Excepté les gains des courses avec lesquels elle comptait s'enfuir, cette petite garce n'était au courant de rien. Vous pouvez parier là-dessus tout ce que vous voulez.

— Donc, vous affirmez que ce monsieur a tout inventé?

— Bien entendu! Cela dit, je ne nie pas être allé récupérer mon argent. C'est vrai, je n'aurais pas lésiné sur les moyens pour arriver à mes fins, mais de là à m'accuser de meurtre ! Il aura du mal à me coller la mort de la fille sur le dos. Quant à cette histoire de pistolet...

— Ça, c'est ce qu'il croit ! le coupa la voix aiguë et vengeresse qui venait de la cuisine, dans une sorte de hennissement pleurnicheur et triomphant. Il se croit blanc comme neige parce qu'il a effacé ses empreintes sur la crosse, mais il oublie que c'est lui qui a chargé le 6.35 la première fois ! Avant de crier victoire, attendez un peu que les gars du labo se soient occupés des empreintes du magasin, avec leurs petits insufflateurs...

Bunty agrippa nerveusement le bras de Luke. Fleet éclata de rire. Mais d'un rire forcé, qui sonnait creux.

— Voyons, Quilley... Tu sais bien que je l'ai démonté ici même, tout à l'heure, pour voir combien il restait de balles. Tu m'as vu le faire, comme les autres. Ils peuvent témoigner.

— Vous en êtes bien sûr ? Cette fois, vous n'aurez pas tous les témoins dans votre poche, Fleet. Au mieux, il y aura égalité, à trois contre trois. Et quand ils se rendront compte, dans leurs petites têtes, que vous allez en prendre pour vingt ans, à mon avis le chiffre va diminuer. Ils se dépêcheront de changer de camp.

— Tu parles trop pour être vraiment sûr de toi, Quilley, dit Fleet d'un ton tolérant, tout en adressant à l'inspecteur un sourire épanoui.

Mais on devinait un léger malaise au fond de ses yeux.

— Vous n'irez pas loin avec des accusations pareilles, non corroborées, déclara-t-il d'un air vertueux ; ce type-là a un casier long comme le bras. Je ne sais pas ce qui m'a pris de l'embaucher. Mon bon cœur, sans doute... Il faut bien donner une chance aux vieux chevaux de retour.

— Évidemment, un autre témoignage nous serait utile, acquiesça l'inspecteur, toujours d'une voix très douce. Même sur un point particulier... Prenons par exemple les ébauches de lettre anonyme que préparait Miss Gallier, aux dires de votre employé. L'ennui, c'est que vous, vous prétendez qu'elles n'existaient pas et lui soutient que vous les avez brûlées. Personne ne peut confirmer ou infirmer vos deux versions.

Tout en parlant, il déplia la feuille de papier qu'il avait sortie de l'enveloppe. L'opération dura un certain temps, car l'inspecteur semblait prendre un malin plaisir à l'examiner sous toutes les coutures, en la tenant soigneusement par les angles.

— L'idéal eût été le témoignage de la victime...

Il releva brusquement la tête et s'exclama :

— Quelle coïncidence ! Miss Gallier gardait cette lettre dans ses papiers, libellée et timbrée. J'imagine qu'elle avait l'intention de la poster à l'aéroport au dernier moment. Elle ne voulait pas prendre de risques avant d'être effectivement sur le départ. La page doit avoir conservé de belles empreintes...

Il tourna la feuille dans leur direction, afin que tous puissent voir le texte, composé de mots découpés dans des journaux.

— Voulez-vous savoir ce que dit la lettre ? Elle est adressée au superintendant Duckett, chef du C.I.D. du Midshire. Voilà :

« L'homme que vous recherchez pour le hold-up d'Armitage s'appelle Jerome Fleet, propriétaire d'une chaîne de stations-service, dont l'une vient de s'ouvrir à Comerford. Les hommes qui travaillent pour lui se nomment Blackie Crowe, Skinner, Sam Quilley et un certain Connie, le plus jeune. Tous ont participé à l'attaque de la fourgonnette transportant la paye du pressing, ainsi qu'au vol des fourrures. Je ne sais pas ce qu'il en est de Mr. Mostyn, le gérant de la station-service, mais tous ses employés, excepté ceux originaires de la région, sont des escrocs. *Et c'est Fleet le grand patron.* »

— Vous remarquerez, dit l'inspecteur, que la dernière phrase est soulignée. Elle a signé, sans trop d'originalité : « Quelqu'un qui vous veut du bien. »

Tout en repliant la feuille, il sourit à son interlocuteur, dont les yeux d'ambre faisaient penser à ceux d'un tigre en cage.

— Quelle chance pour nous, Mr. Fleet, que l'original ait été conservé...

Suivit un silence de mort, soudain brisé par une explosion venue de la cuisine, métallique, discordante, entrecoupée de râles douloureux. Il leur fallut quelques secondes avant de comprendre qu'il s'agissait du rire de Quilley.

14

Assis à l'arrière de la voiture de police qui filait sur l'A73, au sud de Cumbernauld New Town, Luke et Bunty, épaule contre épaule, poursuivirent la conversation animée qu'ils avaient entamée sur le canapé du salon saccagé de Louise Alport.

— Comment oserai-je affronter les Alport, après ce qui s'est passé ? s'était exclamé Luke, catastrophé, en parcourant des yeux son champ de bataille, épuisé mais content d'avoir gagné. Louise me tuera !

Les moments dramatiques passés, il est curieux de constater combien les mots reprennent vite leur sens banal et quotidien.

— Ils vous pardonneront, l'avait consolé Bunty. Rendez-vous compte, avec une pareille histoire, ils pourront dîner en ville jusqu'à la fin de leurs jours, sans se lasser de la raconter !

— J'ai votre mari en ligne, Mrs. Felse, dit le chauffeur. Il traverse Kendal actuellement. Il n'y en a plus pour longtemps. Nous allons bientôt bifurquer et lui donner rendez-vous à Lockerbie.

Il ajouta dans la radio, d'une voix joyeuse :

— Connaissez-vous le pub *King's Arms*, dans High

Street ? Il n'a pas de parking, mais, à cette heure-ci, il y aura de la place dans la rue.

— Ne vous inquiétez pas, il trouvera, dit Bunty.

— Voulez-vous lui parler, Mrs. Felse ?

— Dites-lui simplement que je l'embrasse.

— J'ai également votre fils au bout du fil. Il dit que vous lui avez coûté vingt-deux shillings de fleurs et qu'elles seront fanées avant votre arrivée.

— Répondez-lui qu'une bouteille de cognac se serait mieux conservée !

— Il dit qu'il n'a pas pensé au cognac, mais à une bouteille de vin doux italien, bien que vous ne la méritiez pas.

Bunty se mit à rire puis sentit soudain les larmes lui monter aux yeux. Luke ne l'avait jamais vue pleurer. Avec elle, il y avait toujours un ensorcellement nouveau, une attirance nouvelle et impossible. Bien sûr, son mari et son fils, fous d'inquiétude, venaient à sa rencontre parce que l'attente leur était insupportable. Il n'y en aurait jamais deux comme elle, jamais ; et il ne profiterait plus de sa présence bien longtemps. Les minutes s'écoulaient comme du sable entre ses doigts. Il avait tant à dire, tant de choses à lui avouer avant qu'elle ne soit définitivement perdue pour lui, tant de choses qui ne seraient jamais dites. Le chauffeur avait beau être fort discret, il n'en était pas moins homme... L'amour ne devait jamais être évoqué et pourtant il occupait toutes les pensées de Luke et le faisait défaillir.

D'une certaine façon, c'était déjà merveilleux qu'elle l'ait invité à monter dans cette voiture qui descendait vers le sud, alors qu'elle était libre de partir seule, libre d'aller retrouver sa famille le plus vite possible. Certaines charges pesant encore contre lui, la police écossaise aurait pu le retenir, si Bunty n'avait pas exigé qu'il vînt avec elle ; elle avait même beaucoup insisté auprès de lui pour qu'il l'accompagnât. Comme s'il pouvait lui refuser quoi que ce soit ! Comme s'il avait désiré se séparer d'elle plus tôt que prévu ! C'était merveilleux, car cela signifiait que ce qu'ils avaient vécu ensemble revêtait une valeur présente et éternelle, pour elle comme pour lui. Dans la voiture, entre deux conversations, elle s'était endormie, confiante, nichée au creux de son épaule embarrassée, la joue posée contre sa poitrine. Vingt-quatre heures plus tôt, il avait fait le voyage en sens inverse, la mort aux trousses, un pistolet en main pointé sur elle...

— Je pourrais peut-être rester à Lockerbie, dit-il d'un ton hésitant. Je trouverai facilement une chambre d'hôtel, à cette époque de l'année. Je veux dire... votre famille préférerait certainement vous voir seule...

— Luke, voyons ! Ne faites pas l'idiot. Vous viendrez avec nous. N'ai-je pas dit à la police tout à l'heure que je refusais de rentrer chez moi, si vous ne veniez pas ?

— Vous ne ramenez pas à proprement parler un beau trophée, répondit-il avec une amertume qu'il ne parvint pas à dissimuler.

— Mais vous n'êtes pas un trophée ! Nous sommes gagnants tous les deux. Sans vous, je ne ferai pas de retour triomphal ! Ma famille a l'esprit très critique, vous savez.

— Oui, j'imagine, dit-il en riant bien malgré lui, puis il ajouta, très sérieux : Vous savez, il y a encore des charges qui pèsent contre moi.

— Je ne vois pas qui songerait à vous incriminer, observa-t-elle en étouffant discrètement un bâillement contre la manche de son manteau, comme une enfant ensommeillée. Pas après ce que nous leur rapportons !

Le cœur de Luke bondit de plaisir. Elle avait dit « nous » !

— Ça m'est égal. Je ne me plaindrai pas. Bunty, reprit-il timidement, vous êtes heureuse, vous avez tout ce que vous pouvez désirer. Pourquoi étiez-vous si triste, l'autre soir, en entrant à *La Constellation d'Orion* ?

Elle repensa avec ahurissement à cette soirée qui, il fallait bien l'avouer, lui paraissait lointaine et complètement étrangère.

— Parfois, être heureux ne vous suffit pas. J'étais seule, ma jeunesse s'était envolée. Subitement, je n'ai plus su où j'allais, ni à quoi je servais. Grâce à vous, j'ai guéri !

— Grâce... à moi ? Je ne comprends pas...

Sa voix tremblait un peu.

— Je ne vois pas en quoi j'ai pu vous apporter quelque réconfort, ni vous redonner confiance !

— Mais je n'avais pas besoin de réconfort ! Je voulais servir à quelque chose, moi, Bunty ! Ne pas être seulement une bonne épouse et une bonne mère !

A l'immobilité attentive de son corps et à la tendresse douloureuse du bras qui l'entourait, elle devina son adoration impuissante. Tout d'abord elle songea : « Pauvre Luke... », puis se corrigea aussitôt. Non, il avait de la chance. L'histoire se terminait rondement, définitivement, sans traîner en longueur. « Nous éviterons une séparation tardive et inévitable ; il n'aura pas le temps de réaliser que je pourrais presque être sa mère, ni de voir notre différence d'âge s'accentuer un peu plus chaque année. Pas de rejet, pas de désillusion. Ainsi, il me gardera à jamais dans son souvenir, plus très jeune, certes, mais pour toujours âgée de quarante et un ans. Il conservera de moi l'image idéale d'une femme courageuse, bonne et loyale. Lorsque j'aurai besoin d'envoyer mes références aux dieux, je saurai à qui m'adresser. »

— Toute ma vie, je vous serai reconnaissante, dit-elle simplement. Je ne vous oublierai pas.

Lui qui, au fond de son cœur, savait qu'il se souviendrait d'elle avec une gratitude et un amour éternels fut à la fois totalement désarmé et exaucé par ces mots qui semblaient sortir de sa propre bouche, au point qu'il ne regretta pas la phrase qu'elle avait volontairement omise. Peu importait, finalement, qu'elle se demandât si elle avait bien fait de ne pas prononcer le mot amour. Après tout, ce n'était pas le seul mot de la langue ; et comme c'était souvent le plus mal utilisé, il lui fut presque reconnaissant de l'avoir passé sous silence.

Elle dormait dans ses bras quand la voiture quitta la route à quatre voies pour entrer dans les rues tortueuses de la jolie petite ville de Lockerbie, à moitié endormie en cette soirée de dimanche. Le véhicule de police qui venait du sud était déjà là ; de loin, Luke vit deux silhouettes debout à côté de celui-ci, tête levée, guettant leur arrivée. Dans la lumière des phares, deux visages émergèrent de l'obscurité, tendus, impatients ; puis, dès que la voiture qui leur ramenait Bunty se fut garée le long du trottoir, ils perdirent leur expression anxieuse. On se doit de manifester une certaine pudeur quand il s'agit d'un amour de longue date, même s'il en coûte.

Du bout du doigt, Luke souleva le menton de sa compagne ; elle s'éveilla, ouvrit de grands yeux et lui sourit, comme s'il avait toujours été à ses côtés, puis, se souvenant, redevint grave, car elle savait qu'il ne serait plus là bien longtemps.

Elle était trop fine et trop intelligente pour lui proposer de devenir un ami de la famille Felse, ou même lui offrir un lit sous son toit. Non, il partirait sans jeter un regard en arrière, car il avait compris qu'elle aussi allait souffrir de cette brutale séparation.

— Réveillez-vous, murmura-t-il. Nous sommes à Lockerbie. Regardez qui vous attend...

George était là, qui se penchait pour lui ouvrir la portière, silencieux, l'air indulgent et vaguement supérieur, arborant le sourire que l'homme marié garde toujours en réserve pour l'imprévisible idiote qui sommeille quelque part chez toute femme sensée. Le mariage est un sacrement, mais aussi un éternel recommencement...

Bunty sortit de la voiture et se retrouva dans les bras de son mari, aussi simplement que si elle était partie faire des emplettes à Londres et qu'il soit venu l'attendre sur le quai de la gare.

« Ils ont raison, c'est ainsi qu'il faut agir », songea Luke en les observant. L'angoisse surmontée et la peur envolée, pourquoi pousser de grands cris, pourquoi ébranler par des démonstrations intempestives la stabilité d'une relation sur laquelle reposent les bases de trois existences ? Pourquoi exprimer ce qui est déjà connu, apprécié, irréfutable — voire indicible ? Au contraire, mieux valait ne pas montrer d'affectation, ne pas faire de façons, ne pas donner d'explications. Si ces deux-là devaient évoquer des vérités douloureuses à propos de ce fameux week-end, ce serait plus tard, à tête reposée, en termes mesurés qui éviteraient de faire mal. Mais cela ne signifiait pas que les cœurs n'avaient pas souffert. Pendant que George retenait sa femme contre lui, Luke vit son visage au-dessus de l'épaule de Bunty et comprit que cette dernière était estimée à sa juste valeur. George Felse savait qu'il possédait un trésor.

— Toi alors, tu en fais de bonnes, dit-il en l'embrassant tout de go, pour quelqu'un qui n'a pas comme habitude de se frotter à la pègre, parlons-en ! Te souviens-tu de ce que tu m'avais dit ?

Elle lui rendit joyeusement son baiser, avant de lui demander non sans malice :

— As-tu fait bon voyage, mon chéri ?

— Non, je n'ai pas fait bon voyage !

George la lâcha lentement, à regret. On sentait que ses mains étaient heureuses de l'avoir retrouvée vivante, entière, et qu'elles avaient du mal à l'abandonner, même pour la confier à Dominic, qui attendait le moment d'embrasser sa mère.

— La piste que nous avons suivie ne nous a menés à rien, expliqua-t-il. Une personne tout à fait digne de foi, qui ne connaissait pas notre suspect, l'a aperçu à des kilomètres du lieu de notre affaire. Ensuite, le premier appel que j'ai reçu était celui de Dom, qui me réclamait de tes nouvelles à cor et à cri !

— Eh bien, tout reste en famille, observa Bunty. Dis-moi, j'espère qu'ils ne t'envoient pas plus au nord, pour boucler l'enquête.

— Non, cette fois Duckett s'en charge tout seul. J'ai seulement ordre de vous ramener à Comerbourne.

Bunty se détourna pour offrir sa joue au baiser respectueux de son fils. Leur ressemblance était inimaginable ! Le jeune homme qui était moins souvent que son père confronté à des situations difficiles serra farouchement sa mère dans ses bras, tout en disant d'un ton dégagé :

— Bon anniversaire, à retardement, m'man ! La partie de pêche s'est bien passée ?

Ses yeux noisette, exactement semblables à ceux de Bunty, la couvaient jalousement, mais sa voix restait égale.

— Attends... Nous ne sommes que dimanche ? s'exclama-t-elle. J'ai l'impression d'être partie depuis une éternité !

Luke était sorti de la voiture et se tenait à l'écart de retrouvailles dans lesquelles il pensait ne pas avoir sa place.

Mais Bunty devait considérer les choses différemment car, prenant son mari par la main, elle se tourna vers Luke en souriant.

— George, je te présente Luke Tennant. Il doit rentrer à Comerbourne avec nous ; la police a gardé sa voiture, pour les besoins de l'enquête.

Luke n'était guère pressé de revoir sa vieille Rover, bien qu'il l'eût beaucoup aimée en son temps. Lorsqu'on la lui rendrait, il ferait appel à un dépanneur pour qu'il aille la chercher et l'en débarrasse. Peut-être arriverait-il à l'oublier un jour.

— George, tu ne vois pas d'inconvénient à ce que nous occupions la banquette arrière ? demanda Bunty en jetant un coup d'œil appréciateur à la grosse voiture de police que son mari avait empruntée à cause de son système radio. Nous n'avons pas vraiment eu le temps de nous reposer, ce week-end ! Je pense que nous allons dormir pendant tout le trajet.

« *Nous !* » Qu'elle soit bénie d'avoir prononcé ce mot qui les liait encore un peu l'un à l'autre pour les quelques heures qui leur restaient à passer ensemble, avant que la vie normale ne reprît son cours.

— Bonsoir, Mr. Tennant, fit George Felse. Je vois que vous avez fait le travail à ma place... Merci de m'avoir rendu ma femme saine et sauve.

Le regard de Luke passa du visage qui lui souriait gravement à ces deux mains passionnément soudées l'une à l'autre et pourtant si tranquilles. Il vit dans ce geste l'essence même de leur mariage, et du mariage en général. Il pensa que cela valait la peine de passer la moitié de sa vie à chercher la main qui un jour tiendrait la sienne de cette façon.

Lorsqu'il serra la main de George, il eut l'impression de toucher celle de Bunty, tant ces deux êtres ne faisaient qu'un. Ce que cette femme lui avait apporté, il n'avait pas encore commencé à l'apprécier pleinement; mais ce que ce couple lui apportait à cette minute était une promesse d'avenir éblouissante. Une telle union était donc possible... Si elle s'était réalisée une fois, elle pouvait se réaliser encore, de façon aussi parfaite. Pourquoi cela ne lui arriverait-il pas à lui, un jour?

Vers le matin, Bunty s'éveilla en poussant un petit cri angoissé.

— Luke! s'écria-t-elle en étendant un bras protecteur sur le corps de George.

Celui-ci ne dormait pas. Toute la nuit, il avait veillé sur le sommeil épuisé de sa femme et étudié, à la douce lumière de la lune, ce visage qui portait encore les traces des événements qu'elle venait de vivre. Il pouvait attendre. Il devait attendre. Elle ne lui avait raconté qu'une partie de l'histoire, le reste viendrait en temps opportun. Il posa la paume de sa main sur sa joue, tout doucement, et la réveilla en douceur pour mettre un terme à sa détresse. Elle l'enveloppa un peu plus fort dans ses bras, caressa sa nuque. Même dans l'ombre de son épaule, il la sentit sourire.

— Je t'aime, murmura-t-elle dans un profond soupir.

Il est des moments où l'amour doit être exprimé, comme il est des moments où on le considère comme allant de soi et où l'on préfère garder le silence.

— Bunty... As-tu aimé cet homme? demanda-t-il

en repoussant tendrement de son front ses boucles emmêlées.

Elle réfléchit longuement, sérieusement.

— Tout dépend ce que tu appelles aimer...

« L'instant décisif est arrivé », songea George, angoissé. Au-delà des limites étroites, profondes et donc exclusives du mariage, qu'entend-on par aimer ? Il s'humecta les lèvres.

— Eh bien... disons... une émotion qui permet d'aller jusqu'au bout du contact humain avec une autre personne, ne serait-ce que pendant trois minutes, dans un autobus bondé. Je veux dire, le sentiment qui vous pousse à vous intéresser à l'autre et à toucher directement son cœur en faisant fi des conventions, de telle sorte qu'il subsistera toujours un lien entre vous, dussiez-vous ne jamais vous revoir, ni même repenser à l'autre. J'appelle amour la chaleur communicative qui maintient les gens en vie, le sentiment le plus universel, le plus généreux, le moins étriqué qui soit : ni amour physique, ni amour dans le mariage, ni amour platonique, ni amour filial, non, un sentiment inqualifiable, absolu. L'amour absolu.

Bunty, allongée à ses côtés, resta longtemps immobile et silencieuse. George crut qu'elle s'était rendormie, cette fois d'un sommeil sans rêve. Mais au bout d'un moment, elle se tourna vers lui, passa un bras autour de sa taille avec un soupir de contentement et le serra très fort contre elle.

— Si c'est cela l'amour, dit-elle, oui, je l'ai aimé.

Cet ouvrage a été réalisé par la
SOCIÉTÉ NOUVELLE FIRMIN-DIDOT
Mesnil-sur-l'Estrée
pour le compte des Éditions U.G.E. 10/18
en février 1998

Imprimé en France
Dépôt légal : mars 1997
N° d'édition : 2746 – N° d'impression : 41649
Nouveau tirage : mars 1998